父 水上勉

窪島誠一郎

白水社

父

水上勉

装幀＝菊地信義

目次

虚《うそ》と実《ほんと》

人間、そうかんたんに自分の本当の姿がわかるものではない。自分のことがわからないくらいだから、他人《ひと》のこととなれば尚更である。

といったのは、父親の水上勉である。

かれは自著のなかで、同じようなことを何どもいっているが、昭和四十六年に第十九回菊池寛賞を受賞した『宇野浩二伝』の書き出しにも、こんなふうに記している。

およそ人の生涯を綿密に辿ってその真実を十全に描き得ることは困難である。人間——それはかりがたく知りがたい。人はよく、あの人のことなら自分事のようにわかるなどというが、人間、そう簡単にわかってなるものではない。だいいち、私は私自身がよくわからない。(略)明日以後のことでわかるのは、私という人間は、不確かなまま何年か生きて、確実にどこかで死ぬということだろう。自分のことが、それぐらいしかわからないのに、どうして他人のことなどがわかり得よう。まして、他人が自分事のようによくわかるとは、なんたる傲言だろうか。

そんなふうに書いている。

わたしもそう思う。

これから、わたしの実父である水上勉という人を書くにあたって、わたしが肝に銘じなければならないのはそのことだろう。わたしは、父水上勉のことを、その人の真実などとてもわからないだろうと思いながら、書きはじめているのである。

ただし、わたしは水上勉と姓はちがうけれども、れっきとした実の子であって、他人ではない。

わたしは戦時中に二歳と九日のときに父親と離別し、その後養父母のもとに実子として貰いうけられ育てられた子で、戦後三十余年も経ってから父と再会したのである。すでに人気作家の頂点にあった父親と、一介の小さな画廊の経営者だったわたしの対面は、当時のマスコミに「奇跡の再会」とか「事実は小説より奇なり」などと取り上げられ、わたしが約二十年間もかけて親をさがしてあるいた「物語」は、ＮＨＫの連続テレビドラマにまでなった。再会時、父は五十八歳で、子どものわたしは三十五歳であった。

だから、わたしはけっして水上勉と他人ではないのである。

しかし、他人ではないからこそ、よけいに水上勉という人がわからなくなることがある。血をわけた父子であるがゆえに、父のことがよくわからない。今もいったように、わたしの場合は、三十余年間父とは別々に暮していて、人生の半ばで突然出会った父親なので、なおさらその傾向がつよいといっていいのだろう。時々、この人は本当に自分の父親なのだろうか、といぶかしむことさえあるくらいなのだ。

変な言い方になるけれども、父親流にいうなら、わたしはわたし自身がわからないのと同じように、父という人が今もわからないでいるのである。

もっとも、これはわたしと父だけのことではないようで、わたしの母親ちがいの妹にあたる水上蕗子に、この本を書くにあたって、父親についてのことを教えてくれ、と申し込んだところ、

「あら、私も父さんのことは何にもわからないのよ。小さい頃はいっしょに住んだことがあるけど、大きくなってからはずっとバラバラの生活だったし、あんまり思い出ももっていないの」

と、てんでツレない返事しかしてくれなかった。

水上蕗子は、父がわたしの生みの母親である加瀬えき（当時は益子と名のっていた）との同棲を解消したあとに結婚した、松守敏子という二番めの女性とのあいだに産まれた子で、その敏子が蕗子を置いて家出したあとは、売れない出版社の編集や幻燈写真の脚本を書いて糊口をしのいでいた父親とともに、東大農学部前や文京区東青柳町のアパートなどを転々とし、正式に父が敏子と離婚してからは、ずっと郷里の若狭の実家に預けられていた。その頃のいきさつは、『フライパンの歌』や『凍てる庭』や『わが六道の闇夜』といった初期の自伝的な作品にくわ

しく書かれているのだが、いわれてみれば蕗子にとっても、父はわたしと同様、物心ついた頃から離れ離れで暮していた「遠い父親」ということになるのである。

では、かれの人間を知るには、そうしたかれがのこした作品（小説やエッセイや評伝）に頼ればいいではないかといわれそうだが、その作品がアテにならないのだから始末がわるい。父自身、わたしに半分真顔で「自分はウソつきだからねぇ」といっていたことがあるし、書かれた作品のなかには、微妙に虚実をないまぜにしたところもあるので、うっかり信用するわけにはゆかないのである。

たとえば、戦国時代の初めに生きた異端の禅僧・一休をえがいた『一休文芸私抄』という作品の冒頭近くで、水上勉は一休和尚がのこした数多くの詩歌について

のべられていることが事実かどうかうたがわしい点も出てきてはなはだこころもとない。文は人なりというものの、書けば虚実もさだかならざるふうになってしまうのは今日私たちが日記を書いても感じることである。事実を書くといっても、当人が思いちがいをしるせば、それが歴史にもなるおとし穴であろう。それゆえ詩篇から和尚の生体をつかむ、といっても、その創作詩にばかされる趣きがないでもない。

と書き、こうも続けている。

文芸というものは、元来そういう厄介なものである。いまも「私小説」なる純文学のジャンルが文壇用語として通っている。これは、作者自身が身辺の事実を書いた世界と解釈していい。だが、事実を書くといったって、当人が書くのだから嘘をまじえてもいいわけだろう。「私小説」に出てくるからそのとおりの生活をやっているなどとは、世間の読者も思っていない。「小説」はどうせ小説である。ウソをホントらしく書く人もいる。ホントをウソのように書く人もいて小説である。

こうまであけすけに書かれると、もはやお手上げというしかない。

要するに、父は父自身の作品を、「信用してはいけない」といっているのである。

それはある意味で、父のことを書こうとしているわたしにむかって、

「到底、おまえなどにわたしのことはわからないのだよ。何ひとつ、わたしは、自分のことがわかる証拠などのこしはしなかったのだからね」

と言い放っているに等しい。

日本の近代文学史上に、稀代の「私小説」作家として名をなした父親だったけれども、まるで怪人二十面相かネズミ小僧のように、後世の人間がいくらかれの本当の姿を知りたいと思っても、父はその足アトや手がかりをまったくのこさず、ものの見事に忽然と世を去ったのである。

しかし、ここで尻《し》ッポを巻いて退散、というわけにはゆかない。

わたしにだって意地はあるし、わからなければわからぬほど、わたしは父親の真実を知りたいという欲求におそわれる。その「人」に惹かれる。何とかして、その「人」を知りたいと思うのだ。

それはやはり、わたしにそう思わせるだけの魅力を父親がもっているからなのだろう。

じっさい、生前の父は男にも女にもモテたようだ。ことに女性にはモテモテで、若い頃には何人かの女優さんと週刊誌をにぎわしたし、晩年になってからも（わたしが再会してからも）、いつもかれの周りには女性の姿が絶えなかった。

父は自分の顔のことを、何かの本で「好色な顔である」「とくに鼻の横の小ジワあたりには女好きがあらわれている」などと書いているが、そのイケメンぶりはつとに有名だった。他の作家がだれだったか忘れたが、「文壇三美男文士」のうちの一人とうたわれ、放浪時代はもちろん、月産五百枚といわれた超売れッ子の小説家になってからも、あちこちで浮き名をながしていた。

そんな女性に対する父の「魅力」と、わたしが感じる父の人間としての「魅力」は、かならずしも一致するものではないのだが、そうした異性を惹きつける色香のようなものをふくめて、わたしの父への関心があることはたしかである。社会の底辺に生きる弱者の悲哀や挫折をえがいて、多くの読者の感涙をしぼった直木賞作家の水上勉。私生活では何ども同棲、結婚、離婚をくりかえし、文字通り一所不住の放浪生活をつらぬいた水上勉。仕事場だけでも、生家のある若狭に建てた「若州一滴文庫」、東京成城の自邸、軽井沢の山荘、京都百万遍のマンション等々、数ヶ所にもおよび、いつも締切りまぎわの原稿紙や資料がいっぱい詰まった大鞄をかかえてあるいていた水上勉。おまけに、父はどんなに忙しく仕事に追われていても、行く先々の宿に親しい女優さんを招んでいたり、宿をそっとぬけ出して茶屋の女将《おかみ》と先斗町を飲みあるいたりする手間は惜しまなかったというのだから、よほどの「女好き」であったことだけはたしかなのだろう。

ただ、これはわたしの持論なのだが、人間というものは一面において潔癖無垢であっても、もういっぽうでは不純であったり、不正直であったり、ときに卑怯であったりするのが自然なのではなかろうか。それが、人間というものなのではなかろうか。

わたしが専門にしている絵の世界でもそうで、世間からいくら人間的にすぐれていると人望を評価されている画家であっても、描く作品を好きになれるとはかぎらない。聖人君子のような曲がったことが大嫌いな人格者の画家が、万人の心を奪う名作を描けるとはかぎらない。逆に、とんでもない女たらしでカネにも汚なく、ズル賢く、およそ近寄りたくないと思うような絵描きが、たまらなく心を惹きつける魅力的な作品を描くことがある。

いや、わたしの体験からいうと、むしろ絵描きの世界では、そっちのほうが多い気さえする。

しかし、それが人間であり、画家であり、作家であるといわれれば仕方ない。

どちらの画家の姿が真実であり、どちらがウソの姿であるなどときめる必要もないだろうし、どちらも真実であり、どちらもウソであるともいえるのだ。

父のことを書くにあたって、わたしがもう一ど心のなかで反芻するのは、父が「宇野浩二伝」の初めに書いている

人間——それはかりがたく知りがたい。

という言葉である。

わたしはその言葉をかみしめながら、今、「自分の知る」父親水上勉のことを書き出そうとしているのである。

生家の風景

父水上勉は、一九一九（大正八）年三月八日に、福井県大飯郡本郷村岡田第九号二十三番地に生まれている。父が「若狭の文士」とよばれるゆえんである。

「本郷村岡田」は、福井県の西部、京都府境の若丹《じやくたん》山地から東へ流れる佐分利川のほとりと、小浜湾にせり出した大島半島の大部分とをしめる現在のおおい町の、いくつかある小さな集落のうちのひとつで、小浜線の若狭本郷駅からタクシィでツー・メーターほど行ったところである。

父はこの「岡田」の、自分の生まれた家のことを、著作のなかでひっきりなしに書いているが、ここでは『若狭幻想』のなかの数節を紹介しておきたい。

生家は、段の下に大きな土蔵をもっている松宮林左衛門という地主の木小舎で、祖父がここを借りて住んだのが最初だということだった。水上姓は、六十三軒の村には一戸きりだった。斎藤、松宮、堀口、小原、仲瀬の五姓しかない六十三軒のうちで、水上姓だけが一戸きり。しかも、乞食谷の上の、さんまい近くに、村からはなれたようにして（事実、電柱もなく、電気もきていなかった）、木小舎を改築してランプで住んでいる事情について、私は誰からも理由をきいていていない。大きくなってから、持ち前の詮索欲で、水上姓のルーツをさぐったことがある。祖父の文蔵は、同じ部落の中ほどの地点にあった水上孫兵衛という家の次男で、乞食谷に分家したという。のち、この本家孫兵衛は、どういうわけか、家をたたんで大阪へ越して、消息をたった。それで水上姓はうち一戸ということになった。

家は三間まぐちに奥行き五間ぐらいあったろうか。土間、板の間のほかに畳のあるのは六畳だけで、あとは物置のようなもの。板の間の中央に炉が切ってあって、その下段にくど。台所はなく、外の谷川の平べったい自然石の上が母の流しであった。雨がふれば傘をささねばならなかった。井戸はもちろんない。のち、松宮家が谷川の奥に大きな桶をうめ、水を貯えて、これを簡易水道にして段下の家まで水道式にひくようになってから、わが家の洗い川は水がなく、涸沢《かれさわ》となった。それで母は、天然の流し場を失った。

そこには狐もいた。熊もいた。たぬきもいた。いたちもいた。むささびもいた。冬は雪がふかいので、山の実がなくなると、けものたちは村へ降りてきた。とば口のわが家のよこは通り道になった。朝起きると、背戸口の雪に、大きな熊の足跡があった。時には猪も眼の前を通った。

といったふうに、引用するとキリがないくらい、父はたくさんの作品のなかに、当時の岡田の生家のことを書いているのだが、なかでもこの「若狭幻想」を読むと、幼年期の父の家の暮しが、いかに筆舌に表わし難い貧しさのなかにあったかがわかる。

わたしも終戦後の混乱期に、貧しい靴修理職人だった養父母に育てられ、三どの食事にもコト欠いた経験をもっているので、幼い頃の貧困生活では人後におちないつもりでいるのだが、この若狭における父親の生家の暮しをみると、まだまだ自分は幸せなほうだったと思う。

何しろ、松宮林左衛門という地主から借りて住んでいた木小舎には、電気もひかれておらず、台所もなかったので、母親は外の谷川の自然石の上で炊事をし、雨のふる日は傘をささねばならなかったというのだ。わたしの家も、三間五間の父の家と同じくらいのオンボロ借家だったが、やはりそこには都会と田舎の差があって、わたしの家には電気もきたし水道もきていたから、家の外で炊事をするなんてことはなかった。

だいたい、家の前をしょっちゅう熊や狐が徘徊しているなどという風景が、都会育ちのわたしにはイメージできない。時々、猪まで出たというから、父が生まれたそこら一帯は、もはや人獣一体の暮しが営まれていたところといえるのだろう。父はそこから、本郷尋常小学校野尻分教場に入学し、やがて九歳のときに父親とともに岡田から本郷に移住、本郷小学校（本校）に転校する。

父親の覚治は宮大工をしていて、母親はかんといい、わたしの父は次男だった。長男は守、弟に弘、亨、祐《たすく》、妹に志津子がいたが、このうち次弟の弘は生後三ヶ月で病死し、盲目だった祖母のなかも父が三歳のときに亡くなっている。父は覚治が三十二歳、かんが二十一歳のときの子だったので、覚治が幼い子たちをつれて本郷に出てきたときは、まだ四十歳を出たばかりで、母親のかんは三十歳の若さだった。宮大工といっても、ふだんの覚治の生業《なりわい》は、近所の家の普請から下駄の歯入れ、棺桶や塔婆づくりまでひきうけるという何でも屋的な大工仕事だったそうだから、過疎な岡田にいるよりも、いくらか村人の密集する本郷村の中心部に出たほうが、何かと注文が多かろうという判断があったのだろうと思われる。

ただ、この水上覚治が一生の生業としていた「大工」という仕事は、のちに父が文筆の道をあゆみはじめてからの、いわば文学の核のごとき存在となったことは、父の作品を愛読する人ならだれもが認めるところだ。

父は後年、幼い頃の回想のなかに覚治を登場させるたび、けっして身入りの多い職業ではなかった「大工」人生をまっとうした覚治に対して、その頑迷一徹な融通のきかない性格に、時折苦笑をまじえつつも、どこかで一目置いているというか、敬愛の眼差しをそそいでいるといったけはいがみられる。

たとえば紀行エッセイ『失われゆくものの記』のあとがきでは、

私は、この旅の途次に、私の父が大工だったことを誇りに思うことがしばしばあった。大工といっても、田舎大工にすぎないが、小さいころに、父の仕事場で見つけた木っ端、道具、私は、それらのものに手をふれてよく叱られたものだが、父が無心に物をつくっていたあの時間の、何ともいえぬ陽だまりの温かさをわすれていない。その思いが、どんな業種の老職人の前に出ても、しょっちゅうあり、話もまた、父のことをはなすとはずむように思えた。

と告白しているし、エッセイ「一会の人々」のなかの「人生の三人の師」では

私が直木賞をもらって、新橋の第一ホテルに父を迎えたことがあった。七十四歳の父は、まだ健在で、パーティの隅にかくれるようにしていたが、成城の家へ帰ると
「お前は何を作ったのか」
ときいた。小説を書いたのだ、というと
「そんなことは信じられん、お前の書くようなものが銭になるとは妙な世の中や」
といったきりである。
そして、私が新築した書斎を丹念にみて廻り
「東京の大工はろくな仕事をせん、廊下の欅ふうの板はあれは偽物や。あんな印刷したような木をはずかしげもなくつかう大工は下の下や」
といって、その日のうちに帰っていった。
父がいった言葉や、その生活ぶりが、ありがたく思い出されるのも、冥途へ立ってからで、生きている時は、憎みも恨みもし、喧嘩ばかりしてきた。人生の師とは、みなこのようなものかも知れぬ。父の教育が身にそなわるのが五十歳だとしたら、私は、いまから父の弟子に

ようやくなれるのかもしれぬと思う。
「父は人生の師だった」といい、「五十になってようやく父の弟子になった」とまでいってい
るのである。
父水上勉の文学は、電気も水も通らぬ貧困の極致にあった若狭の生家とともに、一日じゅう
カンナ屑にまみれ働いていた父覚治の、その背中をも「原風景」として出発したといっていい
のだろう。

わたしも、これまでに二回、若狭本郷を訪ねている。
もちろんそれは、父と戦後三十何年ぶりかで再会したあとのことで、父に連れられて父の母
親、つまりわたしにとっては祖母にあたるかんさんや、同じ本郷に住んでいる父の兄弟である
亨さんや祐さんに会いに行ったのが最初だった。
かんさんはよく笑う、いかにも訥訥な田舎のおばあちゃんといった感じの人で、父が私を紹
介するなり、
「ようきたな、ようきたな」
円い顔いっぱいに笑みをうかべて、
「なるほどな、こりゃツトの子や、眼モトも頬っぺも、若い頃のツトにそっくりや、こりゃ
間違いない、正真正銘のツトの子や」

そういって笑った。

わたしは、そのかんさんの笑顔で、すっかり心が軽くなるのを感じた。

何しろ、戦争中に離別していた実の父親が水上勉であることを、二十年間も全国をあるきまわってつきとめ、図々しく自分から名乗り出てきた「招かれざる子」なのである。当時のわたしには（今でも多少あるが）、父にも水上家の人々にも、自分の登場はあまり歓迎されていないのではないか、自分はよぶんな子なのではないか、という根づよいコンプレックスがあった。

考えてみれば、当の父親がわたしを「実子」として認知し、わざわざ郷里の若狭まで同行して、生家の親兄弟にひき合わせようとしてくれているのだから、そんなに負い目を感じることはないのだが、それでもわたしの心の奥には、そんな微妙なわだかまりのようなものがあったのだった。

それが、父の母親であるかんさんの、

「こりゃ、ツトの子や、正真正銘のツトの子や」

という一言で、すっかり雲が晴れたような気分になった。

それほど、かんさんの笑顔はあたたかく、戦後三十余年も経ってとつぜん現われたわたしという「孫」を、芯から慈しむようなやさしさにあふれていたのだ。

それにしても、若狭にくると父親の水上勉が、母のかんさんからだけではなく、亨さんにも祐さんにも、「ツト」「ツト」とよばれているのがおかしかった。父の名をよぶとき、みんな「ツトム」の「ム」を省略して「ツト」とよぶのである。

父のほうも「ツト」とよばれると、ごく自然にそっちをふりむく。

そうか、どんなに世間では直木賞作家の有名な父であっても、生家の親兄弟からみれば水上家の次男の「ツト」であることに変わりはないのだなと、わたしは変なところに感心した。

二どめに若狭本郷を訪ねたのは、わたしと会ったときあんなに元気だったかんさんが、二年後くらいから急に寝たきりになってしまって、とうとう昭和五十五年の二月末に亡くなったときだった。

かんさんの葬儀に出るため、わたしは父の仕事場のある京都で父と落ち合い、いっしょに敦賀から小浜線にのって本郷にむかった。

「誠《セイ》ちゃんが出てきてくれたおかげで、今日の葬式では、ぼくの鼻が高いんや」

車中、父が奇妙なことをいうので、

「鼻が高いって？」

ときくと、

「若狭の葬式はまだ土葬方式なんで、仏ハンになった母の体もさんまい谷に埋めるんやけど、そのときに棺桶をかつぐ男の孫が四人そろえば、故人への最大の供養になるといわれてねえ」

おまえの登場で、今日の母親の棺桶のかつぎ手は、亨、祐の子をふくめてピッタリ四人になった、こんなメデタイことはない、と父はいった。

じっさい、その葬儀で、わたしはかんさんの遺体の入った丸い桶風呂のような棺桶を、亨さんや祐さんの子たちといっしょに、岡田集落から半キロほどはなれたさんまい谷までかついであるくことになるのだが、横しなぎの雪がうつ凍て道を、紙のような白装束、薄ワラジであるいた足裏の凍りつくようなような痛さをまだ忘れていない。

そのときの情景は、父の『雪三景』という小説の真んなかあたりに、こんなふうに再現されている。

読経がすむと、部落の共有の棺台や、飾り燈籠や、造花を堂に納め、棺だけになった母を、私たちがあらためて担ぎ直して、さんまい谷へはこぶのだった。このさんまい谷は、私のうまれた乞食谷《こじきだに》がいっぱいになったので、大正末年ごろから出来たそうだった。阿弥陀堂からそこへゆくのに、長い道中だった。村の人々も、東京や京都からきた人々も堂で別れていたので、埋めにゆく人数はわずかで、私たちのほかに十数人の血族と、有志だけだった。

谷は、一メートル以上もつもった雪にうもれ、手前にある六体地蔵の屋根が、辛うじて頭をのぞかせていた。道も山も区別がつかなかった。棺は四人の担ぎ人が、入れかわっていた。足もとがよくすべった。ようやく丘の上に着いて、棺をおろし、先に来て穴を掘ってくれていた部落の当番の人の指示で、それぞれスコップをもたされ、私たちは道をかためてから、穴のそばへ棺をよせた。

棺に縄をさしわたし、四方から端をひっぱりながら、ゆっくり母を地下へおろした。土は二メートル以上も掘られていたので、わきに赤土が盛りあがっていた。その新たな土にもドカ雪が降りかかった。足もとはつるつるすべった。私たちは手に手にスコップをもって、まわりの赤土を母の棺の上にかけていった。雪のまじった土はぬるぬるした。母の棺は、四分板のフタの上へ廻りの人々が投げた花といっしょに、すぐ土にかくれた。私たちは、盛られている土のすべてを母の棺の上にもりあげ、丸く高めたところへ、白木の膳と茶碗を置き、用意してきた青竹の花筒を打ちこみ、線香たての細竹を一本さしこんで、そこに母の墓をつくった。兄から順に、私たち五人の子と、六人の孫が焼香をすませ、丘を降りるまで、雪は少しも小止みにならなかった。

父の作品のなかでも好きなほうの小説の一節だけれども、この場面に出ている「四人の担ぎ人」、「六人の孫」のうちの一人はわたしなのである。

父がスコップでかんさんの棺を埋めるとき、「誠一郎君も手伝え」といって、余っていたスコップをむこうから放ってくれたので、わたしも頭を雪で真ッ白にしながら、棺の上へ赤黒い土をなんどもかけた。

父が小説でいっているように、棺にかけた土はすぐに雪にそまり、やがてかんさんの棺はみえなくなった。

出家と還俗

父が臨済宗・相国寺塔頭《だっちゅう》瑞春院の徒弟となるため、京都に出てきたのは一九二九（昭和四）年、十歳のときである。ひと月ほど修行し、いったん本郷へ帰り、翌年二月に本格的に瑞春院に入っている。

どうしてとつぜん、父が寺の小僧になったのか、そのいきさつについても父は数多くの作品に著《あらわ》しているが、ここではそのうちのひとつ、あまり脚色や修辞のほどこされていない『私の履歴書』という自伝的エッセイからひいてみる。

事の起こりは、盲目の祖母なかの実家の作左衛門という家から道路工夫に出ていた当主が、夏の一日国道のはたで一服していると、隣町の高浜へ海水浴にきていた男が話し込んで、相国寺の塔頭《たっちゅう》に瑞春院という寺があって、そこの和尚はつい先年まで子生《こび》の集落の寺で住職していた人で、小僧を求めている、という。

作左衛門は村へ帰ると、さんまい谷のロクザにふたり兄弟がいて、喧嘩ばかりしているのを思いだし、この話を父にもちこんだ。父はもう本郷に出て、潮音院（相国寺派）に出入りしていた。ぼくも、この寺へ塔婆を届けた記憶がある。そんなこともあって、父は京都の相国寺で小僧を求めているときけば、次男のぼくをそれに合格させれば、という気はしたのだろう。作左衛門の親爺さんは総金歯をはめた人で、背中がタスキがけになる木綿の腹かけ着に、股《もも》ひきをはいた上にゲートルをまいて街道へ出て、凹んだ地点をトンガで凸になった地面からけずって平にしてゆく仕事をしていた。よく学校帰りにその仕事ぶりを見たものである。その作左衛門の親爺さんはある日からぼくにあうと

「どや京へゆかんか」

というようになった。

当日は山盛松庵師が迎えにきて、菩提寺の西安寺の住職で、集落の亀右衛門という家の次男だった竹田真乗師が、ロクザの戸ぐちにきた。大雪の日だった。朝から降りやまない。粉雪の中をふたりの僧につれられて出た。母は蓑《みの》を着ていた。ぼくはかすりの袷《あわせ》に、雪沓をはいたきり。バッチの裾《すそ》も、背中もぬれた。ふたりの僧の足は早く、情ないほど早足なのが蓑を着た母とともにかなしかった。

本郷の駅へ着くと、父が待っていた。インバネスを着ていた。作左衛門から借りたものであることがひと目でわかった。当時もいまも小浜線は単線なので、駅には早くに着いた上り列車が下り列車を待っている。その待ち列車の機関車の前を走ってわたらねば、向いのプラットホームへゆけないのだった。粉雪の中を和尚のどっちかに手をひかれて走って、やがて

上り列車に乗った（なぜか京都ゆきは西へゆくのに、上りとよんだのだ）。

その列車がうごき出す時、窓から母をさがした。ガラスが雪と車内の温気のためにかすんでみえない。走って連結台にもどって、布製の蛇腹に穴があいているのを見つけると下りの出たあとの駅舎をその穴から見た。蓑を着た母は猪のようにみえた。改札口に手をつかえてぺこぺこと出てゆく汽車にお辞儀している。やがて、その姿が雪で見えなくなった。あのお辞儀は、ぼくに向ってではなかったろう。ふたりの和尚に、よろしくツトムをおたのみします、と叫んでいたのだろう。とにかく、列車の車輪に向ってお辞儀する母はかなしかった。ぼくはこの母の三十一歳の姿を今日も思いだすことが出来る。

父の文章のなかでも好きな場面なので、つい引用がながくなってしまったが、ざっといえば、こんなふうに父は京の寺に「貰われて」ゆくのだ。

瑞春院という塔頭は、相国寺の西門前、上立売烏丸《かみだちうりからすま》を少し東に入ったところにあって、のちに父の代表作『雁の寺』の舞台として登場する寺である。

文章にあるように、父は岡田の家（なぜかロクザとよばれていた）まで迎えにきた本山の僧侶山盛松庵師と、菩提寺だった西安寺の住職竹田真乗につれられて瑞春院にゆき、その後は松庵師のもとで修行をつみながら、五年生の三学期から近くの京都市室町尋常高等学校に通いはじめる。そして、翌一九三一（昭和六）年の二月に、瑞春院で得度をうけ、正式に相国寺塔頭瑞春院沙弥職となり、大猶集英《たいゆうしゅうえい》という僧名をもらうのである。

しかし、そうやって「出家」の道に入ったものの、どうしても寺の生活にはなじめない。瑞春院に入ってみると、松庵師にはお腹の大きい若奥さんがいて、寺の書院や本堂の何間かには、学生や勤め人、画家といった大勢の間借り人がいた。つまり、和尚は妻帯者であり大家でもあった。まずそれが、幼い父が「寺」というものに抱いていたイメージを裏切った。おまけに修行はきびしく、寺へきて一週間もすると台所仕事をまかされ、食事の支度、客のもてなし、その頃から結核の兆候があった和尚の介護、その他庫裡や本堂の掃除から、表庭の草取りまで、あらゆる雑務が小さな身体にのしかかってくる。もちろんそれとはべつに、小僧としての行儀作法や、経も習い、小学校にも通わなければならなかったのだから、それは文字通り盆も正月もない過酷な奉公生活だった。

そんな修行時代をへて、ほとんど何もわからぬまま、得度式で頭を剃られ、絽の袈裟を着け、覚えたての経を読まされた父には、おそらく「出家」したという意識さえオボロだったのではなかろうか。

それに、離れてみると、しみじみ恋しくなるのは、貧しいながらも父や母のあたたかい庇護のもとにあった岡田での暮しだった。三食がやっとの生活だったが、何かにつけて和尚さんとは差別のある寺での食生活にくらべ、魚や豆腐を親子平等に分けあって食べた若狭の暮しがなつかしかった。いつも仏頂面で怒りっぽかった父覚治の顔までが、子を思う親のホトケ顔にみえてくる。とりわけ小雪の舞う若狭本郷の駅で、走り出す汽車にむかってペコリと頭を下げていた母親かんの、蓑をかぶった小さな姿はいっときも瞼から消えることはなかった。

「これからは、この人がお前が育ててもらうお母はんや。世の中には、生みの親より育ての親ということがある。新しいお母はんの言うことをようきいて、立派な小僧にならないかんぞ」

和尚から、初対面の、出産まぢかな若奥さんを母と思えといわれても、そうかんたんに「瑞春院の子」になる気分になんてなれないのである。

このあたりの心情は、やはり自伝エッセイの一つ『わが六道の闇夜』にくわしい。

こんな、和尚さまや奥さまへの言いしれぬ反感がやどってゆくのは、いつごろからだったかわからない。二月十八日に寺にはいって、まだ、田舎者丸出し、若狭なまりでぶつぶつ言っているうちに三月が来、赤ちゃんが生まれ、何やかや、女中仕事をおぼえてしまっただけのことだから、腹に出来た不満は、表へ正直に出ず、形のわるいすわりかたで、根をつちかうことになる。自分の部屋は「フウスロ」とよばれていた。板間つづきの六畳だった。あとで思うとこの「フウスロ」は副司寮のことで、それを副司寮と和尚さまは教えず、フウスロで間にあわせたように、私は、私なりに、寺の生活に耐えつつ染まってゆくのである。そう、耐えつつ染まってゆく。

そのフウスロで、一人寝した私は、睡眠時間だけはじめて自由なのだが、九時には床にはいる。ところが頭にうかぶのは、若狭のこと、駅の改札口でペコリと頭を下げていた母のことである。声をころして、泣いた。寺へ来たのがまちがいだった、小僧になんぞなるもんではなかった、いやだ、いやだと若狭へ向かって小さく泣いた。
考えてみるに、松庵師にとっては、とんでもない子がきたといえる。あてがはずれたといわねばならない。私は期待されたような従順な子ではなくて、といって、その不満をはっきりと言う子でもなく、芋虫のように、押しだまって、ただ暗い隅でしくしく泣くだけの陰気な子になった。これは、和尚さまにも奥さまにも、耐えられないことだったろう。

私は「出家」を後悔していた。つまり、このような寺の生活が待っていようなど、ユメ思わなかったし、といって、それでは寺にどんな期待があったというのか。具体的に何かがあってきたわけでもない。ただ、京へゆけば中学へゆける。それが理由だ。しかし、その中学も六年を出ねばゆけない。ああ、やっぱり、貧乏でも、若狭の家にいた方がよかった。

父が何とか小学校の六学年を終えて、大徳寺よこにあった禅門立紫野中学に通いはじめるのは、その年（昭和六年）の四月だから、得度してから二ヶ月後のことである。
紫野中学は、今宮神社の朱い大門をくぐった参道の突きあたりの、裏山のグラウンドから衣笠山がながめられる高台に、相国寺、東福寺、大徳寺三山が徒弟教育のために建てた学校で、のちに父が転入する市立花園中学も妙心寺一山の経営だったから、まわりはみんな禅僧になる子どもばかりだった。関東一円の末寺や在家からきた子が多かったが、鹿児島や奈良や松山からきた小僧もいたし、なかにはびっくりするような名刹、古刹の御曹司もいた。地方からきた子は寄宿舎に入っていたが、父のような三山出の子は寺から通った。通い組には金閣寺から五人、銀閣寺からも二人きていた。

父はここで他寺の子たちと仲良くなり、いろいろ情報交換しているうちに、自分のいる瑞春院がどれだけ異常な労働内容であるかを知る。他の寺では、小僧に庫裡や本堂の掃除、農作業といった作務は命じても、和尚の私生活の世話までさせることはめったになく、庭の掃除や手入れも弟子同士の輪番制で、よほど来客の多いときでもないかぎり、台所の女中仕事を手伝うことなどないのだという。父はますます、何ひとつ楽しいことのない地獄のような寺で、毎日コマ鼠のように働いている自分がバカらしくなった。

父がついに瑞春院からの脱走を決行するのは、一九三二（昭和七）年二月のことで、衣と袈裟を新調してもらって本山の懺法式に出た翌日、朝早く本堂の勤行がはじまらぬうちに寺の外へとびだした。

が、寺を出たもののどこへ行っていいかわからない。

いったん八条坊城の六孫神社のウラで、下駄屋をやっていた母の兄（堀口順吉）の家へころがりこむのだが、翌日市内をフラフラあるいているうちに巡査に不審尋問をうけ、挙動不審者とみられて中立売署に連行されてしまう。ところが、その頃すでに瑞春院から警察に家出人届が出ていたらしく、同じ相国寺塔頭の玉龍庵が身元引受人になるといってきて、その日のうちに玉龍庵の板根良谷師という七十歳すぎの僧侶のもとに預けられることになった。

「当分うちから学校へゆけ。そのうち、わしのほうから瑞春には話をつけてやるから」

老僧はいって、

「ともかく、瑞春院とこで得度式まであげてもろうて、出家したんやからな、心入れかえて精進せや」

父のくわい頭を撫でた。

何のことはない、一念発起した父の寺からの脱走計画は、たった三日で失敗に終ったのである。

だが、父はあきらめたわけではなかった。

いつか、スキをみて寺から逃げ出したい。虎視眈々と脱走をねらう、オリの中の犬といえたかもしれない。

しかし、中学を出るまでは寺の苦労に耐えようという思惑もあった。岡田へ帰っても、どこへ帰っても、中学にゆかせてくれるような環境はない。寺仕事はイヤだが、せめて中学を出るまでは、坊さまの世界に世話になるしかない。

その後、父は玉龍庵から衣笠山の南にある等持院に弟子入りすることになり、僧名も「承弁」と改めた。等持院は足利家の菩提寺で、山号は万年山、正確にいえば「天龍寺派格地衣笠山等持院」といい、足利尊氏の墓や足利家歴代将軍の木像、その他由緒ある宝物をたくさんもっている大寺だった。その等持院の当時の和尚二階堂竺源《ちくげん》氏の徒弟となって働くことになったのだが、小世帯だった玉龍庵では経験したことがなかったような兄弟弟子たちからのイジメ攻撃をうける。加えて、七十一歳の師が二十七歳の子連れの若妻と、前妻とのあいだの二人の子と同居しているという複雑な大家族の姿も、十四歳の父の眼にはどこか異様にうつった。

翌一九三三（昭和八）年四月、父は妙心寺そばの市立花園中学校の三年に編入学し、たまたま出場した校内弁論大会で優勝する。玉龍庵、等持院の和尚に従《つ》いて、盆のたびに棚経（檀家を一軒一軒誦経《ずきょう》してあるく行事）を手伝ったり、葬式のたびに和尚のニワカ説教をよこで聴いていたりしていた経験が生きたとも思われるのだが、もともと花園中学には周辺の寺の徒弟がわんさと就学していたわけだから、やはりその頃から父には、作家になってから文壇随一の「講演名人」とうたわれるようになる、あの弁舌の才能が芽ばえていたといっていいのかもしれない。

父が花園中学を卒業し、等持院を出て、ごく自然に「還俗」するのは、一九三六（昭和十一）年五月のことである。

ごく自然に、といっても、出家した身でありながら寺の生活を捨てたわけだから、それはほとんど確信犯的な「脱走」であるともいえた。父としては念願の中学卒業を果たしたとたん、もう寺への義理は済んだといった思いだったのだろう。仏門のブの字も知らぬ田舎の子どもに、経を習わせ、行儀作法を一から教えてくれた両寺の師には多少の恩を感じても、約六年におよぶおよそ不条理というしかない封建的で陰惨な修行生活は、幼い父に救いようのない人間関係への不信と、日ごろ隠寮でゼイタク三昧な暮しをしている仏教者の実像に対する、嫌悪感ばかりをつのらせたといっていいのだった。

父は花園中学を出ると、躊躇《ちゅうちょ》なく、和尚にも兄弟弟子にも黙って寺を出た。向かった先は、六孫神社のウラで下駄屋をやっている伯父の家だ。

寺を出てきたときいてびっくりしている伯父の堀口順吉にむかって、父はこういった。

「伯父さんにめいわくはかけん。何でもいいから定職について、わし、夜学に通いたいんや」

そのときの心理について、『わが六道の闇夜』ではこう説明している。

等持院を出て、還俗した理由には、つまりは自分勝手な理屈しかないわけだが、とにかく、禅宗坊主の虚偽世界に倦きがきたこと。倦きがきたとは生意気な言い分にちがいないとは思うが、しかし、優秀な雲水になる才能も辛抱もない自分がよくわかれば、寺を出るしかないではないか、という考えからきている。あとから思うと、もう一つ無意識ではあるが、俗世へのあこがれと、迫ってくる徴兵検査への恐怖がないあわさってあった。

寺の裏表《うらおもて》

ここでもういちど、父がすごした六年間の小僧体験が、その後の父にどのような影響をあたえたかをふりかえってみようと思うのだが、父のいう「虚偽世界」の最も象徴的な例が、和尚が庫裡の奥で営んでいる、甚だ放らつで大胆な夫婦生活だったことだけはたしかだろう。

徒弟になったころの父は、人一倍そうした他人の房事への関心が深まる年齢だったから、和尚や妻の一つ一つの行動が気になった。瑞春院の山盛松庵師にしても、つぎに転じた等持院の二階堂竺源師にしても、父の眼からみれば「徒弟教育」と称して幼い弟子たちに重労働を課し、貧しい檀家たちから布施をしぼりとり、そのカゲで大人の快楽をむさぼっている欺瞞の人にしか思えない。かりにも、人前で仏の道を説き、般若心経や大悲呪といった有難い経を読み、死者を浄土におくり出す仏教者たる人間が、そんな身勝手な生活を営んでいてよいものか。

父の『雁の寺』に出てくる、瑞春院の修行時代に経験した、和尚夫婦のダブルベッドと父の手首をヒモでつないだ「目醒まし時計」の話は傑作だ。

父の朝寝坊に業を煮やした和尚は、寝室のベッドから、「フウスロ」とよばれた父の小僧部屋まで荷造りヒモを渡し、先端を輪にして父のしもやけの手にくくりつけた。和尚がヒモをひっぱれば、父が眼を醒ますという仕掛けだ。しかし、どうしたわけか、朝になるとヒモは知らぬうちに手首から外れており、父は起きてこない。で、つぎに考えたのは、ヒモの先にこぶをつくって障子にはさみ、それをひっぱると障子がガタガタゆれて、父がその音で眼を醒ますという方法だった。

それでようやく父は眼を覚まして、ねむい眼をこすりながら、

「ただ今、起きました」

と、まだ奥さんと寝ている和尚の部屋に告げにゆくのである。

『雁の寺』が戯曲化されたときには、この場面になるとかならず観客から笑いがおき、後年父は「悲しかった」と独白しているのだが、これなど、父が和尚の横暴と徒弟の悲哀を、「文学」の土俵で対比してみせた好例のひとつだと思う。

また、父は食事の差別も恨んだ。父は二、三歳の頃、岡田の家でイノシシ鍋か何かを食べて大腹痛をおこし、それがもとで肉を食べられない体質になったそうで（わたしは何どか、かれが美味しそうにステーキを頰ばっている姿をみたことがあるのだが）、寺に入るとき父親の覚治は、

「寺へゆけば精進料理やさかい、ツトムにはもってこいや。肉の食えん体質は、禅宗坊主になるように出けたる」

そういったという。

しかし、たしかに瑞春院では肉を食べるチャンスはなかったものの、身体のよわかった松庵和尚が毎日のように肉を食べている姿は、和尚自身が獰猛《どうもう》な一頭の牛のようにもみえ、それに

くらべて父ら小僧には、沢庵一切れしかあたえられないという食生活の差が、とても「修行」とはいえない非人間的な光景に思われてならなかったのである。

ふたたび、『わが六道の闇夜』からひく。


たべ物といえば、和尚さまは若狭グジが大好きで、よくこれも市場まで買いにいったが、これは在所の魚ではあるけれど、貧乏人の私らはめったにたべたことがなかった。関東ではアマダイとよぶ顔のつぶれた鯛である。あれを網にのせて七輪でよく焼き、一匹だけ和尚さまの前にさし出すのだが、和尚さまと奥さまは、仲間《ふたり》でその一と皿をたべた。たべ終わると、骨に湯をそそいで、箸で骨についた肉片をつつき、スープにして、これまた仲間で三口ほどずつ音をたてですすった。私はそれを見ていた。和尚さまのノド仏がごくごく動く。奥さまの白い首も、雌鶏みたいに長くのびる。

「骨はな、裏の畑へ埋めるのや」

和尚さまはいった。私は言われたとおり、グジの残骨をサンド豆や水菜の植えてある畑へ埋めにいった。肥やしにするためだった。


禅宗寺の和尚が、精進料理一辺倒であることを信じている人は多かろう。だが、これは僧堂（専門道場）での、雲水生活に課せられた食事のことをいうのであって、この雲水生活を経て、寺に住するようになった和尚たちに精進一辺倒が持続されている姿はめったにない。もっとも十一歳の私にこのような批判があったわけでは毛頭ないが、肉の食えない私には、せめて若狭グジでもたべたいな、という思いはあったけれども、ありつけなかっただけのことである。

　食事に差別があった。これは瑞春院だけのことだったかもしれないが、同じ卓上で、ごはんをたべる際、同じ人間が差別の食事をされることの悲しみを今日もわすれない。

　早いはなしが、盲目の祖母のいたあの若狭のボロ家には、兄弟もゴロゴロいて喧嘩は絶えず、父母もまたいがみあって生きていたけれども、食事の差別などなかった。焼きサバが買えれば、母はこれを子供らに満遍なく配り、むしろ、自分は沢庵だけですましていたし、他家の葬式や法事などで、もらいものがあると、これを兄弟が分けへだてなくわけてたべた。また、朝起きも、母がまず起きて、食事をつくっておいてくれた。あとで子供らは起きた。貧乏でもそこにあたたかい母がいた。

　瑞春院は畳の数も勘定しきれないほど大きな伽藍だ。奥さまも、和尚さまも貧乏ではない。食膳も吟味された御馳走にあふれているが、私にとってはそれらは、他人の食事であった。私は、若狭で口になれてきた漬物や味噌汁で腹をふくらまして、差別に耐えた。

食いモノの恨みはこわい、というけれども、父の小僧時代の食差別に対する怨念はかなり根ぶかい。根ぶかい、というか、幼い頃味わされた食事の孤独をうったえながら、かつ仏教世界にひそむ弱者蔑視の体質をしつように告発してやまないのだ。

それと、ここには食べ物を通して故郷若狭（父は「在所」とよんでいた）を愛おしむ、のちの父の「文学」の根幹をなす故郷回帰の思想があるとみてよいだろう。さぞ、美味であるにちがいない若狭グジの骨に湯をそそぎ、喉を鳴らしてすする和尚夫婦のノド仏のうごきに、父は嫌悪感を抱けば抱くほどホームシックをつのらせたのだ。

食べ物の思い出が、即、岡田部落での父や母、兄弟とのなつかしい思い出につながったのである。

生前の父に、正面から「性」を扱った作品はそれほど多くないのだが（「男色」「好色」ぐらいだろうか）、六年間の参禅生活のなかで、もう一つ取りあげておきたいのは、父がこの修行時代に父自身のヰタ・セクスアリスとでもいうべき、かなり特殊な「性体験」をしていることである。

夜、先輩弟子の部屋によばれ、ムリヤリ陰茎をにぎらされ自慰の手伝いを強いられる、いわゆる「夜伽」とよばれる習慣のこととか、花園中学の同級生たちにあおられ、大して気のすすまぬまま「女郎買い」にゆき、かなり年増の娼妓《おやま》の手で童貞を失った（奪われた？）こととか、父はいくつかの作品でそうした経験を赤裸々に告白している。

「夜伽」のことは、半私小説である『男色』に、とりわけオドロオドロしくえがかれている。

男色。いまわしいこの行為を、私ががまんしながらつとめたのは、承石という二十七歳になる雲水がいたためである。承石は越前武生市に近い、由緒ある寺の息子で、十歳から孤峯庵で小僧をつとめて中学を出、当時、妙心寺の僧堂にいた。妙心寺と孤峯庵は歩いて二十分とかからぬ距離にあったので、承石はよく小僧の監督に戻った。戻るたびに、私を部屋に呼んで、夜のつとめを強制した。承石は背の高い毛むくじゃらの大男で、鼻がまるくて、くちびるが厚く、浅黒い肌は粗野で、陰険な感じがした。この男に叱られると、小僧たちはみなちぢみあがった。ところが、夜とぎをつとめることによって、私だけは、このおそろしい男にかわいがられたのである。つまり、私が、男色に手を染めた第一歩は、少なからず、私の意志から出発していたともいえる。

　承石が私に強要したことは、自らの手でしなければならない自瀆を、私にさせることだった。十二歳の頃はまだ体毛もはえていなかったし、私は未熟だった。ある夜、承石にいきなりふとんへ抱きこまれて、酒くさい口で耳をかまれた。ふるえる私の片手を承石は自分の股間へ近づけて愛撫を強要した。いやだった。体毛の多い承石のそこは大きく怒張している。私は命じられるままに、手をうごかした。承石は口をあけて大息をはき、軀《からだ》をしゃちこばらせていたが、まもなく射精した。生ぐさいぬるま湯のような、ぬらぬらしたものが、私の指間をながれた。

「わいが寺へもどったら、かならず部屋へこい」と、承石は、私が部屋を出る時にいった。はじめは、いやでたまらなかったが、承石が寺へもどるたびに、私は部屋へしのびこむようになった。度かさなるうちに、嫌いでもなくなった。不思議といわねばならない。冬は私も、凍える軀が、温まる気がした。

男の性を知ったのは、じつにこの時のことで、承石が軀をしゃちこばらせて、足をつったて、ふとんの中で勢いよく射精するのを指先で待っていた。萎えてくると、承石の軀は弱々しくくずれた。承石は興奮すると、私の頰ぺたを吸ったり、くちびるを吸ったりした。寒い冬の夜は、お互い軀があたたまるまで、ふとんの中で息をつめて腹をこすりあわせた。黒毛の生えた承石の鳩胸は荒々しく鼓動を打っていた。最初の頃は、こうした行為のいやらしさと、息苦しさに耐えかねて、何どか逃げようとこころみたけれども、すぐ手をひっぱられて、力ずくでひきずりこまれた。逃げてはみるが、翌日叱られるのが恐ろしいのである。おとなしくした方がいいという考えから、承石のなすままに、体毛のあたりへ手を自分からそわせていく。たまに承石は、私をうつ伏せにして、鶏姦を強要した。この時は、気持がわるくて廊下へ飛び出したが、承石は哀願するように私をよびとめ、もうそんなことはしないから、ふとんへもどってくれ、とたのむのだった。小僧たちから、閻魔のように怖れられる兄弟子も、手をついて頭を下げている。私にはおかしくもあり、かすかな優越感もわいた。恩に着せるように、いやいやそれからふとんへ入るのであった。すると承石は頰ずりして私を愛撫した。鶏姦はしなかったが、力ずくでうしろへ固い軀を押しつけて射精した。

翌日の作業や修行が、承石の心づかいで、私にだけ安息をあたえるように仕組まれるのも嬉しかった。ほかの小僧は、この秘密を知らなかった。私が特別に扱われるのは、同じ福井県出の縁からだろうと思っていたようである。だが、この承石が妙心寺の僧堂へ帰ってゆくと、小僧仲間は私をいじめた。そのことが、また、承石の帰りを待つ気持を私に芽生えさせた。

いじめられて一人寝する私に、ひそかな承石への慕情があった。十二、三歳頃の、凍てた禅寺の庭で、私が肌のぬくもりを感じた日々は、情けない話ながら、この兄弟子との秘事しかないのである。

『男色』というこの作品も、フィクション半分、本当のこと半分と思われる小説なので、たとえば「承石」という二十七にもなった剛毛の兄弟子が、本当に実在したのかどうかはわからないのだが、少なくとも小僧時代に、これと同じような体験を父がしたことはじじつなのだろう。この体験についての総括を、父は『男色』がおさめられている全集本のあとがきでこうのべている。

『男色』も、やはり私自身の経験を多少どころでなくまぶしこんである作品である。私は、十歳で禅門に入ったので、正直なところをいえば、性への目ざめは、寺院でだった。寺院には、一人のだいこくをもつ和尚がいて、そのほかは、性を禁じられた小僧たちである。つまり、和尚だけが、性を満喫していて、年ごろになって、ニキビのふき出た小僧たちは、持戒のきびしい修行を強いられていた。持戒がきびしければ、当然、破戒への欲求が、比例して埋れ火となるのは人間であって、私はこの物語に書いたように、兄弟子連中から毎晩のように夜伽を強いられている。強いられている、というとこっちがまるきり被害者のようにきこえるが、じつは、こっちにも、そういう性への好奇心は充分芽ばえていて、夜がかさなるごとに、こっちからそれを望むような気持にもなっていた。もとより、この性は、女性を相手としない。女性を遠くに想定しておいて、手近の同性（弟子連中）で間にあわせる、倒錯した性行為だったが、弟子の中には、そういう世界を嫌う者も当然いて、誰もがというわけではなかった。まことに、性は、その人固有のものらしくて、子供の頃からすでにやり方というものがあるのだろう。私は、年少のくせに、兄弟子にかわいがられて悦に入った。また、この隠微な性は、夜の行為ながら、翌日の昼に、格別な作用をもたらして、作務や、食事のさいには、他の小僧よりは、兄弟子から、特別扱いされる恩典も生じて、これを内心嬉しく思う、つまり、子供ながらも、そういう打算が働いての性への背のびをやっていたことを偽れない。

　そういうことがあったせいで、のち青年、壮年となって、女性に対する性意識は、当然、自然に発育し、成熟もしたと思うのだが、その意識に並行して、同性に対する性意識も皆無だったかというとそうでもなかった。私は私なりに、人にはいえないことだが、身辺のどの男性に対しても、性的なある好悪の情を走らせてきた。この根はやはり、禅寺の夜々に、兄弟子連中の顔をよりわけた気持の流れだろう。馬鹿なことをしたものだとも思うが、といって、もうそれはしてしまって、私の心根につよくねばりついてしまったことなので、消しゴムで消せるようなものでもない。人の生に、性がいかに大切であり、その尋常と異常との区分けといっても、これは、はなはだ区分けしにくい、個性的なものだと思う。

いってみれば、父はこの修行時代に蒙《こうむ》った「夜伽」の経験や、それによってもたらされた昼間の作務軽減の恩恵に対して、いかに自分が心弱くさそわれていったかを正直に語っているのである。また、そういった人間の「性」の尋常と異常の境界線は、ひとくちに割り切れるものではなくて、人それぞれにあたえられたきわめて「個性的」な業なのではないか、とも述懐しているのである。

そして、女郎相手の「童貞喪失」のほうだが、こちらはやはり『わが六道の闇夜』にくわしい。

父が初めて五番町の妓楼に足をむけるのは、花園中学を卒業する年の一月である。

この時のことはいまでもおぼえているが、ショートタイム五十銭か一円だったと思う。おそらくこの金は、等持院の拝観料をくすねたものだったろう。私は筒袖の久留米絣（兄弟子の着古したものに縫い上げがしてあった）を着て、兵児帯をしめ、腕まくりして等持院から白梅町をぬけ、天神様の鳥居下《しも》から中立売を降りて、五番町の細い、暗い露地へ入った。どの館もへしこ部屋の格子窓をみせた陰気な家で、表口には火鉢をかかえたひき手婆がいた。〈ちょっと、ぼん、寄ってゆきんか〉と婆の一人が私をよんだ。ぼんというのは小僧といった意味である。

私はヤケクソになってその一人の婆にひっぱられて登楼した。はずかしいことだが、耳大人ゆえ、まだ陰毛もそろっていない十六歳である。オクテの私は、階段ぎわでしゃちこばって動かなかったが、ウチワのような広い顔をした肥満体の妓《おやま》が、げらげら笑いながら、私の手をひっぱって部屋へ誘った。そうして、軽蔑したような眼で、私を見た。私はこの時、何か生意気なことをいった記憶がある。妓はすぐ裸になって、私をはさんで、またげらげらわらった。

ことが終わって、妓はすぐ階下へ降りたが、間もなく、帳場で同僚と話しこんでいるらしく、三、四人の妓らの大笑いする声が、階段をはってきた。私は笑われていると思うと、居たたまれなくなって、飛び出した。

これが童貞を捨てた夜のはっきりした記憶である。


つまりは、童貞喪失も、内からの欲望からでなくて、人なみのことがしてみたいというべつの欲求から出発していた。たしかに妓の股間へ射精はして帰ってはいるが、それが女を抱いた快感というものとは程遠くて、〈抱かれてきた〉といった感じの方がつよかったのである。

このような情事《いろごと》の出発は、それから長いあいだ私をひきまわすところの半熟卵のような、煮えきらぬ大人だか、子供だか、どっちともつかぬ、奇妙な性格をつくりあげてゆくことになる。

思わず同情を禁じ得ないほど悲惨な「童貞喪失」劇といえるのだが、ここで父がいっている「大人だか、子供だか、どっちともつかぬ」という人格の形成が、すべてこうした幼少期の「性体験」に根ざしたものであったかどうかは、正直わからない。

「夜伽」にしても、「女郎買い」にしても、すべては寺内におけるがんじがらめの禁欲生活下で行なわれた営みであり（花園中学だって寺の延長上の生活だったから）、年ゆかぬ小僧たちを一種アンモラルな「性」に走らせた原因はそこにあったとみてよい。父の体験は、寺というかぎられた空間における、かぎられた男ばかりの集団生活のなかでおこったことであって、ふつうの暮しをしていれば、おそらく「夜伽」や「女郎買い」といった行動が、こうまで衝動的、突発的に実行されることはなかったろうと思われる。

それにしても、幼かった頃の父に、多少なりとも「同性愛」の芽があったことにふしぎな感動をおぼえる。

そのせいかどうか、父は生前から、同性にも好かれるタイプだったようだ。名前は明かさないけれど、作家でも詩人でも俳優さんでもそっち系のファンがずいぶんいた。類は友をよぶというか、気がつくといつもかれの周りには、そんなくぐもった匂いを発する男性たちがあつまっていた気がする。もちろん、寺を出たあとの父にまで、そうした「同性愛」相手がいたとは思えないのだが、父が気に入った男と話をしたりしているときの眼の光や表情には、女性相手には生じない異質なツヤのようなものがあったことも、今になって思い出すのである。

ただ、それはやはり、父と文学上肝胆相照らす仲（たがいの仕事をみとめ合う仲）にあった人たちだけにかぎられたことで、けっして容貌や体型が父の眼鏡にかなっていたからというわけではない。とくべつ相手にセックスアピールをかんじたからというのでもない。そういう意味では、父が気に入った（父を気に入った）男性作家は、おおむね文学的、思想的にも父と近い立場にあった人ばかりではなかったかと思う。

たとえば、父と再会する前から、わたしも個人的に存じあげていた詩人で評論家のMさんなども、父にぞっこんのお一人だったが、あくまでもそれはおたがいの「作品」を介してのことで、手紙を交わしたり電話をかけあったり、ときには出版社の企画で対談をしたりしていた仲だった。

Mさんはあまりお酒を召しあがらない人だったと思うのだが、対談が終った日など、父がカン詰めになっているホテルのバーで、夜おそくまで文学の話をして盛りあがっていたときいたことがある。

しかし、Mさんはわたしが父の子だとわかってから、何だか急にわたしにも関心をもったみたいで、

「最近、クボシマ君もお父さんによく似てきたねぇ。前髪をかきあげるところなんか、そっくりだよ」

ある日、あんまりウットリした顔でわたしをみつめるので、気持悪くなった。

ついでに、これも小僧時代の父の人格形成に、少なからず影響をあたえたと思われることなので、そのことも紹介しておこう。

説明したように、等持院は衣笠山南麗の風光明媚な山あいにある足利尊氏由来の名刹だったが、よく寺内で映画の撮影が行なわれ、父たち小僧もその手伝いをさせられたという。

『私の履歴書』にはこうある。

等持院は、よく映画の撮影に使われた。境内の一部に東亜キネマ撮影所があって、羅門光三郎、市川百々之助、河部五郎、原駒子、五十鈴桂子などがしょっちゅう松の多い門内で撮影していた。竺源老師は映画人と仲がよく、松竹の小亀貞之助さんは檀家であった。衣笠貞之助氏のことである。衣笠氏は、ぼくが等持院へ入る前のことだけれどわずかな年数を下宿しておられたときいた。ほかに、石田民三、後藤岱山、山中貞雄といった監督がよくきた。山中組は片岡千恵蔵、花井蘭子、後藤組は嵐寛寿郎、片岡左衛門、松浦築枝、石田組は鈴木澄子、阪東扇太郎、小金井勝といった役者衆で、みな時代劇だった。

東亜キネマはやがて倒産し、跡地に極東キネマが誕生するが、これもすぐ倒産した。新興キネマ、日活、松竹の三社時代があって、そこから撮影に来た。石田民三さんは門前の鳥原というタバコ屋の二階に投宿してドテラに高下駄でやってきて、ぼくらに銀紙もちをさせ、鈴木澄子の「おせん」や「恋慕吹雪」を二十日ぐらいで撮り終えておられる。石田さんはのちに上七軒に住まわれて、映画界をしりぞいてから、くるわで行なわれる春秋の踊りを指導されていた。いわゆる「北野踊り」である。ぼくは、亡くなる晩年までおつきあいを得たが、その縁も、この等持院をぬきにしては考えられない。

松竹下加茂での林長二郎主演の「二つ燈籠」「忠臣蔵」は衣笠監督作品だった。当時、サウンド版といわれたトーキー映画だが、二作品とも、お経の録音にぼくら小僧が出た。「二つ燈籠」は林長二郎が小林重四郎の扮する悪役に追われて土堤の下にかくれるシーンに、なぜかぼくらの大悲呪を誦じる音が入り、「忠臣蔵」では、阪東妻三郎の大石良雄が赤穂の城で法要を営み、小林十九二扮する大野九郎兵衛らと意見があわなくなるシーンで、観音経を入れた。

もちろんセットの中で、撮影と同時進行である。「用意はいーッ」の衣笠氏の一声で役者もぼくら小僧も一しょにスタートして撮影と録音を行なう。ずいぶん何回もやり直しがあったように思う。

映画人がしょっちゅう出入りする等持院は、禅宗寺としては一風変っていたにちがいない。朝から晩まで、本堂や書院をセット代りにつかう。なぜあんなに夜の撮影が多かったのか理解に苦しむが、ライトの道具をトラック一杯つんできて、本堂も書院も足の踏み場もないほどにコードが交叉した。そこをまたいで、ニッカズボンの監督が、銀紙を貼った板を部下にもたせて、「用意はいーッ」で撮ってゆく光景は、おもしろく、深夜までつづく。中西伊之助という殺陣師《たてし》も檀家だった。高等蚕糸学校前に家があって、雲井竜之助さんもその近くだったと思う。

ぼくら小僧は銀紙もちを手つだいながら、有名男優や大女優が何度も監督にやり直しを命じられるのを根気よく眺めたものだが、この撮影所からいくらかの貸料をもらって、竺源老師は、国賊足利尊氏の霊を守る寺のやりくりに懸命だったのだろうと思う。

ま、これは父の当時の修行生活のなかで、ちょっぴり息ヌキになったというか、安息をあたえてくれた思い出のひとつとしてつづられたものであろう。

さすがにわたしも、この時代の俳優さんや女優さんの名前はあまり知らないが、等持院の檀家で、一時期下宿もしていたという名匠衣笠貞之助氏や、「鞍馬天狗」で有名な嵐寛寿郎、「国士無双」や「多羅尾伴内」のシリーズで知られた片岡千恵蔵の名ぐらいは知っている。また、「忠臣蔵」の林長二郎は、のちの美男俳優長谷川一夫のことだ。その頃の等持院に「東亜キネマ」の撮影所があったというのはおどろきだが、四季折々の名判の境内が、あるときは素浪人がカッ歩する宿場町、あるときは抜身をふりあげた侍たちが切りむすぶ決闘の場、あるときは恋におちたお武家さんと町娘がしのびあう密会の場所にもなっていたのかと思うと、何となく胸がワクワクする。

それに、作家になってからの父親が芝居や映画の世界にのめりこみ、数多くの脚本や台本をのこしたことを知っているので、ことによるとそうした演劇の世界に対する関心は、この頃の等持院での銀紙もちや読経エキストラの経験が、ある意味での「原体験」になったのではないか、という見方もできるような気がするのだ。

「用意はいーッ」

監督の命令にしたがって、嬉々として銀紙もちを手伝っている父の姿は、想像するだけでもほほえましい。

放浪、発病

　さて、花園中学を卒業後、等持院を出て還俗した父は、しばらく下京区八条坊城の伯父の下駄屋で働いていたが、やがて同じ町内の「西村才天堂」という薬局にやとわれた。そこで「むぎわら膏薬」の販売配達をしてくれれば、夜学に通う時間をあたえてくれる、という条件だった。父は、自転車の荷台に薬の入った籠をくくりつけ、くる日もくる日も、九条、十条、鳥羽、久世あたりにある得意先の薬局を走りまわった。

　立命館大学夜間部の文学科に入ったのはその翌年の四月で、昼間は「膏薬」売り、夜は河原町広小路にあった立命館大学地下一階の文学科（夜間部には文学科しかなかった）の教室に通うというハード生活となる。

　しかし、立命館大学の文学科に入ったからといって、かならずしもこの頃から父の心が「文学」に傾斜していたかというと、そうでもなさそうだ。じつは、この頃になっても、等持院は父の出奔を正式には許しておらず、父が寺を出る直前に当時の竺源師が急逝したこともあって、次期住職となった尾関本孝老師がさかんに父に「寺へもどれ」といってきていた。で、父は自分の出奔の正当性を主張する方策の一つとして、「立命館に入って国漢を学び、兵役をまぬかれて教師になりたい」といい出したようなのだ。
そして、それをきいた下駄屋の伯父が、顔見知りの「西村才天堂」に頼みこんで、夜学に行かせてもらう約束で、父をそこに就職させたというわけなのである。
入学後の状況は、『私の履歴書』に縷々書いてある。

八条坊城の薬局から七条大宮へ出て、市電にのって河原町広小路の立命館大学へ通った。寺を出て翌年の四月だった。入試もあったはずだが、かんたんにパスした。教室は地下室になっていた。立命館の本館入口の右手が地下室入口で、階段下から三つの部室が文学科専門の教室であった。一学年の教室の横は便所になっていて、天井がひくいので、アンモニアの臭いがいつも教室にただよった。同級生の大半はぼくより年輩の者が多く、背広を着ていた。市内の小学校の訓導たちで、ぼくと同じように中学教員免許をねらう仲間だった。

ぼくは一学期くらいは遅刻もせず通学したと思う。ところが、この学年に、等持院で識りあっていた足利禅慈と、金閣寺の徒弟で、京都府舞鶴出身の新田弘禅がいた。このふたりが同じ教室で、勉学することになるわけだが、これも運命だったように思う。足利も新田も、ぼくより五つぐらい年上である上に遊び人だった。殆んど学校へこないで、遊廓狂いだった。酒も呑んだ。ぼくは、このふたりに誘われて、五番町遊廓でのあそびをおぼえ、千本中立売付近で毎晩安酒を呑むようになった。悪友——といってみたけれど、ぼくもまた、こういう友達を心待ちにしていたかと思う。堕落は早かった。八月の夏休みを終え、二学期に入る頃から、ぼくは八条坊城の下駄屋を本を抱えて出るものの、殆んど学校へゆかずに、ふたりとゆきつけの呑み屋で落ちあうようになった。

ヤレヤレ、仕方のない父親である。たしかに「堕落は早かった」ようだ。

やがて、父親はこの伯父宅を出て、もっと自由に遊べる他所《よそ》の下宿屋にひっこしてしまう。

才天堂の給金は八円五十銭だったと記憶する。もっとも、伯父の家に泊っているのだから、部屋代はいらない。余裕が出来ると、それを酒代にした。この突然な遊蕩は才天堂のお爺さんや、奥さまを悲しませた。伯父は文句などいわぬ人だったが、さすがに、酒くさい息をはいて帰るのをみて、

「気ィつけや」

と裸電球の下で、下駄の甲をみがきながら注意した。ぼくは、この慈悲ぶかい伯父や、才天堂の主人夫婦の親切が重苦しくなった。やがて、八条坊城から、中京区の堀川上長者町東入ルの長谷川という帯職人の二階を借りて住んだ。勤め先も府庁の厚生部職業課雇になり、府から給料をもらって、立命館へ通うようになった。イヤ、立命館は名目で、五番町へ出勤するような毎夜になった。

こんなふうでは、立命館での勉学がつづくわけはないだろう。けっきょく、父はその年の十二月、わずか八ヶ月間在学しただけで立命館を自然中退してしまう。『履歴書』にある通り、同じ学級にいた足利と新田という悪友にそそのかされ、遊廓あそびにハマり、学費がつづかなくなってしまったのが原因といっているけれども、もともと父には酒にも女にもだらしのない素養（？）があったのだから、立命館からの退学は、まさに身から出たサビ以外の何ものでもなかった。

翌年、父は「西村才天堂」をやめ、短期間だったが京都小型自動車組合の集金人などをやったあと、京都府庁の職業紹介所監督課に勤務しはじめる。この課は、当時政府がさかんに奨励勧誘していた「満州開拓農兵団」募集の窓口事務もしていて、巷では「内地にいるよりは、徴兵もきびしくなくてすむ」という噂がもっぱらだった。父はそこに求人してきた「国際運輸」という大連に本社をもつ運輸会社の社員募集に応募し、九月末、神戸港から出ていた移民船「はるぴん丸」にのって大連にむかうのだ。

並みいる作家のなかでも、生涯のうちに職業をかえた数ではナンバーワンともいわれる父水上勉の、本格的な「放浪」がいよいよはじまったのである。

そういえば、父の「立命館中退」にはこんな余話がある。

わたしも美術館の仕事を通じて、ここ十数年、立命館大学の諸先生とは何やかや親しくさせていただいているのだが、最近になって、父が立命館の「名誉学友」の第一号に推挙されていることを知った。

「父はたった八ヶ月しか在籍していないんですよ」

とわたしがいうと、

「いやいや、お父さまは立命館の創建者であられる末川博先生の教育理念を社会にお広め下さった、わたしたちにとっては恩人であるといってもいいかたなんですよ」

某教授は父の「名誉学友」の称号授与にはそれなりの理由がある、といった顔をされるのである。

べつにケチをつけるわけではないが、こんな話も、父が作家として成功しなければ生じなかった話だろうと思う。


「はるぴん丸」で満州大連にわたった十九歳の父は、奉天（現・瀋陽）の「国際運輸」でニワカ雇いの苦力《クーリイ》監督として働くのだが、父はここで日本人がいかに中国人を差別し、いためつけ、己が利益のために酷使しているかを眼前にすることになる。苦力とは日本人の現場主任（といっても父のような見習いをふくめてだが）のもとで働く、いわば最底辺の中国人労働者のこと。そうした日本の戦争史の底に埋もれていた話が、その後の父のいくつもの著作に昇華されていったことは、読者ならだれもが知るところだろう。

そんななかから一作といわれれば、比較的後年（一九八六年）になって発表された『瀋陽の月』だと思うけれども、この小説は、有名作家となった父が、日中文化交流訪問団の一員として、約五十年ぶりに瀋陽を訪れたときの思い出をしるしたもので、かつて奉天赴任のために立ち寄った大連で、滞在した五日間のあいだに三日間も売娼街に通いつめていたなんて話も出てくるのだが（これにはさすがにたまげた）、そのときに父が現地で目撃した中国人労働者の悲劇はきわめて生々しい。

やはりここは、『わが六道の闇夜』から――。

冬だというのに、彼らは、サシコにぬった綿入れのような黒い上っぱりと、うすい化繊のズボン一枚きりで、ウールのシャツや猿又などつけている者はほとんどいなかった。そうして、風呂なども入れない境遇とみえて、だれもが埃くさく、よごれ、髪はボサボサであった。この姿は、やがて、敗戦によって混乱をみた東京の上野駅や有楽町にたむろする浮浪者を思わせるのだが、まだ、そのころは日本人は負けていなかったので、つまり勝者だったので、これらの苦力を、竹刀《しない》で威嚇しながらこき使っていたのである。

私は、そのような地獄の職場へ赴任したのだった。

泣きわめきながらも、何らの抵抗を示さない苦力の頬に、恨めしそうな涙がいく筋もながれている。戦争に負けて、国を取られてしまえば、みな、かような目にあわねばならない。眼にうつる苦力たちの汚れた表情には、〈今に見ておれ、お前たちのやっていることが、そう長くつづくはずはない。……いつか天の成敗をうける日がくるぞ〉とつぶやいている声をきいたようにも思う。

じっさい、国際運輸の苦力監督たちは、中国人いじめが好きだった、職場がそういう現場のせいで、しょっちゅう殺気だってなければ仕事もはかどらないところもあったけれど、苦力にだって人格があり、家には人並みの温かい焚火が待っているだろうというような、思いやりを示した先輩にはめぐりあわなかった。そのことは、休日に春日町（奉天唯一の盛り場）や、奉天公園へ出た時、眼にふれる他の会社員や、家族たちの、中国人に対するふるまいに接してもいえた。どうして、日本人はあれほど「五族協和」を口にしながら、中国人を差別したのか。

そんな「中国人差別」の体験と、相も変らぬ「女好き」のバチがあたったのかどうか、父がとつぜん喀血し、奉天大学に近い「石川病院」にかつぎこまれるのは、一九三八（昭和十三）年十一月末のことである。前々から黄疸の兆候があった肺結核の発病だった。会社は父に、すぐ日本に帰って内地療養するようにすすめた。

「こんな埃っぽいところで働いていれば、わるくなるいっぽうや。これからはおクニの非常時やし、早よう身体をなおして、多少はおクニの役に立つ人間になってもらわんとな」

父はしばらく奉天で入院生活をおくってから、翌年三月、故郷若狭の生家に帰る。ほどなく徴兵検査を受けたものの、レントゲンに肺の影がうつっていたことで、丙種合格となった。

これも余談中の余談だが、戦後三十余年ぶりにめぐり会った父とわたしとは、背丈はかなりちがうのだが（父は小柄なほうでわたしは百八十センチの長身）、肩幅のひろい、ハト胸の体格だけはよく似ている。

再会後のある日、何かのときに、ボディビル作家でもあった三島由紀夫氏についての話題になったのだが、父はちょっぴり声をひそめて、

「誠ちゃん。ぼくらはわざわざ、あんな筋肉訓練をする必要なぞないんや、生まれつき、父さん母さんから筋肉モリモリの身体をもらっとる」

腕まくりして力コブをつくるしぐさをみせた。

父の説明によると、わたしたちのハト胸体型は、胸を患った者だけにあたえられるもので、若い頃から呼吸するのに人一倍横隔膜を使っていたために、その部分が発達し、まるでボディービルダーのようなぶ厚い胸板になったのだという。

いわれてみれば、わたしも肺結核ではないが、小学校時代に長く気管支喘息に苦しめられた経験があるので、やはり父の体型に似たのだろうかと思った。

ま、医学的に本当にそうなのかどうかはわからないが。

冬の光景

若狭での結核療養中に、父は文学書を耽読しはじめたようである。療養といっても、いつも床にふせっているわけではなく、昼間はフラフラ町をあるくことができたので、ヒマにあかして本屋や古本屋をのぞいてまわる。

文学書をよんだのもこの頃だ。満州から金がくる。使い道にも困る。病気だから、本を読むのがふさわしい。だが、家はランプで電燈がない。夕方は外へ出て読むしかなかった。小浜へ出て、駅前通りをいまの泉町のところにくると、左側に古本屋があった。文学書は山積みされていた。改造社や春陽堂、平凡社の円本（引用者注・一冊一円で売られていた全集や叢書本）が多かった。改造社版は、橙色《だいだいいろ》が価が高く、布製がやすかった。普及版だったのかもしれない。三段組みで一作家一冊と、三、四人の作家で一冊になったのがあった。縄でくくって十冊ぐらい買って、家へもどって枕もとに積みあげ、順によんだ。夕刻になると外へ出た。おぼろげだが、〈谷崎潤一郎、芥川龍之介、永井荷風などは高くて本棚に入れられていたが、なぜか、宇野浩二、広津和郎、葛西 善蔵集は山積みの方にあった。春陽堂版もそうだった。

本棚組は高く、山積みは十銭か二十銭均一だったと思う。まるで、野菜でも買うふうに縄でくくって帰ったものだ。

『私の履歴書』にはその頃のことが、父の出会った多くの作家名、作品名、出版社名とともに紹介されているのだが、こんな読書三昧の日々が、それまで父の心の底にねむっていた「文学」への憧れに火をつけぬわけはなかったろう。

『履歴書』はこうつづく。

ぼくは、小説家が競争しながら、それぞれの女性関係をうたっている都、東京へ出たくなった。

同年輩には、甲種合格が多く、入隊してゆく。丙種は肩身がせまい。そこで、母を説得して、東京へ出ることにしたのだった。二十一歳になっていた。いつまでも家にいるのは心外だ。病気も完全に治癒していない身を母は案じてくれたが、結局米三俵を売って、当時十八円の金をぼくにくれた。小作して得た米、つまり、弟たちの喰扶持《くいぶち》を売ってくれたのである。

一見無計画にみえるこの上京も、一応父なりのプランがあってのことで、当時祖父の覚治が駒込蓬莱町にあった勝林寺という寺を、同じ駒込の染井墓地近くに移築するという仕事を請け負っていたので、当面はそこの飯場に泊めてもらって、そのうちどこかに就職しようという算段だった。

また、父は若狭で療養中、地方文学青年むけの投稿雑誌だった「月刊文章」や「作品倶楽部」に何どか散文を投稿していて、そのうち「日記抄」という作品は、選者の高見順氏によって佳作にえらばれていた。「作品倶楽部」には「窪地」という作品を送り、それは受賞にはならなかったが、すでに芥川賞候補にもなっていた農民文学の丸山義二氏の手厚い批評をうけた。丸山氏とは、それが縁となって文通までさせてもらっていたので、上京の折には四谷坂町の丸山邸を訪ねていこうときめていたのである。

このあたり、父の行動は一見衝動的にみえるけれど、それなりに周到であることもわかる。そのときそのときの思いつきで行動しているようだが、案外一重にも二重にも根回しというか、転ばぬ先の杖を用意しているようなところがある。ことによると、こうした父独特の、自分の人生進路に対するアンテナの張り方は、その後の父の一生を決定するくらい大きな才能だったのではないかとも想像する。

それに、こうして引用を重ねていると、ついつい同じ資料に頼りがちになるのだが、父が自らの出自や職業遍歴について書いている文章はたくさんある。再三引用させてもらっている『わが六道の闇夜』や『私の履歴書』のほかにも、『冬日の道』とか『文壇放浪』とかいった好エッセイがある。同じ頃の、同じ思い出を書いても、そこには当然（父自身もいっているように）、書いているときの心理状態や精神状態、そのときどきに生じる記憶ちがいや思いちがいもあるので、まったく同じ内容になるわけではない。

父が上京して、すぐに父覚治の働く駒込の飯場を訪ね、翌朝早くそこを追い出されるように出て、かねてから文通していた作家丸山義二氏のもとを訪ねるくだりは、「冬日の道」からひくことにする。

二月十八日の朝、東京へつくと、本郷追分町の父の仕事場へいった。そこはカンナ屑のちらかった飯場で、昼は板ケズリ場なのを、夜は寝床にするといった掘立小舎だった。父の大工仲間が四、五人いたが、小舎の地べたに板を敷いただけの床で、一夜だけ泊まって、翌朝早く父に起こされ、ゆくあてもなく、四谷見附行きの市電に乗った。丸山義二氏のお宅を目ざしたのである。

四谷見附で降り、地図をたよりに新宿に向かって歩き、右に折れ、坂道をくだると四谷坂町四十四番地である。そこに丸山氏の家があった。路地へまがる角のあたりに、漢方薬の問屋があったのをおぼえている。ぶしつけな訪問だったが、丸山氏は会ってくださった。「生活のあてがないのなら、どこか働き場をみつけねばなりませんね」親切にいってくださって、自分の友人がいま日本農林新聞という業界紙にいる、そこへはいってみたらどうか。願ってもないことだった。丸山さんは、有楽町の工業日日新聞の校正室へ私をつれていってくださった。日本農林新聞の出張校正室である。丸山さんの友人が出てきた。細野孝二郎氏である。細野氏は、「文芸」に「黄色い死体」という短篇を発表しておられたので、若狭にいたときから名は知っていた。ロイドぶちの強度なめがねをかけた細野氏の、糸のような目をみて、私はほっとした。

のちに父自身もいっていることだが、この丸山義二、細野孝二郎両氏の力添えがなかったら、若き父の「文学」への出発はなかったとさえいっていいだろう。若狭から出てきたハグレ鳥の父親が、生活の糧を得られるようにと、日本農林新聞社に就職をあっせんしてくれた丸山氏は、早稲田大学の仏文、英文出が中心になって出していた同人誌「東洋物語」にも父を入会させてくれ（父はそこに処女作となる八十枚ほどの「山雀の話」を発表する）、細野氏は細野氏で、父にとってはまぶしいというしかない何人もの先輩作家たち、たとえばすでに『自由ヶ丘パルテノン』がベストセラーだった堀田昇一氏や、『道化の町』の大江賢次氏らとひき合わせてくれた。将来は一人前の物書きに、と野心をもやしていた父にとっては、「文学」へ「文学」へと父をひっぱりあげてくれた恩人が両氏だった。

しかし、懲りないとはこのことで、父はある日酒に酔って上司とケンカして、半年ほどで日本農林新聞をやめてしまい、有楽町にあった報知新聞の校正部にうつる。それも「東洋物語」のメンバーだった三島正六氏に世話してもらった職場だったから、けっきょくは丸山氏のおかげといえた。その後、銀座八丁目の「学芸社」（そこは作家の和田芳恵氏が編集長だった）、俎橋詰にあった「三笠書房」へと勤め先をかえるが、「学芸社」をやめたのもモトはといえば酒が原因で、比較的長くつとめた「三笠書房」の退社も、酒びたり女びたりの私生活が遠因になっていた。どこへ行っても父は長つづきしなかった。

父がわたしの母、当時お茶の水にあった「東亜研究所」という左翼系の民間調査会社につとめていた加瀬益子《えき》と知り合ったのは、昭和十五年の夏頃のことである。

父は職場だけでなく、早稲田鶴巻町、榎町と、東京に出てきてからあちこち住居もかえた。益子と知り合ったのは、榎町の春秋荘からひっこしてきた東中野の日本閣ウラ（地名でいうと淀橋区柏木五丁目ふきん）の、神田川のそばにあった「寿ハウス」という木造アパートでだった。

わたしの母とのことを書いたものでは、何といっても、〈父がわたしと再会したのちの一九八〇（昭和五十五）年に発表した『冬の光景』（「毎日新聞」に連載された）が有名だが、母と出会ったくわしい経緯については、『わが六道の闇夜』のほうが簡潔に書かれているので、そっちのほうがわかりやすい。

女性はそのアパートの先住者で、階下の、つまり、私の越していった二階の部屋のま下にいた。故あって名は秘さねばならぬが、かりにT女といっておこう。千葉県出身でお茶の水の「T研究所」に通う事務員だった。私よりは年上で、二十四か五だったと思う。色白だが、どうふってりと太り、中背の軀つきは、遠眼にみても押し出しがきくほど目立った。だが、どうみても美貌とはいえなかった。どんぐり眼の、鼻がすこしあぐらをかいた、愛嬌のある造作だったが、こんな独身女性が、はからずも新聞広告で越していったそのアパートにいようとはユメ思いはしなかったのだ。

二十二歳で、女の肌に飢えている私は、階下のこの女性をひと眼みるなり、興味をもち、例の憎むべきテクニックで近づいた。T女は人の好い、農家出身の、いかにも素朴な感じがしたが、なかなかしっかり者だった。しかし夏になると、暑いものだから、よく窓をあけ放した部屋でシュミーズ一枚でウチワをつかっていたりした。

私の部屋へゆく階段は、そのT女の窓のよこについていたので、覗き見しながら、昇降ができたのである。金のある日は酒を呑みぐでんぐでんで帰る。ぴいぴいの日は、だれかにたからねばならない。私は、野良犬のようにボロボロになって、日曜日などは二日酔いの頭をもてあましながら寝ていたが、T女の足音にだけは、ぴくっと眼を光らす獰猛《どうもう》な一匹のけものであった。白状する。なるべく、安上がりに近づこうとねらった。

きけば房総の出身で九十九里浜に近い中流農家の長女だった。お茶の水の研究所からは給料も相当もらっていて、故郷から小遣い、餅、米など送ってくる。月に一どは妹もあそびにきて、アパートに泊まってゆく。私に比べれば、育ちはよい。おっとりしてみえたのも当然だろう。

私の誘いもあって、部屋へ話しこみにくるようになり、深夜おそく階段を降りてゆく日がつづいたが、越して半年目ぐらいに、軀の関係に入った。T女ははじめての経験だといった。そういわれれば私にも責任が生じた。最初はあそびのつもりだったが、かさなるうちに摩訶《まか》不思議な世界にひきこまれて、会えばとにかく有頂天になって埋没する。

まあ、（父がわかからいえば）ざっとそんなふうなふたりの出会いだったのだが、こんな関係がそんなに長つづきするわけはないだろう。

当然のことながら、やがて母は妊娠する。

父は真ッ青になる。

『冬の光景』は、母が「稲取増子」という名で登場する小説だが、父のうろたえぶりはこんなふうである。


その稲取増子が、急に私よりは倍ぐらいの身長と体重をもつ巨体に見えはじめ、のしかかる重さで気になりだしたのは、妊娠を告げられた日からだった。正直、夏の末に越してきて間もなかった私は、このアパートで彼女と知りあい、秋半ばにもうそれを宣告されたので、間尺にあわぬような気がしたのである。

「ほんまに……そうか」

俺《おれ》の子か、と問いたかったのを押しころしていたように思う。彼女より一寸ぐらい背丈のひくい痩《や》せっぽちの私には、彼女の「産みますよ」といったことばには威圧感があり、私は上眼づかいに、背丈のたかい彼女の下くちびるのあたりを見すえているしかなかった。

「綾《あや》ちゃんもね、思いきって、二階へきた方がいいっていうのよ」

友だちの名を出した増子の物言いには、ふたりだけの内緒ごとではすまなくなったという意味がふくまれていたようだ。

「しかたないなァ」

と私はいうしかなかった。どうにもならんな、といいたい思いはあった。が、強く出ることは逃げにとられるように思えたので、そういういい方で、私は、あとはだまったのである。しかたがない、といわれたことにも、増子は不快でないらしくて、ならびのわるい上前歯が二つ露出する桃いろの歯ぐきをだして、にっこりし、

「目につかんように、少しずつはこぶから」

と荷物のことをいった。


何かにつけて周到だったはずの父だが（なんだかそれもわたしの思いすごしのように思えてきたが）、とにかく、母の妊娠だけは「不覚」というしかなかった。

けもののように女に飢え、もはやだれでもよいからと眼を光らせていたところに、母益子が出現したのである。ぽっちゃり型で、気性のつよい、どこか包擁力のある年上女だった。父はたちまち母におぼれ、性におぼれ、そのあげくに母を妊娠させてしまった。言い訳はできなかった。

しかし、当時の父は一日の生活費もまともに稼げぬようなピイピイ生活だったし、おまけに結核を患う身では、とてもではないが結婚なんてできるわけがない。それに、ほんのひとときの「性欲の処理」の相手でしかなかった益子を、結婚して幸せにするなどという気持ちには、

これっぽっちもなれなかったのである。

優柔不断な父は、そうした内心を母につげられず、別れる決心もつかず、そのままズルズルと同棲生活をつづけてゆくのだが、ある日「千葉の実家の両親に結婚の承諾をもらいにゆく」という母の希望をききいれ、すでに腹が大きくなってきていた母をつれて、香取郡東条村牛尾に住む、益子の両親である徳太郎とまさに会いにゆく。

だが、一本気で冗談ひとついうわけではない堅ブツの徳太郎の前で、父はただ借りてきた猫のように、小さくなってすわっているしかなかった。徳太郎は他所《よそ》の倍もあるような広い田圃を耕しながら、村の役員をいくつもひきうけている地元の人望者だった。父が左肺下乾性助膜と右肺上葉浸潤という二つの病があるために、兵役検査では甲種合格になれなかったことを話すと、徳太郎はたちまち不機嫌になり、何と役たたずな男を益子は連れてきたものだ、といった顔になった。

翌日、剣道師範の段をもつ、逞しい体格の徳太郎に命令され、半日畑仕事を手伝わされてフラフラになったあと、義弟といっしょにゆきたくもない魚釣りにゆくのだが、一匹も釣れないまま釣り場の沼を脱走（よく脱走する人だ）し、一人で九十九里浜をあてどなくさまよう父の姿は哀れだ。

疲れ果てて、一人ぽつんと草はらにすわってつぶやく父の述懐を、『冬の光景』からひろってみる。

母には内緒の女をつくって、その女に早々と子をはらませ、しかも、そのことを秘密に女と里帰りしているのだった。東京へ米や餅をおくらせたいばかりの算段で。こんな不甲斐ない、だらしない息子をもった母よ、何とあなたは不幸子女か。こんな殺風景な沼の岸に、好きでもない魚釣りしつつ草に寝ころんで、所在なげにいるこのありさまを知ったら、あなたは泣くだろう。

もちろん、増子との将来を幸福に生きようなどという自信も夢もないのだった。子が生まれても育ててゆく力もありはしない。何もかもが増子の意志ですすめられているのだから、将来もまた、増子の意志通りとなり、私は不甲斐ない父親として、増子にすがって生きるだろう、そんな結婚を、どうして、母に祝福せよといえよう。父にももちろんいえはしない。土台、貧乏な棺桶つくりの父母たちは、私という息子の将来について、何一つという権利もないし、力もないのだった。あるものは、ただ心配だけであって、その心配をかけることが、私の気をいま重くしているのだった。

それに比べたら、増子の気のつよさはどうだろうか。彼女はとりあえず、子を生むことに彼女の全霊をかたむけ、健康な子を産んで、私という人間を、日をかけて、少しでも力のある人間に改造し、将来、子の父親として生きてゆかせようと夢みているのだった。

自分は、増子を愛するでもなく、ただ、淋しさから部屋によんで、何の呵責《かしゃく》も感じずに、軀の関係をもち、ずるずる交際しているうち、妊娠させてしまい、あげくに同棲して、将来をどう設計する自信もなく、ただ、のほほんと、増子の生活力に頼っているにすぎない。やがてそれは、みな露見して、私は、この一家から塩をまかれるだろう。

けっきょく、このとき父水上勉と母加瀬益子の二人は、千葉の両親から「結婚の承諾」を得るどころか、ほとんど勘当に近いかたちで追い返されるのである。

ほんの一、二時間の畑仕事でハァハァ息をきらし、釣りをさせれば、半日沼辺にしゃがみこんで一匹も釣れない。おまけに背もひくく、あまりぱっとしない風采の文学かぶれで、肺と肋膜を患いながら酒ばかり呑んでいるグウタラ男、というのが両親の査定だったから、とてもそんな男に可愛い娘を手渡す気にはなれない、といわれても返す言葉はなかったのだ。

その後のことは、わたし自身も何回も自分の本のなかに書いたし、もちろん父の『冬の光景』にもしるされているので、これいじょうくわしくは書かないけれども、ともかくすったもんだのあげく、わたしはまだ父のもとに入籍もしていない母益子のお腹から、一九四一(昭和十六)年九月二十日、午後九時三十分に誕生するのである。

再会した母からきいたところによると、わたしが生まれたのは鶯谷駅近くにある「下谷産院」で、その日も父はどこかで酔んだくれていて、父がわたしの誕生を知ったのは何日か経ってからだったという。母の妊娠を知ってからというもの、父の生活は以前にもまして荒れ、ほとんど家に帰ってこない日がつづいていたようだ。

それからふたりは悩みに悩んだすえ、わたしを他家に手放すことを決心し、ちょうど「寿ハウス」の隣室に住んでいて、日頃から何やかや益子の相談にのってくれていた山下義正、静香さん夫婦にたのんで、子どもの引き取り先をさがしてもらう。そうして、山下さん夫婦が走りまわって、ようやくみつけ出したわたしを貰ってくれる先が、当時世田谷明大前で「うどん屋」をやっていた窪島茂、はつ夫婦だったというわけである。

『冬の光景』には、その間の一部始終がコト細かにしるされているのだが、父の言いぶんでは、わたしを他家に手放すという案は益子から出されたもので、父にはその決行の日も相手先も知らされておらず、すべてを知ったのはわたしを窪島家に手放したあとのことだったそうだ。今となっては、どっちでもいいことだが、父としては、何もかも秘密裡に益子主導ですすめられたわが子との離別計画を、すぐには容認する気持ちにはなれず、終戦後何回か明大前を一人で訪ねて、わたしを貰った「うどん屋」（父は「そば屋」ときいていたようだが）の窪島家をさがしあるいたと書いてある。

『冬の光景』で、一切合財を告白したせいか、そのあと書かれた『私の履歴書』には、わたしを手放すにいたるまでのふたりの心の葛藤や、細かいいきさつについてはまったくふれられておらず

ぼくは寿ハウスに住むK女を識り、やがて同棲して一子をもうけたが、肺病再発で失業、

子をK家にもらってもらい別れた。

とだけしるされている。

また、一九七八（昭和五十三）年十一月に刊行された『水上勉全集』（中央公論社版）の年譜には

昭和十六年　東中野で、加瀬益子と同棲、長男凌（窪島誠一郎）をもうける。

昭和十七年　長男凌を靴みがきを業とする窪島氏の許に養子として出す。のち、戦災と戦後混乱のため互いに消息がつかめなくなる。

とだけある。

「凌」はわたしの幼名、つまり生まれたときに生父母がつけてくれた名で、窪島家の職業が「靴みがき」とあるのは、わたしを貰った直後に養父母が「うどん屋」から「靴修理業」に転業したためである。

三枚の写真

ところで、わたしは生みの母親である加瀬益子と、戦後三十何年も経って再会したときに、益子から三枚の幼い頃の自分の写真をもらっている。

父と別れたあと、他家に嫁いで一男一女（わたしの父親ちがいの弟と妹）をもうけ、今では東京の郊外のT市で幸せに暮している益子だったから、わたしにかかわるそうした写真を手放すということは、それまでずっと心の底にしずめていた過去の記憶を精算することであり、ひとつの「身辺整理」を意味する行為でもあったろう。それとともに、母でなければもっていないはずの写真をわたしにみせることによって、「おまえはたしかに私たちの子なんだよ」、「私は本当におまえの母親なんだよ」ということを証明したかったのかもしれない。

「これ、リョウちゃんがもっていたほうがいいと思うから」

益子はそういって、わたしと別れた当時の自分の日記や、わたしの正確な出生日時、場所などをしるしたメモといっしょに、三枚の写真を手渡してくれたのである。

どの写真も、わたしがまだ二歳未満のとき、つまりまだ水上勉、益子夫婦の子どもだった頃のもので、一枚は金ボタンが六つついている一張羅の洋服を着て、丸い帽子をかぶり、手に白い模型ヒコーキ（あの頃流行していた「零戦《ゼロ》」の模型）をもって立っている写真だった。わたしがこれまで、父や母をテーマにして書いてきた本にも、たびたび登場することになる写真である。益子の話によると、これはわたしが生父母から養父母のもとに預けられた日に、東中野にあった何とかいう有名な写真店で撮ってもらった記念写真だそうだ。

この写真は、父の『冬の光景』にも出てくる。

父は戦後しばらくした頃、当時つとめていた神田の出版社「虹書房」に電話をかけてきた益子と久しぶりに会い、益子が一人暮ししていた千歳船橋のアパートを訪ねるのだが、そこでわたしの模型ヒコーキをもった写真と、「三笠書房」時代の父の写真が、黒いリボンのついた額に入れられて飾られているのをみる。益子はその頃、昭和二十年五月に東京世田谷一帯を総ナメにした東京山の手空襲によって、てっきり窪島夫婦とわたしは戦災死したと思いこんでおり、また人伝《ひとづ》てに満州に出征した父の水上勉も戦死したときいていたので、二人の写真を黒いリボンの額に入れて二つならべて掛け、毎日線香をあげていたというのである。

「これ……」

と増子は、きょとんとしている私に頭上の長押《なげし》をさしてみせた。

「あんたと、リョウよ」

私は窓の上に飾られてある二つの写真額を見あげた。私の写真とリョウの写真だった。

二つとも、額におさめられている。黒ブチのその額には、私のにも黒布のリボンがむすばれて、誰がみても、写真にうつっている人物は死んでいるとわかった。私は、声を呑み、息をつめて、二つの写真を眺めた。

リョウは、三歳ぐらいだった。襟は白いが黒っぽい洋服をきて、模型飛行機をもって、ぽつんと立っていた。その顔は、増子そっくりともいえる口もとで、私に似ているといえば、眼のあたりだろうか。生えぎわのひろい額を白く浮かせて、口をひきしめ、模型飛行機を両手に抱くようにして、前方をにらんでいた。小さな靴も履いていた。

もう一つの私の写真は、増子が写真店にたのんでひきのばしてもらったものにちがいないのだ。いや複写してもらったのかもしれぬ。どうしてそんな写真がそこにあるのか不明だが、たしかにそれは私にちがいなかった。私はダブルの服を着、髪をくしゃくしゃにしていた。その顔から私は、ああ、三笠書房にいた頃だなと思い出した。

「こ、こ、この写真?」

私は思わず口ごもってにらみつけた。

「若狭の村の役場へきいてみたらね、召集になってるってきいたのよ……それと、あんたのことを戦死したっていう人がいたの」

増子はうたうようにいった。

「千葉から父さんもきてね、あんたのことたずねたから戦死したっていったらね、それで、納得してもらえたのよ」

私は半分は笑いをころしながらいう増子のことばに、刺されるような悲しみをおぼえた。

「おれが死んだ」

「そうよ。だって、召集だしね……軀もよわかったから、とっくに死んだと思ったの」

「…………」

「父さんはね、こうして、写真飾ってると、納得するのよ。ながいあいだだましてきたでしょ。でも、みんな、こうして、あんたも、子供も死んじゃった、何もかもなくなった……父さんには、それで納得がゆくらしいの。それで安心して餅やら米やらはこんでくれるのよ……私にまた男がいたら、そうはゆかないよね。うちの人らはそういう人だから」

私は唖然として、私の写真とリョウの写真を見つめているしかなかった。

このあたりの事情は、わたしも自分の本に何どか書いてきたので、これいじょうは省くことにするけれども、とにかく父は、益子からわたしの模型ヒコーキの写真をみせられ、「リョウ（凌）は戦災で死んだのよ」と告げられて、ただそこに立ちすくむしかなかったというのである。

だが、さすがに父は、このときの益子の言葉だけで「リョウは死んだ」と結論づける気持ちにはなれなかったらしく、前にものべたように、後日一人で明大前に行き、窪島という「ソバ屋」をさがしあるいたというのだ。

『冬の光景』では、明大前の焼け跡にあった屋台の女将とこんな会話をかわす。


「そばやをさがしてンです」

と私はいった。

「そばやさんなら駅前にあったでしょ」

「古いころのね、つまり、焼けない頃の」

「そらわかりませんよ」

女はぶっきらぼうにいった。

「大学がありますからね、昔から、学生目あてのそんな店はあったでしょう。何て店ですか」

「名前はわからないんです」

女は、私を小馬鹿にしたような眼で見た。そうだろう。店の名も、場所も知らないのだ。どうして、目あての「そばや」がわかるだろう。

「主人の名は長島とかいってたけど」

「番地がわからないんじゃね」

女はわずかに軽侮をこめた眼で私を見て、

「新宿じゃ、一時間ぐらいの間に、大きな建物がみな火をふいたんですよ。B29がね、雨みたいに焼弾落したんですよ……ここいらだって、同じことです。淀橋《よどばし》の方の焼けた夜は、わたしもおぼえてますけど、一晩じゅう昼みたいに明るかったです。大勢の人が死んでさァ」

　屋台を出ると、甲州街道の方へ歩いた。掘立小舎がせまい路をはさんでのびている。しばらくゆくと、その小舎が切れて、家跡の土台や、焼けただれた植木が、樹幹だけのばしている庭があった。向うは広い瓦礫の野だ。遠くに、明治大学の校舎が見える。よごれた灰いろの建物は、まだ、戦争中のだんだらの迷彩をのこし、手前の三、四階建てのビルも迷彩をのこしていた。そういう高い鉄筋のほかには、とびとびに、スレートぶきの小舎はあるものの、瓦礫をひとところにあつめただけで、何も建っていない場所が多いのだった。

〈たしかに焼けたのだな〉

　と私は思った。リョウをあずかった「そばや」夫婦が生きていた場所は、たぶん、山井が知りあった店なら、大学に近かったろう。いま、その大学前の、甲州街道ぞいにはこれといった家はなかった。女のいったとおり、B29が雨のように爆弾を落したのだろう。あらゆる家が焼けた。逃げおくれた人々はそこで死んだのだ。

　父はここで、ああ、やっぱり息子のリョウは死んだのだな、という思いをつよくする。つよくするというか、確信する。『冬の光景』は小説の体裁をとっているので、長島は窪島、山井とはわたしを益子から預かり、窪島家とのあいだの仲介に立ってくれた山下義正さんのことだ。

父は明大前の光景をみて〈たしかに焼けたのだな〉と思い、リョウも、リョウを貰った窪島さん夫婦も、ここでB29にやられて死んでしまったのだ、とあきらめるのである。

ここでひとつ、父の名誉のためにいっておくけれども、こうして父が終戦直後の明大前を訪ね、手放したわたしの行方をさがしてあるいたということは事実であり、けっして「小説」上のつくり話ではないということが、最近になってわかった。

それは、戦前から明大前の駅前で「飯島屋」という老舗の和菓子店を営まれていた故・山室春吉さんのご長男で、現在もそこでテナントビルを経営されている和夫さん（わたしも幼い頃和夫さんによく遊んでもらった）が、生前父上の春吉さんから、

「昭和二十年の夏の末だったか、作家の水上勉さんによく似た若い男が店にきて、こういう子どもが近所にいないかと真剣に聞いていたのをおぼえている」

といわれたことがあると教えてくれたのである。

和夫さんによると、そのとき春吉さんは、

「もっと甲州街道のほうに行って聞いてみたらいい」

とこたえ、

「あっちが明大の和泉校舎だよ」

と指さしてあげたのだという。

父は頭を下げて、そっちのほうへ早足であるいていったそうなのだが、だとすれば、『冬の

光景』のなかで父親が甲州街道ふきんの焼け跡をほっつきあるくのは、そのあとのことなのだろう。

「誠《セイ》ちゃんは幸せモンだよ。あんなにお父さんが真剣な顔であんたをさがしあるいていたんだからねぇ」

山室和夫さんはそう微笑まれ、

「お父さんだって、さぞつらかったと思うよ。可愛い子どもを手放したくて手放す親なんか、いないからねぇ」

むしろ父に同情するように、そういうのだった。


さて、母益子からもらった他の二枚の写真も紹介しておきたいのだが、一枚はやはりわたしが二歳になったかならぬかの頃、身体の倍はあろうかと思えるような大きな産着《うぶぎ》にくるまれて、丸い眼鏡をかけた若い益子（たぶん二十五、六歳ぐらいだったろう）の胸に抱かれている写真である。同じ「寿ハウス」の住人のだれかに撮ってもらったものだろうか、大きな木の扉のある部屋の入り口のようなところで、いかにも母が、可愛いわが子を自慢するような表情でわたしを抱いている写真だ。産着にくるまれたわたしは五分刈りの坊主頭をしていて、富士びたいのひろいオデコを出し、その下にある大きな瞳を見開いてじっとこっちをみつめている。

関心がわくのは、もう一枚の手札型の小さな写真のほうで、こちらは母の益子に抱かれているのではなく、益子の隣に立っている若い男に肩ぐるましてもらっている写真である。やはり眼鏡をかけた痩身の男だけれども、水上勉とはちがう。白いワイシャツをまくりあげて、黒い半ズボンをはいた小さなわたしの身体を、高々と首のうしろにのせてあるいている。周辺にも何人か、浴衣らしきものを着た人々があるいているところをみると、どこか神社の祭礼にでもでかけたときのスナップのようにもみえる。はて、この男の人はいったいだれなのか。

写真を手渡されたとき、わたしがそのことをきくと、

「あ、これは田代さん」

益子はこたえた。

あとから知ったのだが、益子のいった「田代さん」とは、のちに朝日新聞社副社長をへてテレビ朝日の社長となる田代喜久雄氏のことだった。

田代喜久雄氏は、同じ頃水上勉、益子がいた「寿ハウス」に住んでいた人で、早大国文科を出て新聞記者をしていた頃から、父も所属していた同人誌「東洋物語」のメンバーの一人だった。同人には他に、小沼丹、福田恆存、高橋義孝、野口冨士男、梅崎春生、豊田三郎といった、今から思えば錚々たる人たちが顔をそろえていたのだが、そんななかでも田代氏は有望株の書き手だったそうで、小説を書きはじめたのも水上勉よりずっと早かったという。

その田代さんが、父が酔っぱらって帰ってこない日など、洋裁の内職で忙しい益子にかわって、わたしのオシメを取りかえたり、おやつのカルメラを焼いたり、休日になると近所の神社

に散歩につれていってくれたりしたというのだから、縁は異なものである。わたしは田代さんにはことのほか懐《なつ》いて、たまに帰ってくる水上勉よりも、田代さんのほうを自分の父親と思っていたふしさえあるというのだ。

わたしは父や母と再会したあと、何年かして、この田代喜久雄氏（当時はテレビ朝日社長をされていた）と、自分の信州の美術館で一どだけお会いする機会を得たのだが、今でも昔の文学青年の香りをただよわせている、笑顔のやさしい温厚な紳士だった。この田代氏には、わたしと父が戦後三十余年ぶりかで再会したニュースが、たまたま当時の「朝日新聞」の社会部によってスクープされたために、その件でもずいぶんお世話になった。

結婚、応召

父は加瀬益子と別れた約一年後の、一九四三（昭和十八）年八月に、松守敏子と結婚している。益子とは約二年間、東中野の「寿ハウス」で同棲し、わたしという子をもうけたものの、けっきょくは入籍しないまま別れたわけだから、敏子との結婚が事実上の「初婚」ということになる。

敏子とは、「日本映画配給会社」につとめはじめてまもなく知り合った。「日本映画配給会社」は、まだ益子と東中野に住んでいた頃、「東洋物語」が統合してできた同人誌「新文学」の創立メンバーで、映画会社にも顔がきいた作家の永井直勝氏が紹介してくれて就職した会社で、父はそこの社内報を編集する仕事についていた。『冬の光景』によると、益子はちょうどその時期に、リョウを窪島家に預けたことになっているので、父はもうそのときすでに、「次の女」と知り合っていたということになる。

この間《かん》の経緯については、長編小説の『冬の光景』以外にも、『わが六道の闇夜』『冬日の道』『私の履歴書』『文壇放浪』等々、どの自伝的エッセイにも書いてあるのだが、それぞれ、微妙に事実関係がちがっていたり、社名や町名や人名がちがっていたり、時系列に矛盾があったりしている。
たとえば『わが六道の闇夜』には、

私は一年半目にT女（益子）と別れてつとめ先を換えた。昔のままのつとめ先では、折角別れられたT女との縁がまたつづきそうなので、新規まき直しを試みたのである。ところがじつは女なしでは暮らせるものでなくて、友人の世話で、二どめに就職した「映画配給社」で、またM女（敏子）を見染め、恋愛してしまった。そうして、この女性を私の虫がとても好いたので、軽率に結婚した。ところが、M女はすぐみごもった。

とあり、『私の履歴書』には

K女（益子）と別れたのちに、大塚仲町に住んだ。若狭出身の細君のいる封筒屋さんである。わずかつとめた日本映画配給会社でM女を識り、東中野の川添町アパートにうつって同棲、やがて、中野の新井薬師にうつった。

とある。また、『冬日の道』では、

私は、東中野のアパートで同棲していた女との、別れ話で悩んでいて、創作どころではなく、酒ばかり呑んでいた。「新文学」の編集は手つだうものの、三笠書房の方はおろそかになった。

その女と切れると、また次の女が出来た。東中野を出て、大塚、新井薬師を転々し、日本電気協会の機関誌につとめた。

と書かれている。

益子の名がT女になったりK女になったりするのはともかく、勤め先の名がちがっていたり、転居先の順番がちがっていたり、このあたりの記述はかなりいいかげんなのだが、それだけこの頃の父の人生は、（自分自身が追いきれないほど）混乱、混沌をきわめ、かつ目まぐるしいほど変転をとげていたのではないかと思う。これだけ転々とすれば、記憶ちがいも、思いちがいも生じて当然だろう。父の眼には、作品を書くたびに自分のあゆんできた道が、まっすぐにみえたり、ゆがんでみえたり、途切れてみえたりしていたのではないのか。

それより、何ど読んでもわたしが敬服するのは、父がそれらのエッセイのなかでかならずふれている「東京に空襲がきた日」——昭和十七年四月のある日の体験を書いた文章である。わたしが一番好む『文壇放浪』の文章をうつしてみる。

あれは昭和十七年四月だったと思うが、東中野駅から、省線に乗り、新宿で乗り換えて、目白の菅藤邸へ向かっていた。電車が高田馬場駅ホームに入ったとたん、急停車。私の乗っていたのは後方の車輛だったので、まだ、ホームのない線路上に止められた車窓から早稲田の空を見ていたら、飛行機が二機、低空で両翼を左右にかたむけるように翔んでいた。それがアメリカの戦闘機とわかるのは、その電車がいくらかうごいてやがてホームへ降り立つことができ、人の話に、早稲田が空襲をうけたとのこと。高田馬場駅は、いくらか高架になっていて、西武電車も入りこんでいるので、そのホームごしに、早稲田の方角はよく見えたのである。よく晴れた日にかかわらず空は鼠《ねずみ》いろだった。そう思えば思えぬでもない白煙のあがる一角があった。まるで、焚火ほどの煙だが、電車が何かの指示待ちで、動かなくなったので、高田馬場から線路を歩いて目白までゆき、それから、菅藤邸で、夕刊を見て、早稲田の岡崎病院が爆撃をうけ、鶴巻町の通りへベッドとともに患者さんが避難している光景の写真が出ていたのと、近くの小学校の校庭にも戦闘機から無差別に弾丸がとんできたのをよんでびっくりした。たぶん、これは東京が米空軍に初めて空襲を浴びた日であったろう。

文中の「菅藤邸」というのは、当時「新文学」の編集発行人になっていた一高教授の菅藤高徳氏の自邸を指していて、父はその頃「新文学」の校正の仕事で、市ヶ谷の大日本印刷と目白の菅藤邸のあいだをしょっちゅう行き来していたのである。

わたしはこの文章を読むたびに、ああ、父はやはり「あの時代」に生きていた人なのだな、と思う。

これといった修飾語や形容詞が多用されているわけでもない、ただ淡々と事実を記録しているだけのようにみえる文章なのだが、ここには戦時下にあった庶民の日常と、その日常をしだいに追いつめてゆく「戦争」の姿とが、ピリピリするような臨場感をもって描かれている。白昼の東京の一角に、焚火のようにあがった一すじの白煙が、やがて東京全体をナメつくす空襲の炎となってゆくという、どこか気だるげで虚無的な予感にみちた、昭和十七年四月のある日の風景。父の人生の混乱と混沌は、こんなふうに慌ただしく戦争の渦にひっぱりこまれていった、あの時代のもつ混乱と混沌でもあったのではないか、とも想像する。

東京上空に初めて米軍機が飛来した日というから、正確にいえば、これは「昭和十七年四月十八日」のことだろう。それから約二年半のあいだ、米空軍は東京に姿をあらわさなかったが、昭和十九年の十一月二十四日にとつぜん江東地域を急襲、それから二十年八月十五日の敗戦の日まで、空襲は一日も休むことなくつづいた。明大前が焼けたのも、その東京空襲の最後のほうの五月下旬に決行された、雨アラレのように焼夷弾をふらせた山の手空襲によってだった。

そんなことがわかっているせいか、父の「四月のある日」の文章は、その平明でおだやかな庶民生活の描写のなかに、いずれやってくる「戦争」の実相をひそませていて不気味なのだ。

わたしなどに、父の文学をあれこれいう素養なんかないのだが、こんなことを素直にかんじさせる父の文章の力量は、やはり並ではないなと思う。

昭和十九年に入ると、ますます戦争は激化、父は松守敏子と郷里の若狭へ疎開する。その頃、都が一戸あたり三百円の引越し支度金を出す第一次疎開制度を実施しているときいて、それを利用したのだ。若狭へ帰ると、祖母かんのいとこが教師をしていたのを手づるに、福井県大飯郡青郷村の国民学校の分教場へ助教として赴任する。

しかし、まさか両親、弟妹のいる岡田の生家に敏子をつれてゆくわけにはゆかず、分教場には教員住宅があったので、そこに住むことになった。国民学校といっても、若狭の片田舎の分教場だったから、全校生徒数はわずか二十二名、一年から四年までの子たちを一教室にあつめて一人の教師が教える、いわゆる複々式授業というユニークな教育法をとっていた。

父の人生を語るには、いささか寄り道かもしれないけれど、あまりにこの複々式授業というのがおもしろいので、父が『私の履歴書』で披露しているそのシステムを、ちょっと紹介しておきたい。

前任者は、岡田部落から近い加斗という村の出身で、教師歴もながい三木という五十歳前後の訓導だった。その先輩から、変則的な複々式授業の方法を習った。一年生が三人。二年生が五人。三年生が六人。四年生が八人だったと思う。もちろん、教師はぼくひとり。分教場は、教室が一つ。そこに四列に机をならべ、教壇にぼくの机が一つ。背中に黒板が四枚あった。一人の教師が、一時間の授業で四学級をこなすのである。ユニークな方法だった。とても、文部省からの指導要領などにない、独自のやり方でないと授業はできなかった。

その一年生に、まず庭へ出て椎《しい》の葉を拾わせる。それで数学。二年生には習字。三年生には、よみかたの漢字書取り。これらを指示しておいて、残りの時間を四年生に集中した。四年生は翌年本校へおりて五年生に合流する。それ故、ぼくの成績にも、かかわる気がして、集中するわけだが、考えてみると、この一時間のうち、四十分は四年生だけにかける授業を、一年から三年までの弟妹が、椎の葉を拾ったり、習字、漢字書きとりをしながら、耳できいているのだから、四年間ぶっとおして四年の授業をやっているようなものだった。そのため、四年生になって、四年生の国語読本をよめぬ子は殆んどなかった。一年生の頃からきいている教科書だから、暗記とまでいわなくても、おぼえてくれていたのだ。教師も苦労した複々式授業だが、子供の方も工夫してくれているといえる。

さらに寄り道の話になるのだが、わたしは父が講演で、この「複々式授業」の思い出をしゃべるのをきいたことがある。

その講演は、わたしが親しくしている神奈川県のお寺の住職さんからたのまれて、わたしから父に依頼したものだった。まだわたしたちが再会してまもなかった頃で、忙しい父が都内の仕事先から長距離タクシィをとばして、わたしの世話になっているお寺の行事にかけつけてくれたのである。

何という演題だったか忘れたけれど、やはり戦前から戦時中にかけて貧乏していた頃の話だったと思う。若狭に疎開して助教になったとき、青郷村の分教場で二十二人の子どもたちに「複々式授業」をした思い出を話したのだが、本堂いっぱいにつめかけた聴講者が、「低学年が椎の葉を拾いながら四年間ぶっとおしで四年生の教科書を耳で習っていた」というくだりで、想像以上に大笑いしていたのを思い出す。わたしはお寺の庫裡の裏の控え室で、スピーカーから流れてくる父の声をきいていたのだが、たしかに「講演名人」とよばれるだけあって、父の講演はほとんど「話芸」といってもいいような絶妙な語りくちだった。聴講者は大笑いしていたかと思うと、しんみりとした表情で話にききいり、ハンカチを出して眼にあてたり、膝の上でノートをとったり、眼をつぶってフンフンと肯いたりしていた。人々が父の講演に、どんどん惹き入れられてゆくのがわかった。

父もその日の講演には満足だったらしく、控え室に帰ってくると、わたしにむかって、

「客は一人も帰らんかった。成功や」

といった。

そして、

「講演はラクやで。講演料のぶんだけ、原稿書いて稼ごう思うたら、大変やからな」

小声でそういうのだった。

その日、お寺からどれくらい謝礼金が出たのか、わたしは知らなかったが、さっきまで涙アリ笑いアリの名講演をしていた父親が、引き揚げてくるなりお金の話をしたのがおかしかった。「複々式授業」の話もおもしろかったが、わたしが生前の父の講演をきいたのはそのとき一回きりだったので、印象にのこっているのはそのことなのである。

父に召集令状、世にいう「赤ガミ」がとどいたのは、青郷村で助教生活をはじめてまだ二、三ヶ月しか経っていない、一九四四（昭和十九）年五月一日のこと。

父の作品『兵卒の鬃』は、「私」（父）を「安田万吉」という名前にして書いている私小説だが、その冒頭に父がその日手にした「召集令状」の全文がのっている。

福井県大飯郡本郷村岡田第九号二十三番地
第二国民兵役　安田万吉
右充員（補充）ノ為中部第四十三部隊ヘ召集ヲ令セラル
昭和十九年五月五日午前九時マデニ京都市伏見区深草墨染町ニ到着シ此令状ヲ持ッテ当該部隊（集合場）召集事務所ニ届出ヅベシ
福井聯隊区司令部

中部第四十三部隊は、いわゆる「輜重隊《しちょうたい》」だった。正確にいうと、昔、京都市伏見区にあった第十六師団「墨染輜重隊」のことで、まだ調教がほどこされていない従軍馬の世話をする隊だった。わが子が輜重隊卒を命令されたと知った父親の覚治は、ひどく嘆いたそうだが、それというのは覚治にも、明治三十九年に召集され金沢輜重隊に入って、さんざん馬の世話をさせられた経験があったからである。

じっさい、応召した父の兵役生活は、一般にいわれる戦地での匍匐《ほふく》行軍、軍務励行の労苦とは今ひとつ別モノの、いわば人間の尊厳をふみにじるような屈辱感にみちたものだったようだ。

岡田集落の盆踊り唄に「輜重輸卒が兵隊ならば、蝶々トンボも鳥のうち」というのがあったそうだが、朝から晩まで、厩《うまや》につながれた新馬の、寝床づくりやエサづくり、藁タワシで汗をかいた馬の腹をこすったり、脱糞後の尻を拭いたり、股をアンマしたり、それはとても、誇りたかき日本陸軍の兵隊の労務とは思えぬ下層教育兵の兵科だった。

父ら教育兵には、それぞれ一頭か二頭の新馬があてがわれ

「今日からお前らは、天皇陛下のお馬をお守りするんやぞ。お前らは一銭五厘であつめられてきた兵隊だが、お馬はそんなわけにはゆかん。陛下のお馬だから大事にせよ」

教育兵に蔑視と憐れみの入りまじった視線をあてながら、上等兵はふた言めにはそういった。

慣れない馬糞の始末に手間どったり、躊躇したりしていると

「貴様ッ、糞がそれだけ嫌なんか、嫌なら喰うてみぃッ」

上等兵がエリ首をつかんで、玄米パンのように積まれている馬糞の上へ、教育兵の顔を押しつける。

そうした輜重輸卒の体験は、戦後三十年近く経って発表された『兵卒の髭』、その後出た姉妹作の『馬よ花野に眠るべし』(わたしは個人的にはこちらのほうが好きだ)にも書きつくされているのだが、そこに出てくる「馬手入れ」についての詳述は、微に入り細に入り、父らしい執ようなレアリスムにとむ。

朝夕二回は必ず「馬手入れ」をした。厩の数十個のズック製の手入れ袋がある。この中に

は鉄櫛《かなぐし》、毛櫛、木櫛、雑巾、鉄篦《てつへら》の五品が入っている。鉄櫛は馬の皮膚にたまった垢、フケを掻き起したり、毛櫛についた垢をとり、毛のもつれを解いたりするもので、埃、糞のたまる頸、胸、尻など、肉の厚いところを掻くのに使った。しかし、頭や背や腰や、足の骨の高まった皮のうすいところで使っていると叱られた。毛櫛は鉄櫛で掻きおこした垢、フケを拭うもので、やわらかいから馬ぜんたいに使っても叱られない。木櫛は鬣、尻毛など、長い毛を梳くため、鉄篦は蹄裏の掃除につかう。雑巾は眼、鼻、口、肛門を拭きとる。そのほかに、蹄荒桶と名づける小桶があったが、これは雑巾をすすいだり、蹄を洗うためにあった。また、蹄油で馬の蹄を磨くための白布のキレハシ、馬体ぜんたいを摩擦する藁束も用意してある。これらの器具は、必ず馬の前足の届かぬ地めんに置き、器具のすべてを、手入れ袋からとり出して、丁重にならべなければならなかった。櫛の使い方は、左の頸から始め、膊、肋、尻、股の順序ですすみ、左がすんで右へ廻ると、今度は逆に、股から、尻、肋、膊という順序にもどる。毛櫛の使い方は、右手で鉄櫛をもち、左手で毛並みに逆らうか、または斜めに掻きあげて、擦り下げ、擦り上げ、これを何どと反復しているうち、毛櫛はフケでつまるほどになる。すると、鉄櫛を使って軽く落すのだ。また鉄櫛に埃、フケがたまった場合は、毛櫛を使わず叩き落すのであった。毛櫛はさらに、馬体の、腋、帯径《おびみち》、陰茎、長毛の根など、往々にして、手入れの粗漏になりやすい所の埃をのぞくのに使った。足の手入れは、掌で腱部をこするのである。雑巾を使う時は、固く絞り、眼、口、鼻、肛門、陰茎の順に拭かねばならない。鉄篦で蹄裏の埃をとる時は、もちあげるのが一と苦労だったが、ようやく蹄裏を仰向けさせると、先ずもみ革で蹄尾の垢をおとし、鉄蹄の釘締め、蹄油の塗布など怠ってはならなかった。

ここで父がいいあらわしたかったのは、あの「戦争」にかかわった軍部組織のもつ、非情までの人間差別の実態であったにちがいない。

何も戦争の時代だけにかぎったことではないのかもしれぬが、人間社会にはつねに上と下の身分や職分があって、だれかが下の役目をひきうけねば組織は動かない。そしてその下の仕事は、たいていの場合、いつの時代も貧しい地方出身者がうけもったのだ。ことに、軍隊生活ではそうで、この輜重輸卒の「馬手入れ」の日々は、身体が小さかったり障害をもっていたり、あるいは貧困でろくに教育をうけていない、劣弱な地方の農家の次男や三男に、わざわざ昇進のないコースとして設けられた兵科だった、と父は書く。

父がそうした地獄のような輜重輸卒生活から解放されたのは、それから約二ヶ月後の昭和十九年七月末のことである。

上官からとつぜん「帰郷地待機」をいいわたされ、夜行列車で若狭に帰り、ふたたび青郷村の分教場にもどった。そして、次の指令を待っているうちに、翌年八月十五日の終戦がやってきたのである。父自身も書いているのだが、すでに多くの同期兵たちが前線にまわされ、戦死したり消息を絶ったりしていた状況を考えると、父の帰還は幸運以外の何ものでもなかったろう。

「八月十五日」

父の小篇に「リヤカーを曳いて」がある。

原稿紙十枚ほどの短い小説だけれど、これは「昭和二十年八月十五日」に、復員して若狭で助教をしていた父が、法定伝染病であるチブスに罹った友人の妻を（友人はまだ出征中だった）、父親といっしょにリヤカーにのせて、四里先の小浜の隔離病院まではこんでゆくという物語である。重い痔瘻《じろう》を患っていた父親の覚治は、海のみえる坂上で弁当をつかったあと、腰をかがめて尻の穴に痔を押しこみ、また、高熱で苦しむ病人をのせたリヤカーにもどってくる。父水上勉はそこから父親にかわって、病人の重さで傾きかけるリヤカーの把手を必死に胸の高さにとめながら、身体をはんぶん宙にうかせるようにして、坂道を下ってゆくのである。

「リヤカーを曳いて」の終節は、こうむすばれている。

正午をまわって、そろそろ一時になろうかとする時刻であった。

私たちの眼には、ひろびろと広がる海と、その海へずり落ちるように迫る右手の山が赤土をむきだしていた。

天皇の詔勅をきかなかった私は、終戦のことを知らなかった。

つまり、誰もがラジオに聞き入っているころは、加斗坂の石地蔵のよこで、麦めしを喰いながら、父の痔疾とリヤカーの上の友人の細君の病勢を心配していたのである。そして、眼の前には、美しくひろがった若狭の海があっただけで、この時刻が、あとで、「歴史的な時間」となることを知らなかった。「日本のいちばん長い日」とか「歴史的な日」とかいうのは、観念というものであって、人は「歴史的な日」などを生きるものではない。人は、いつも怨憎愛楽の人事の日々の、具体を生きる。「波瀾万丈の人生を生きるなどという表現があるが、そんな人でも、ひょっとしたら、その人生は何枚かの風景写真にすぎないのではないか」と、私はのちの「風景論」に書いた。

わたしたち戦前、戦中派の日本人にとっては、「昭和二十年八月十五日」という日——すなわち太平洋戦争が終った日は、ある特別な感慨をともなって意識される日であることはたしかだろう。

わたしのように昭和十六年（開戦の年）に生まれた者は、「その日」はまだ四歳にもならぬ子どもだったわけだから、もちろん当時、それが「終戦の日」であり「敗戦の日」であるなどという認識は少しもなかった。よく戦争の歴史本や写真アルバムなどに、焼け野原に建ったバラック小舎の前に置かれたラジオをかこんで、深々と頭を垂れて「玉音放送」（天皇詔勅）に聞き入る人々の姿が出てくるが、わたしたちはせいぜいそうした記録写真を通して、何となく漠然と、遠いセピア色した暦の底に横たわっている「その日」を想像してきたにすぎない。

中部第四十三部隊輜重輓馬隊教育班を除隊になったとき、父は二十五歳、翌二十年の「その日」は二十六歳だったはずである。すでに父はそのとき、約二ヶ月間の兵役を終えて帰ってきた「復員兵」の一人であり、じゅうぶん「その日」の意味も、「その日」がどれだけ日本国民が待ちわびていた日であったかということも知っていたわけなのだが、この「リヤカーを曳いて」には、歴史によって人間の日常の営みが安易に動かされることへの疑念というか、ひそかな警戒感のようなものがあってうなずかされる。

どんなに「歴史的に大切な日」であっても、多くの庶民は日々のこまごまとした生活に追われ、眼前のやらねばならぬことに没頭して生きているのであって、べつに「大切な日」のために生きているわけではない、という父の理クツはわかるのだ。

「リヤカーを曳いて」には続編があって、その後書かれた「また、リヤカーを曳いて」の末尾は、こんなふうに終っている。


暢気《のんき》な父子《おやこ》だ。またリヤカーを曳いて、ながい戦争がすんだとも知らず、とうもろこしとキビ畑のあいだの埃道《ほこりみち》を歩きだした。その途次、

「リヤカーは駅前の自転車あずかり所へあずけて、汽車で去《い》んでもええが、どっちにするかのう」と父。

「わしも、けつが痛むで、また勢坂をいぼおさえおさえひいてゆくのんはつらいでのう」

とまた父。

「すると、お父《と》っつぁは、また、自転車でとりにこんならんが、それでもええか」と私。

「誰ぞ、町の者で、荷を積んでくる仕事があろうで置いといてもええわ。淡井町の古田にたのんでまたさがそ。村へ去んでからの相談じゃ」

「ほな、そうすっか」

淡井町は浜に近く、父の姉がいたが故人だった。家だけはあった。ぼくがひいて、父だけを汽車で帰すのも方法だったかもしれない。まだ穫《と》り入れもきていなかったし、母も山仕事の毎日だからリヤカーはあそんでいた。

ぼくらはまた大川をわたった。やがて町へ入ったが、空のリヤカーなので足もいくらか早いのだった。


「××先生」

ぼくの名をよんで、その男は前にきて股をひろげて立った。先生とよぶのは学校仲間にかぎられていた。すわったまま見仰いでいると、この春の助教講習会で一しょだった森次という、ぼくのつとめる学校の村から、逆に小浜小学校へ通ってくる師範出の教師であることがわかった。

「すみましたぞ。とうとうすみましたぞなァ」

と森次はいった。

〈すみましたなァ〉

ぼくはそううなずいた気がするのだが、リヤカーをあずけてほっとしたところだったので、思いは、横須賀海兵団に入ったまま、消息をたっているYのことに走っていた。とりあえず、細君を病院へ送りとどけ得たことについての安堵がまだつづいていた。森次は黙っているぼくの顔をうかがうようにはなれて、空いた窓べりの席へ歩いていった。わらっているようにも見える、背中のうごきだった。

あれが、戦争がすんだという最初の報らせだったはずだと思うのはずっとのちのことだ。講習会で会ったきりでしかなかった、同僚というにしては、はなれすぎていた仲間が、八月のまだ陽照りで焦げていたような駅前広場を背に、うすら笑ったあと、ぼくの前から別の席へ歩いてゆく、黒い翳が印象的である。父は切符売り場の方にいて、これも黒い姿で歩いてきて、ぼくに切符をわたすと、待ち時間がまだ十分ばかりあるから、いそいで便所へいってくる、と外へ出ていった。

小浜駅の公衆便所は、広場の東隅の貨物扱い場に近い、貯木場に接していた。父は痔の処置をするにちがいなかった。

Yという出征中の友人の妻を、ようやく小浜の病院にとどけ、ホッと一息ついている父のところへ、「すみましたぞ。とうとうすみましたぞなァ」と報告にきた同僚の代用教員がいた。それが、父にとっての最初の終戦の知らせだった。背にうすら笑いをうかべて、去ってゆく男の黒い影と、駅前広場を焦がすように、白々と路上を照らしている八月の陽光。駅に切符を買いに行って、もどってきた父の覚治も黒い影をおとし、覚治は便所に行って、痔の始末をしてくる。

平穏な、おそろしく平穏な、蟬の声がきこえてきそうな若狭のある夏の昼下がりの情景が、その日を「特別な日」にしようとする歴史とのあいだに、ふしぎな軋み音をたてているのである。

話はかわるけれど、わたしと父水上勉が戦時中に離別し、戦後三十何年かぶりで対面したのは、正確にいうと、昭和五十二年六月十八日のことである。それがやがて、マスコミの知れるところとなり、各新聞紙面や週刊誌上をにぎわすことになったのは、同年八月上旬のこと。つまり、じっさいにわたしたち父子が邂逅してから、それが世間に知れわたるまでには、約二ヶ月ほどの蜜月期間（?）があったのである。

そのあいだ、わたしたちは父が仕事場にしていた軽井沢の山荘や、カンヅメになっていた都心のホテルで、人目にさらされることなく、何回も食事をしたり歓談の時間をすごしたりしたのだが、やはり一番印象にのこっているのは、父と初めて軽井沢で顔を合わせたときである。

よく人から、「初めてお会いになったときのお二人はどんなふうだったのですか?」と興味津々といった表情でたずねられることがあるのだが、わたしたちの初対面はひどくアッサリとしたもので、けっして多くの人が期待するような、「涙にくれてしっかりと抱き合う」だとか、

「長い時間じっと眼をみつめあう」だとかいった、そんな映画のシーンのような出会いではなかった（まさかそんな想像をする人はないだろうが）。新聞や週刊誌がこぞって「劇的な再会」とか「奇跡の対面」とか、センセーショナルな大見出しで報じていたわりには、当のわたしたちは至極落ち着いた、静かな父子水いらずの時間をすごしていたのである。

わたしが初めて、軽井沢の南ヶ丘にある山荘を訪ねた日、お手伝いさんの女性に案内された応接間（豪華な暖房タイルが敷きつめられ中央に囲炉裏がきってある広々とした応接間だった）で、緊張して待っていると、しばらくしてコホンと小さな咳払いをしながら、あざやかなブルゥのVネックのセーターを着た父親があらわれた。わたしは自分の父が、想像していたより何倍も若々しい、青年のような人であることにびっくりした。背はそれほど高くなかったが、肩幅ががっしりしていて、時々新聞や文芸雑誌でみかける前髪をハラリとたらした、鼻梁の高い端整な顔だちの美男子である。大げさにいえば、この人が本当に自分の父親なのだろうかと息をのんだものだ。何しろ、それまでのわたしの父といったら、薄汚れた前掛けをして靴のクズにまみれている、皺ばんだ老人顔の窪島茂しか知らなかったのだから。

型どおりの自己紹介（主にわたしばかりがしゃべっていたが）を終えたあと、わたしたちは五分後には、「文学」や「美術」や「演劇」の話に興じていた。

「ぼくの本でいちばん好きなのはどれかな？」

と父がたずねるので、

「そうですね、『蓑笠の人』なんか好きです」

わたしは父の「良寛」の続篇ともいえる作品で、実在の良寛と父が創作した「水呑み弥三郎」という架空の貧農とが対比してえがかれている、どちらかといえばあまり世間に知られていない小説の名をあげた。

それが、父の機嫌をよくしたようだった。

「そうか、あれか」

父はいって、

「誠一郎君は文学も好きなんだな」

そんなことをいった。

それからわたしたちは、その頃わたしが軽井沢の隣の上田で建設を計画していた美術館の話題にうつり、わたしが、

「夭折画家のデッサンばかりの美術館は、日本にはあまり例がないらしいんです」

というと、

「おもしろいねぇ、おもしろいねぇ」

父はうれしそうにきいていた。

さすがにわたしは、眼の前にいるのが今をときめく超有名な直木賞作家かと思うと、何となくあがってしまって、時々声が上ずったりしたのだが、隣の籐椅子にすわった父はひどく冷静で、おだやかで、わたしの一つ一つの言葉を、かみしめるようにきいてくれるのだった。そこには、戦後三十余年も経ってとつぜん名のりでてきたわたしという子への、労《いたわ》りというか、慰

めといったような表情もあったような気がする。

しかし、じつはそれには伏線があった。

きいたところによると、父はわたしから「父の子どもであることを伝える手紙」（わたしが最初に出した本『父への手紙』にくわしい）を受けとった数日後、たまたま某誌の企画で詩人のMさんと対談する機会があり、そのとき美術方面にくわしいMさんに、

「クボシマという人物を知っているか」

ときいたのだという。

するとMさんは、

「ああ、渋谷で画廊をやっている男ですよ。早世した画家ばかりを追いかけている、ちょっと風変わりな画廊をやっている男です。しっかりした男で、ときどき美術雑誌にエッセイなんかのせています」

信用のおける男である、ということを強調してくれたのだそうだ。

Mさんとは、わたしは父と会う何年も前からの知り合いなので、Mさんがわたしのことを悪くいうはずはないのである。

なおもMさんが、

「今の美術界であああいう男の存在は貴重ですよ。一本スジが通っている。全国あちこちへ、何年もかけて無名の画家の絵をさがしてあるきつづけるなんて、そうだれにもできる仕事じゃない」

とわたしをほめちぎると、

水上勉はいつになく深刻そうな顔をして、ちょっとMさんから視線を外すような表情をしたという。

「そう……そうですか」

おどろいたことに、父がわたしについて聞き込み調査したのはMさんに対してだけではなく、他にも二、三人の美術関係者に当っていたのだそうだ。

わたしも永く美術の業界で生きているので、そのうちの古参の画廊主とは親しい間柄だったのだが、父との再会のニュースが全国に知れわたったとき、

「やあ、これでようやく水上先生がぼくんところへ電話してきて、クボシマさんのことを教えてくれときいてきた意味がわかったよ」

電話口で昂奮したようにしゃべりまくり、いかにクボシマを水上先生に落ち度なく紹介したかを自慢げに語るのだった。

そう、軽井沢で対面したとき、父がきわめて冷静に、おだやかにわたしと会話していたのは、そういう父なりの周到な調査によって、わたしの最低限の人品骨柄、世間での評判、現在やっている仕事の内容などの情報をつかんでいたからではないかな、とも想像する。わたしがまあまあ「信用のおける」、「危害を加える怖れのない」人間とわかっていたからこそ、あんなに心を許してゆったりと面会してくれたのではないだろうか。もし調査の結果、わたしがヤクザの子分だったり、刑務所帰りのワルだったり、どこかの貸金業の営業マンだったりしたら、はた

して父はわたしと会ってくれただろうか、なんてことも考えたりする。

どっちにしても、そういう意味では、わたしは父に心配をかけなくてよかった。


しかし、そうした父とのハネムーンも、八月四日、「朝日新聞」全国版朝刊の社会面トップに、わたしたちの再会劇がデカデカと報じられたことによって、状況が一変する。

見出しには「父は水上勉氏だった」「戦災孤児戦後の空白を克服」という大活字がおどり、その日は他にこれといったニュースがなかったせいもあって、とにかく社会面いっぱいにわたしと父との対面記事がのった。そして、そこには、物心ついた頃から自らの出生に疑問をもったわたしが、二十余年もの歳月をかけて各地の関係者宅を訪ねまわり、ついに実父が作家の水上勉氏であることをつきとめるまでの物語が、文字通り「事実は小説より奇なり」を地でゆくスペクタクルドラマのように報道されているのだった。

この新聞報道についても、少々ウラ事情がある。

というのは、がんらいわたしたちの再会劇は、たとえ父が有名作家であったにしても、それはあくまでもプライベートな親子間の事件であったはずである。それが「朝日」にスクープされたのは、わたしが以前からお世話になっていた太平洋戦争で戦死した画家靉光《あいみつ》（本名は石村日郎）の未亡人石村キヱさんに、父が水上勉だったことを報告したのがきっかけだった。靉光という画家が、やはり六歳時から養父母のもとで育てられた人であったこともあって、わたしは日頃からキヱさんにだけは親さがしの話をしたり、養父母との確執をうちあけたり、色々相談にのってもらったりしていたのだが、何と、このキエさんの娘さんの紅さんのご主人岩垂弘氏が、当時の「朝日新聞」の社会部デスクであったために、キエさんからそれをきいた岩垂氏がそくざに裏付け取材を開始、ついに「朝日」の社会面トップを飾るにいたったというわけなのである。

ただ、この岩垂さんも、最後まで「こうした個人的事件をニュースにしてよいものか」と悩んでいたそうで、それを後押ししたのが、その頃朝日新聞の副社長をしておられた田代喜久雄さんだった。

岩垂さんの原稿の下書きを読んだ田代さんは、

「ああ、あのリョウちゃんが生きていた！」

とさけぶ。

それもそのはず、戦時中父と文学にうちこみ、私生活でも水上夫婦と親しかった田代さんの感激は一入《ひとしお》だったろう。

東中野の「寿ハウス」でオシメをとりかえ、おやつをつくり、お祭りにつれていったリョウちゃん。東京空襲で戦災死した（父からそう聞かされていたそうだ）とばかり思っていたあのリョウちゃんが、戦後の風雪をのりこえて生きていた！

「岩垂君、記事にしなさい。水上君はぼくが説得する」

田代さんはぽんと岩垂さんの肩をたたいたそうだ。

わたしの眼からみても、父は最初のうちは、わたしたちのことが新聞記事になることには、あまり気がすすんでいなかったようだ。

「しばらくは二人でゆっくり会うこともできんようになるぞ。マスコミっちゅうのはシツコイからな」

そういって、少しシカメッ面をした。

また、

「キミの仕事も、これからやりにくくなるかもしれん」

ともいった。

だが、副社長の田代喜久雄さんから、じきじきに「記事掲載」のゴーサインが出たときいて、さすがに観念したようだ。かつて同じ安アパートに住み、同人誌「審判」や「東洋物語」で苦労をともにし、ともに文学を志していた仲間である。しかも、自分が飲んだくれているあいだ、リョウのオシメをとりかえてもらったという恩義もある。どうして、この「特ダネ記事」を阻止できよう。

ホテルオークラの一室で、二人そろってカメラのフラッシュをあび、岩垂さんの最終的な取材をうけた日、すなわち明日の朝刊には父子対面のニュースがのるという前の晩だったが、岩垂さんが帰られたあと、

「誠ちゃん、これがぼくらの八月十五日になるかもしれんな」

父がポツリといった。

「ようやく、ぼくらの戦争が終わったんや」

いみじくも、父は「リヤカーを曳いて」で書いている。

「日本のいちばん長い日」をよんで、この日の朝から晩までのことを映画にした人がいたが、庶民にとって、この日は、そんなに長かったかどうか。とにかく、それぞれの思い出はあり、誰もが、話せばながい短いの差はあっても一篇の掌篇ぐらいになりそうな経験はもちあわせていようと思う。「いちばん長い日」などではなくて、「とても短かかった日」だと思う人もいようし、「とても嬉しかった日」と思う人もいようし、反対に、「とても悲しかった日」と思う人もいよう。当時、日本内外地で、何千万の人がこの終戦を迎えたか詳《つまび》らかではないが、おそらく何千万の人が、何千万の思い出を今日も胸に抱いていることと思う。さて、そのように、「八月十五日」は日本人にとって忘れがたい。

たしかにその通りだろう。

父のいうように、父との邂逅事件が世間にカミングアウトされたあの日が、わたしたち父子にとっての、戦後三十余年ぶりかにやってきた「八月十五日」だったとするなら、それはこの上ない「嬉しい日」だったといわねばならない。

しかし同時に、あの戦争によって肉親離別を余儀なくされ、(たとえば中国残留孤児や未だ遺骨さえみつからぬ戦没者遺族のように）今もそれを未解決のまま生きている人々のことを思えば、わたしたちの「八月十五日」はたとえようなくやるせない、どこかに後ろめたさをともなう日でもあったのである。

文学愛《いと》し

父がわたしの母と別れてから結婚した松守敏子については、あまりくわしく書いてこなかったけれども、もともと新宿のムーランルージュで踊っていた人で、父は勤め帰りによくそこに通い、敏子はお気に入りの踊り子の一人だったという。その敏子が、戦時中の歌舞娯楽禁止令によってムーランルージュが閉鎖されたため、ぐうぜん次につとめたのが映画配給会社だった。そこで、やはり出版社から転職してきた父と出会い、やがて同棲、結婚ということになるのだが、世帯をもって五年ほどした昭和二十三年五月のある日、敏子は忽然と姿を消してしまう。そのときすでに二人のあいだには蕗子という女の子（わたしの次妹にあたる蕗ちゃん）が産まれていたのだが、敏子は子どもを父のところへ置いたまま、好きな男をつくってぷいと家出してしまうのである。

このあたりの詳細は、父の『フライパンの歌』や『凍てる庭』『わが風車』など、数えきれないほどの小説、エッセイのなかで語られているのだが、そのうちの『わが風車』によると、松守敏子の家出の主因は、とにかく父の甲斐性のなさにあったようで、蕗ちゃんが産まれた段階で、すでに二人の破局は眼にみえていたようなのである。

『わが風車』では敏子の名は「いつ子」になっている。

子はぼくらが疎開をひきあげ、神田に住んだ三月に生まれた。女の子だった。ぼくは小さな出版社につとめていたのだが、その社がつぶれると働き先がなくなった。配給米はあっても二合一勺。それも欠配がつづくと、母乳のとまることがあって、いつ子はこれでは餓死するといいはり、当時八重洲口《やえすぐち》の焼けのこりビルに出来た東京クラブという、進駐軍目あてのダンスホールへ出た。ムーランルージュで踊っていた技術がものをいって、すぐにダンサーとしては実入りのいいクラスになった。ぼくは無力な失業者だった。神田の下宿はいつ子の遠縁にあたる家だったので自然とぼくは、遠縁の人にも顰蹙《ひんしゅく》を買う立場になり、子守りばかりして職の見つからぬ腑甲斐《ふがい》なさをさらしているのが切なくなり、いつ子と相談して浦和の農家のはなれへ越した。いつ子は、電車でダンスホールへ通うようになり、二十三年には白木屋七階にあった日本人向けホール「白木クラブ」に鞍《くら》がえした。ここへうつったころに、ぼくと別れたい気持が生じたのだろう。ぼくは浦和へ行ってからも、職がなくて、売れぬ小説を書く毎日だったから、たまに童話などの稿料が入ると酒を呑んでばかりいた。ぐうたら亭主は、日に三百円のチップをドレスの内ポケットにかくしもって帰る妻の収入で、気楽に喰っていたのだ。こんな男に、どうして妻が誠意をもてよう。いつ子が書き置きをのこして、家出したのは、二十三年の五月だった。

読めば読むほど、当時の父が置かれていた針のムシロの状況がうかびあがってくるのだが、それでもふしぎと父は、文学をあきらめない、というか、文学を忘れられないのだ。踊り子の妻の収入に頼り、しかもその妻の縁戚にあたる家（神田鍛冶町の敏子の叔父が経営する封筒工場「一厘社」の二階だった）に居候しながら、辛うじて食いつないでいた生活が、妻の家出によってさらに破碇し、明日をもしれぬ絶望的状況になっても、一夜明ければ文学、文学といって出かけてゆくのである。

のこされた娘の蕗子を育てながら、友人の山岸一夫といっしょに虹書房という出版社をおこし、「新文芸」を発行、創刊号には「水上若狭男」の名で「もぐら」という短篇を書いた。この号には中島健蔵、中山義秀、上林暁らも執筆した。その虹書房がつぶれると、こんどは世田谷の東北沢にあった文潮社に転じて、文壇の大御所や同人の家へ原稿を取りにいき、社に帰るとその編集と校正にあけくれる毎日だった。

そんな生活のなかで、信州松本に疎開中だった宇野浩二のもとに、原稿を取りにゆく僥倖にめぐまれる。宇野浩二といえば、名作『蔵の中』や『苦の世界』で知られた、当時の父からすれば雲の上の大文士だったが、まもなく父は宇野浩二の口述筆記をつとめるようになり、けっきょくこれが縁となって、父の終生の文学の師となる。どこが気に入ったのか、宇野浩二は父をとても可愛がり、何くれとなく面倒をみてくれたようで、父が初めて文潮社から上梓し、思いがけなく当時のベストセラーにまでなった『フライパンの歌』も、宇野氏のつよい推せんがあって実現したものだったという。

そのへんの経緯は、いくらか『わが風車』の記述とかぶるところがあるけれども、『私の履歴書』にわかりやすく書いてあるのでひいてみる。

そんな不出来なぼくを、宇野先生は、どのように見ておられたのだろう。不思議なことだが、よその出版社の社員と同じように、小さな出版社のぼくにハガキを下さり、手紙を下さった。時々は双葉館へよんでくださる。

虹書房が倒産したときは、先生にはめいわくをかけた。世田谷に出来た文潮社へつとめても、宇野先生の厚情はかわらなかった。ぼくは書房の倒産にあった二十二年に神田から浦和に越した。白幡町の農家内田家の離れであった。そこへもよくハガキがきた。ぼくは浦和から子をつれて、森川町へ通った。M女（松守敏子）は生活費をかせぐため、ダンスホールにつとめてくれていた。子はまだ二歳だった。何やかや当時のことを書いてゆくと枚数がつきない。

ぼくという人間が、ほんの少しずつうす皮がむけてくる時期は、まだ訪れていない。まだ鼻もちならないイヤな男、青二才である。『フライパンの歌』を書いたのはその頃であった。

甲斐性のない失業男が、女房をダンスホールに働かせて、二歳の女の子と浦和の農家の土蔵で暮らす貧乏物語は、どういうわけか版をかさねた。文潮社にいた池沢丈雄氏が、立看板で、ぼくの本を宣伝してくれたことも因である。映画化の話までおき、島耕二氏や八木沢武孝氏に熱海に招かれ脚本打ち合わせまでした。結局実現しなかったが、その話で多少の収入もあった。腰を落ちつけて、精進次第では道もひらける可能性が訪れていたのに、ぐうたらで酒に溺れる毎日だった。

M女はある日、八百屋へ買い物にゆくなりで出たまま土蔵へ帰らなくなった。あいそをつかされたことがわかるのに時間がかかった。このことは『わが風車』という作品に詳細に書いたので省くけれど、子まで捨てて出ていったM女には、もはや、そのようにするしか道がなかったにちがいない。

ぼくは三歳になったばかりの子をあずけられて途方にくれた。森川町の宇野先生宅での口述筆記や、文潮社の嘱託でどうやら喰いつないでいたものの、やはり酒はやめられなかった。童話を書いたり、幻灯写真の脚本を書いたりもしたが、みな生活のためのもので、その仕事をいのちがけで深めるていのものなど書けていない、いや、書く力がなかったのである。

相変らず父独特の自己韜晦と自省自戒とが、半々に入りまじっているような文章だけれど、一貫しているのは「文学」に対する絶ちがたい執着である。せっかく「フライパンの歌」がベストセラーになって、いくらか世間に注目されかかったのに、酒におぼれる日々を是正できず、そのチャンスを作家への足がかりにはできなかった。ひとえにそれは、当人の意志薄弱さと根気のなさゆえのことだったにちがいないのだが、それは父もいっているように、父の内部にまだ「文学」がじゅうぶん満ちていなかったということでもあったろう。まだ、その「時期」が到来していなかったというしかない。

ただ、父は家出した松守敏子には未練タラタラだったようだ。早いはなし、『フライパンの歌』も『凍てる庭』も、自分の生活力のなさを嘆き恥じながら、しかし子どもをおいて出ていった妻敏子に対して、いつまでもグジグジ恨みツラミを書きつらねている小説である。

父は「凍てる庭」のあとがきで、こんなふうにのべている。

とにかく、別れた妻というものは厄介なものである。子があればなおさらのことである。私の場合、子が私の方にきているので、多少は厄介さもちがうが、向うへいっていたのでは、またべつの恨みがのこって大変かもしれない。いっておくが、私は倫理性のつよい男ではない。倫理性はまったくないとも思っていないが、そうつよい方ではない。性来のんき坊主で、日和見主義なところがあり、狡いところも充分ある。私自身、鼻もちならぬ男だと思っているのだが、こんな男が遭遇した結婚の失敗譚は、そこらにざらにある話だろう。とくに、あの当時、敗戦五、六年目は、離婚のはやった年まわりで、私の周囲の友人でも、大半は離別して、べつの女性をもらっている。私もその中の一人だが、しかし、私は、離別してから丸八年を独身ですごしている。生活力がなかったのと、病気だったのと、それから子が小さかったための三重苦で、再婚がおくれたのだった。決して、私にある種の倫理があって、そうしていたのではない。もっとも、こっちが振られたのだから（子を残して去るのだから、よほど私が嫌いになったのだろう）、妻のことを相当憎みもして、友人に会えば、男らしくもなく、悪口雑言をいいたいだけいい歩いていた形跡がある。

正直といえば正直、赤裸々といえば赤裸々な自己分析だが、ある意味でこれは、水上勉的「私小説」の真骨頂をあらわす部分でもあるのだろう。

この文にある通り、父はそれから約八年後に一番新しい（？）、父が病気でたおれる晩年まで添いつづけることになる西方叡子という女性と結婚するのだが、それまでの独身生活は、たしかに幼い蕗子を抱えてあちこち引越しをかさね、転職につぐ転職、経済はつねに底をついていて、おまけに酒はやめられなかったわけだから、相当に荒れはてた生活だったと推測できる。生活が追いこまれれば追いこまれるほど、父は別れた敏子を恨み、毒づき、悪口をいいふらしてあるいたのであろう。

思い出したが、父が飲み屋に子ども（蕗子）を忘れてくるという事件があったのもこの頃で、父は『冬日の道』に書いている。

文中の田中英光は、いわずと知れた三十六歳で太宰治の墓前で自殺した無頼作家。「五十鈴」は今も新宿にある老舗の酒場名（わたしも何どかいったことがある）。

「五十鈴」といえば、ここは当時の作家、ジャーナリストの溜り場だった。山田五十鈴にちょっと似た女将がいて、金のない私などにも、ツケで快く呑ましてくれた。私はよく娘をつれて呑みにいった。女に逃げられ、子をつれて呑み歩く私に、女将は何かと親切だった。今日も女将は健在で、会うたびにこのころのはなしをする。

子が眠ったので、女将の部屋にあずけておいて、私は外をほっつき歩くことがあった。女将は、私が置いていった包みをあけてみたところ、コッペパンとおむつがはいっていたので、ショックをうけたと語っている。だが私にはその記憶ははっきりしない。あるいは、浦和を出てきているのだから子の着がえをもっていたか。二十四年は、もう子は三つになっているから、おむつはしてなかったかもしれない。

一度、田中英光さんと呑みあるいていて、子を屋台店に忘れた。この話は、十返肇氏の創作話ということになっているが、事実はこうである。「五十鈴」でのことも、まあそれと似ているが、英光さんとはよく新橋をハシゴした。当時の新橋はガードに沿うた屋台の列で、ハモニカの穴みたいにならんでいたから、そこをハシゴして酔ってくると、子をあずけておいた店を見失うことがあった。子は屋台店のゆで玉子が好きで、玉子をたべさせてくれる女のひとに気やすくあずけて出たのだろう。あとで子を思い出してさがしにまわったが、英光さんが、酔いのさめた顔で、真剣に走ってくれた。「さようなら」「野狐」の作者のあの顔を、私は、今日も胸にしまいこんでいる。

いちど、わたしは当の蕗ちゃんに、こんなことが本当にあったのか、ときいてみたことがあるのだが、

「ああ、あんなことはしょっちゅうだったわよ」

蕗ちゃんは例のクールな調子でいい、

「もちろん、そのときのことは赤ンボだったからはっきりおぼえてないけど、お父さんがベンチで酔いつぶれちゃって、私がその周りをウロウロあるいていたって記憶が、何回もあるもの。お父さんが寝ているベンチが、ちょうど私の頭の高さぐらいだったから、今でもその情景がうかぶのよ」

表現がさすがに作家の子だった。

とにかくその頃、父はカラケツ貧乏なクセして、毎夜のように幼い娘をおぶって、酒場を転々としていたというのだから、その「呑み助」ぶりが相当なものだったことだけはたしかだろう。

「蕗ちゃんも、大変だったねぇ」

わたしがいうと、

「そんなの、大したことなかったわよ。忘れられたって、私の場合は一日か半日だったんだから……誠一郎さんなんか、三十何年も忘れられていたんでしょ」

蕗ちゃんの冗談はキツかった。

堕胎二夜

蕗ちゃんの「誠一郎さんは三十何年も忘れられていた」で思い出したが、わたしが父の「年譜」や「作品」を読んでいて、ちょっぴりフに落ちないというか、不審に思っているところがあるので、そのことに少しふれておく。というのは、それは父という人間に関係するだけでなく、父が生涯を賭して闘ってきた「私小説」のもつ、例の虚と実という問題を、もう一ど提起してくれているように思われるからである。

父の全集（中央公論社版第二十六巻）に収載されている年譜の、一九四四（昭和十九）年の末あたり、つまり父が伏見の中部第四十三部隊を除隊し、松守敏子とともに若狭に帰郷、ふたたび青郷村の高野分教場で助教生活をはじめたあたりに、「冬、女児淳子が生まれたが、間もなく死亡」という記載がある。

蕗子が生まれたのが、その翌々年の三月だから、夫婦が最初に授かったのはこの「淳子」である。

しかし、なぜか父の作品には、この「淳子」の死について書かれたものは少なく、いわゆる「自叙伝」的な作品のなかでも、この事実は飛ばされている場合が多い。

わたしが読んだかぎりでは、やはり、『わが六道の闇夜』が一番くわしいだろうか。

私は腹の大きなM女をつれ若狭へ帰っていった。

青葉山の中腹にあった分教場の助教をした。そろそろ東京は疎開騒ぎで、食糧も欠乏していた。それに空襲もこわかった。臆病な私は、田舎へ帰って、戦火をのがれて、山の分教場でひそかにM女と暮らそうと計画をたてたのである。M女に臨月がきたのは、十九年の二月で、若狭は大雪であった。

小浜病院の産院へ入れて、安産を願ったが、二月七日に、女子が生まれた。ところが、この子は八日目に死亡した。母体の栄養失調が因だと、医者はいった。子を淳子と名づけていたが、黄疸《おうだん》を患って生まれたその子は、二日ほどかなり大きな声で泣いていたが、やがて泣かなくなってこと切れた。私はこの子をミカン箱大の小さな棺に入れ、汽車にのって生家のある村まで風呂敷につつんで帰り、盲目の祖母の眠っているさんまい谷の、六地蔵のよこに埋めた。

和尚は召集で無人の寺だったので、葬式をしてくれる者はなかった。私は小僧のころに習った経をよみながら、雪の中を歩いた。スコップで一メートルほど掘っても、土は出てこなかった。凍てた土をようやく掘りおこして、子を埋めたのだが、この日の寒い記憶も、いま鮮明にある。病院へひっかえすと、看護婦の指令で、私はM女の始末もしなければならなかった。M女はどういうわけか出血がとまらず、配給の衛生綿では足りなかったので、看護婦は打ち切りを宣言し、私に使用ずみの綿を洗うことを命じた。私は室内に針金をわたしてそれを餅花のように千切って干した。

　このM女とも、のちに別れた。


　父はここで、M女（松守敏子）との最初の児淳子が、昭和十九年の二月七日に生まれたものの生後八日で夭逝し、その遺骸をミカン箱大の棺に入れて、故郷のさんまい谷に埋めたと明かしているのである。父が無人の寺で、小僧の頃に習った経を読みながら、ひとり雪のなかをあるき、亡くなった淳子のために、凍てた土をスコップで掘り起こすシーンは哀しい。

　しかし、『冬の光景』や『わが風車』を読むと、じつは父はこの前年の昭和十八年の夏に、松守敏子にもう一人の子を堕胎させていることがわかる。

　このことは、どちらかといえば『冬の光景』のほうにつぶさにえがかれているのだが、ここでは短篇の『わが風車』のほうを採用したい。前にものべたように、『わが風車』では、松守敏子は「いつ子」の名で登場するのだが、二人は映画配給会社で出会って親しくなり、まもなく敏子は妊娠、父は敏子に堕胎するように懇願し、敏子もそれを承諾して、たまたま東中野の駅近くにあった産科病院に出かけてゆく。


　ぼくといつ子のことは社内で評判になって、二人とも居づらくなって辞めた。十八年の夏だった。いつ子が妊《みごも》ったのも理由の一つであった。戦争もきびしくなる一方だから、満州にいる父母のところへ行ってくれ、といつ子はその頃からぼくにせがんだ。ぼくの方は満州はかえって危ないから若狭へ疎開しようといった。なかなか結論が出なかった。ぼくは腰かけのように、少年兵向けの雑誌を出す神田のS社につとめた。解決がつかぬままに、腹の子が大きくなった。いつ子は秋末に堕胎を決意して、ぼくに医者をさがすように命じた。当時、この行為は母体が健康な場合は違法になった。違法を承知でやってくれる医者さがしはつらかった。東中野のアパートにいたころ、ホームから看板だけを見ていた有働産婦人科という医院が、ホームのわきにあったのを思いだし、そこへ頼みにいった。夜のことだった。酒くさい息をはく六十近いずんぐり肩の医者が出てきた。眼鏡ごしにぼくを光った眼で見て、あしたつれてこい、といった。翌日の夕刻新宿で待ちあわせて、いつ子をつれていった。四カ月半ぐらいの腹だった。

手術室へすぐ入れられて、ぼくは細君らしい四十がらみの痩身《そうしん》だがいやに鼻梁《びりょう》のとがった和服の女が、エプロンの袖をまくってしきりと器具台の皿へ、アルコールランプの炎でいちいち消毒しては道具をならべるのを眺めていた。いつ子はわきの粗末な鉄ベッドの藁《わら》ぶとんの上に寝かされて、女のかけた毛布の下にいた。女のひとこともしゃべらぬのが気の重い感じで、所在のなさをもてあました。と、この時、電灯が急に消えたのだった。部屋は真っ暗になった。「あら、消えたわね」といつ子もいった。細君らしい女も声をあげたが、やがて手さぐりで廊下へ出ていった。しばらくすると、廊下がうす明るくなった。女が柄のついた金属製の燭台《しょくだい》に、ローソクをたててやってくる。

「あなたにもっていてほしいって云ってますよ」

と女は、かすかだがからかうようにいった。何のことやらわからない。そのうしろへ医者がきていて、スリッパをぺたぺた音だてて近づくと、熟柿くさい口臭がぼくの鼻を打った。

「二時間の停電だからね。節電週間だからしかたがない。やっちまわんと……」

医者は、細君からうけとった燭台をぼくの方へさしだすと、

「十五、六分もあればすむ。もってなさい」

そういって意味のない笑い声をたて、入れかわって器具台の前へゆくのである。

燭台の柄はかなり長かったし、立っている場所が、器具台をはさんでいたので、器具類の蔭にもなり、いっ子の下腹部の詳細は見えないのだ。それよりもいっ子が急に苦しげに顔を心もちあげ、歯を喰いしばり、うめくのが気になった。二十分くらいたったろうか。医者は、すでに、大皿を片手にしていて、ピンセットで血糸のたれる小さなかたまりをいくつも取りだしては皿へ入れていた。しばらくするとほっとしたように深呼吸してから、綿片でいっ子の股間《こかん》をふきとっているけはいだった。

「すんだ、すんだ」

と医者はうたうようにいった。細君は、この時だけぼくの方を見て、ちょっと顔つきをく

ずしたが、すぐもとの顔にもどると医者と交代して、いつ子の股間へ入り、しばってあった皮バンドをはずしはじめた。

「こっちへきて見ないか」

ぼくは燭台を高めにあげて、よこいざりに医者の方へいった。医者は、明かりの下へにゅっと皿をさしだし、紫赤色のかたまった肉のようなものを、ピンセットにつまんでみせた。

「これがきみの子だ」

鼻先へつき出すのだった。


少し引用がながくなったけれども、このあたりの描写は、作家水上勉の面目躍如といったところかとも思う。引用を絶ち切るのがむつかしいくらい、灯火管制下で行なわれたこの堕胎場面には、息をつめたような迫真力がある。

ただ、わたしがハテナと思うのは、父はもう一つの『わが六道の闇夜』のほうで、わたしの母加瀬益子とのあいだに生まれた子《わたし》を、同じような灯火管制の夜に堕胎した、と書いている点である。

ここでのT女とは、わたしの母のことだ。

T女とのただれた生活を清算できないで、ずるずる同棲をつづけていたのも、じつは、お互いに非国民だと指さされながら、別れきれない肉の縁があったからである。男と女は不思議なもので、宗派を批判するために結合できたりするものではない。交わるに理屈はないのだ。男と女だったからにすぎない。

憎らしいと思う日があっても、そう毎日喧嘩できるものではない。喧嘩したあと、疲れてくると、憎たらしい相手が、変に可愛らしくみえてくる。ある夜は、お互い、さめざめ泣いて、世間の人がどういっていようとも死ぬまではなれず暮らそうといい合ったりする。そのうちT女は妊娠した。この子を堕すのに一と苦労であった。戦争中のことだから、厚生省は「生めよ殖やせよ」のスローガンを宣伝しており、どこの医者へいっても、堕胎などしてくれなかった。東中野にウドウといった産婦人科があった。国電駅のホームからみえる町医者である。そこへ泣きつきにいった。

六十近い老医がわけ知り顔な眼を微笑させ、許諾してくれた。燈火管制の夜だった。T女がベッドに寝た瞬間に、警戒警報がなった。老医は、私を手術室に入れ、ろうそくをもっておれ、といった。私は言われるとおりにした。看護婦さんのいない医院であった。ろうそくのうすあかりの下で、T女の軀からゆらめき出てくる小さな血のかたまりをみて絶句した。このときの光景をおそらく生涯わすれないだろう。

話がややこしくなるので整理しておくと、父はこのあとT女、すなわち益子と別れ、その頃の勤め先から「映画配給社」に転職し、そこでM女、松守敏子と知り合って結婚……ということになる。

そして、『わが風車』によれば、敏子とのあいだにできた初めての子を、何と同じ東中野の「有働産婦人科」で掻爬した、と書いているのである。

何とまあ、ややこしいこと。

想像するに、おそらく昭和十八年の夏に、父が敏子に堕胎させたことは事実であり、ウソなのは、わたしの母にわたしを堕胎させた話のほうだろう。何しろ、わたしはちゃんとここに生きているのだから。

そして、これも想像だけれど、松守敏子に辛い思いをさせたその夜の出来ごとを、父はわたしの母のケースにも転用したのではないかと思う。本当は「戦災死した」と認識していたはずの子のわたしを、同じ「東中野のウドウ産婦人科」で、同じ「六十近い老医師」にメスをにぎらせ、同じ「燈火管制の夜」に始末させたのだ。

つくづく「私小説」とは面白いものだと思う。

一般の人からみれば、行きもしない産婦人科に行ったと書き、堕《おろ》しもしない子を堕したと書けば、「ウソつき」とよばれ「信用できない」ということになるのだろうが、「私小説」となればべつである。かねてから父がいっていたように、「私小説」はその虚と実のあわいのなかに紡がれるものであって、そこに「人間が描かれているかどうか」というのが父の立ち位置である。奇妙な言い方になるかもしれないけれど、「私小説」のなかの「私」もまた、作者の手でつくられた空想上の人物でしかないのである。

ただし、世に「ウソの上にウソを重ねる」という例があるように、一つのウソがもう一つのウソを強要してゆく、ということはある。

たとえば、もし「昭和十八年の秋の末」に敏子が子を堕したのであれば、翌「昭和十九年の二月」にふたたび敏子が臨月をむかえ、誕生した淳子が生後八日で死亡したという時系列にも疑いが生じるし、「年譜」にもいささかの訂正がもとめられる。「無人の寺で経を読み」「スコップで穴を掘った」父にふる雪が、はて昭和何年の雪であったのかということにも関心がゆく。一つの虚によって、いわばドミノ倒しのように、その後の父の書きものの実が問い直されることはたしかなのである。

いずれにしても、父はあの頃（「わが六道の闇夜」を書いていた頃）、月産五百枚以上ともいわれる超多忙作家だった。机の上は乱雑をきわめていたろうし、締め切りに追われて書き飛ばしているうちに、あちこちに事実誤認や記憶ちがいが発生したことは、じゅうぶんに考えられる。父は「ウソの上にウソを重ねる」――「私小説の上に私小説を重ねる」作家だったのだろうと思う。


因みに、わたしを堕胎した光景をえがいた『わが六道の闇夜』は、わたしと再会する約五年前の昭和四十七年に発表された作品で、「子をK家（窪島家）にもらってもらった」と書いてある『私の履歴書』は、わたしと再会後に書かれたものである。

正直、父にしてみれば、わたしがもう少し早く出てきてくれれば、『わが六道』の書きようもあったものを、といった心境だったろう。

血とは何か

と、ここまで書いてきてつくづく考えるのは、「血」というもののもつ摩訶不思議さである。

いったい「血」とは何だろう。

むろん、ここでいう「血」とは父と子の血のことである。

何どもいっているように、わたしと父水上勉は、生活苦と夫婦間の事情から（父の肺病という遠因もあった）、戦時中他家に手放され、それっきり離れ離れになっていた父と子である。それが、子であるわたしの、約二十年間にわたる執ような調査と探索によって、戦後三十何年もたってから、奇跡的に再会を果たした父と子である。

そうした、まったくちがった時代や環境のなかで、三十余年間も別々に暮してきた父子にも、親と子の「血」はながれているのだろうか。

わたしがふしぎに思うのは、いわゆる親子間における遺伝子の授受、ＤＮＡのことについてではない。

父と出会っていらい、よくわたしは周辺の人から、

「お父さまにお顔がよく似てらっしゃいますね」

とか、

「ちょっとした仕草や喋り方がそっくりですね」

とかいわれることが多くなった。

出会わない前は、そんなことをいわれることはなかったのだが、（ふしぎなことに）わたしと父が「親子」であることが世間に知れたとたん、そういわれるようになったのである。

いわれてみれば、わたしの相貌は父と似ていないこともない。いくらか頰の張った顔の輪郭や、眼尻や口もとの感じ、額のひろさなんかには、亡くなった父の面影が今ものこっている。

ただ、全体的にみれば、わたしは文壇一の美男文士といわれた父にはおよびもつかない、ウチワ型の巨大な顔の持ち主で、父のような「いい男」でもなければ「モテ男」でもないのである。

よく「文章を書いている」ということについてもいわれる。

「やっぱり、血はあらそえませんねぇ、小説家の血をひいておられるんですねぇ」

「ご本をお書きになるのは、お父上のDNAなんでしょうね」

これについても否定はしない。

父の七光りとはいえ、これまで何十冊かの自著を書店の棚にならべることができたのは、どこかに父からうけた文学好き、創作好きの血があったからなのだろう。わたしには、父のような卓《すぐ》れた文学的才能はあたえられなかったけれども、幼い頃から「物を書くこと」だけは好きな子だった。貧しい靴修理職人の家に育ったわたしは、じゅうぶんに本を買ってもらったり、文学を勉強する時間をあたえてもらえる家庭環境ではなかったのだが、それでもヒマさえあれば、粗末なワラ半紙に「詩」を書いたり「小説」もどきを書くのが好きだったのである。これなど、どうみても父からひきついだ「血」のなせるワザだったとしか、いいようがないのだ。

背負《しょ》いこんだ病も似ている。

幸い命にかかわったり、伝染したりする心配はないのだが、わたしは長いあいだ、「乾癬《かんせん》」というアトピー性の皮膚病に悩まされつづけている。身体のいたるところがカサブタ状に醜くふくれあがり、掻くと血がふきだし、夜もねむれぬくらいの痒《かゆ》みにおそわれる辛い病だ。父の著作を読むと、あきらかに父も若い頃から、わたしの病気と同じような皮膚疾患に苦しんでいたことがわかる。

そのころ、奇病にとりつかれた。全身にふき出物が生じ、とりわけ両足ひざから下に、指先まで疱瘡のようなぶつぶつがでた。かゆいので、爪をたてる。血が出る。いろいろクスリを塗るがダメで、とうとうバケツに石炭酸を入れ、両足をつっこんで、机に向かった。

ぼくはその日から膝上までの両足にかゆいかさぶたに見舞われた。医者へゆけなかったからバケツに石炭酸をとかした水をため、両足をつっこんで机に向かった。（略）

膝上で湿疹はとまったけれども、カサブタがとれるとすぐに膿んでくる正体不明の皮膚病の足をバケツにつけながら「霧と影」を書き直した。

前者は『冬日の道』からで、後者は『私の履歴書』からの引用だが、いずれも父が直木賞候補作にもなった「霧の影」を必死に書いていた頃のことで、石炭水のバケツに皮膚病の足を入れながら、ネジリ鉢巻で机に向かっている父の悲壮な姿がうかんでくる。

わたしの勘からすると、このときの父の皮膚病は、まちがいなく「乾癬」だったろうと思う。「乾癬」じたいが、つい何年か前までは医学的にはっきりしていなかった病気だから、父の時代ではまさしく「奇病」「正体不明の皮膚病」以外の何モノでもなく、そのカユミはさぞ辛いものだったにちがいない。それにしても、石炭酸を入れた水に足をつける治療法なんて、わたしはきいたことがないのだが。

今ふりかえると、父と軽井沢で再会した夜も、三十余年ぶりに対面したわが子の話をききながら、父がさかんにズボンの裾に手を入れて、ポリポリ掻いていた姿を思い出すのである。

やれやれ、父はやっかいな病をわたしにくれたものだ。

また、こっちのほうが何倍も深刻な病なのだが、父を死に至らしめた心筋梗塞、脳梗塞の恐怖は、今、父が斃《たお》れたのと同じ年齢となったわたしにもひきつがれている。父が最初の心筋梗塞におそわれたのは、一九八九（平成元）年六月、日中文化交流作家団の団長として中国を訪問、天安門事件の現場を目撃し、ショックさめやらぬうちに帰国した翌日朝のことで、父七十歳三ヶ月のときだった。あのときは、一時「危篤」とまで報じられた父の病状を本当に心配したものだったが、いつのまにかわたしもまた、つねに不整脈、脳血栓予防の錠剤を手ばなせない、父そっくりの要注意患者になっているのである。

生前、父はよく、

「ぼくは心臓にバクダンを一つかかえとるんや。一生、不発弾だといいんやけどな」

そういっていたし、二どめの手術をうけたときには、

「これで心臓の半分が壊死したわけや。これからは残り半分をおだてて、だまし、だまし生きてゆかんと」

そういっていた。

父はそんなバクダンを、そっくりそのまま子のわたしに手渡して逝ったのである。

しかし、冒頭でいったように、わたしが摩訶不思議さを感じるのは、そういう「親ゆづり」の「血」に対してではなく、もっと根深いところで繋がっている父と子の「血」に対してである。

つまり、父からもらった「遺伝」とか「血筋」といったものではなく、父と子のあいだを行ったり来たりしている「血」の流れとでもいったらいいだろうか、いわば他人の介入を許さない父子共有の「血」に対して、わたしは何ともいえないミステリアスなものを感じるのである。

たとえば、母の益子がわたしを堕胎したという小説を読んだときも、わたしはそれを感じたのだ。読んでいるうちに、母の堕胎手術に立ち合ってオロオロしている父親に、わたしはたまらない「親近感」のようなものをおぼえた。誤解をおそれずにいえば、それは一種の「同志

愛」（？）にも似た感情だった。もっというなら、堕胎手術されているわたしが、母に堕胎を強いている父とならんで、仲良くそこに立っているような錯覚をおぼえたのである。

この奇妙な感覚は、たぶん、だれに話してもわかってはもらえないだろう。

だいたい、世の中の父子の形は千差万別であろうし、百あれば百通りの父子関係がある気がする。父と子だけでなく、母と娘、母と息子の場合だって同じだろう。そうした意味では、わたしと父水上勉の関係は、わたしたちだけがもつオリジナルな関係なのだろうと思う。人に理解されなくて、当り前なのである。

じっさい、わたしの妻なんかはわたしの話をきいて、

「何よ、それ。男のエゴじゃん」

サッパリと切って捨てた。

「だいたい、あなた、文学カブレなのよ。どんなにエライお父さんか知らないけど、自分を堕されてだまってる子なんて、きいたことないわ」

ふだんから、どちらかといえばアンチ父親派の妻の答えは手厳しかった。

「どんなにいい小説書いたって、自分の子ども一人育てられないような父親は最低よ。それにくらべたら、戦争中飲まず食わずであなたを育てたクボシマのお爺ちゃん、お婆ちゃんのほうが、ナンボかエライわ。あの頃の庶民はね、みんなそうやって子どもを育てたんだから」

それが妻の持論である。

だが、何といわれようと、わたしの心のなかに父のエゴイズムに共鳴する何ものかが棲んで

いるのだから仕方ない。鬼がいるのだから仕方ない。ふつうだったら人の道に反する、世の中の誹《そし》りをまぬがれないような父の罪であっても、すすんでその罪の一端を担《にな》おうとする子がそこにいるのだから、手のつけようがないのである。

そういえば、わたしは子どもの頃から、父に負けないくらい「ウソ」をつくのが得意な子だった。

自著からの大量な引用で羞《はず》かしいのだが、わたしは父と再会した約四年後の、昭和五十六年の暮れに出した『父への手紙』のなかで、自分の幼少期の「虚言癖」について、

私の性格がひねくれはじめたのは、たぶん九歳か十歳頃からのことだった。ひねくれはじめたというより、どこか暗く鬱屈しはじめたといったほうが正確かもしれない。茂、はつのような、やさしく思いやりのある両親にそだてられていながら、私にはふしぎと明るいところがなかった。ひどく物ほしげな、それでいて猜疑心のつよい、ひねこびた性格の子にそだった。

とくに始末に負えないのは虚言癖だった。私は手あたりしだいに嘘をついて、大人たちを手こずらせた。（略）たまに口をひらくと大言壮語が多く、ないものをあるようにみせ、できないことをできるように芝居してみせるのだった。

とのべたあと、こんなエピソードを披露している。

小学四年か五年生の頃、理科だったかの野外学習の時間で、担任教師（降旗先生とかいう若い女性教師だったことをおぼえている）が私のクラスの生徒全員に、「おウチにお庭のある人はいますか」とたずねたことがあった。当時、庭つきの家に暮らす子などめったにいなかった。私の家も二畳の台所と四畳半、押入れだけのバラック借家ずまいである。ところが、私はクラスで何人か手をあげた富裕の子たちにまじって、堂々と手をあげてしまった。（略）

「では、お庭にホウズキの木のあるおウチの子は？」

降旗先生の次のよびかけにも私は手をあげた。このほうは、運わるく私一人だけだった。庭はあっても、ホウズキのある家の子はいなかったらしい。とうとう翌日の野外学習で、学校からあるいて七、八分のところにあった私の家へ、クラスの生徒ぜんぶが図画板をかかえて、ホウズキの写生に来ることになった。私は蒼ざめたが、もう遅い。

これは中学二年のときのことである。

通っていた学校の購買部で、おもに文房具の小物を中心にした万引き行為が大流行して、私はイの一番に疑いをかけられた。疑いをかけられたというより、私も数人の仲間にまじってじっさいにやっていたのだった。子どもだったから、そんなに大それた罪の意識がある訳でもなかった。購買部へゆくと、その頃まだ珍しかったボールペンや色ペンに何となし手が

のびた。(略)
やがて、私の犯行が発覚して、教員室によばれた。(略)私は最後までシラをきった。ボールペンは、日頃私とは仲のわるかった級友のKが万引きしたものを預かっただけだといいはった。じじつ、Kも文房具ぬすみの常習者であることを私はしっていた。Kは私よりもっと悪質だった。私はそれをいいことにして、同級のKに自分の犯罪のいっさいをなすりつけたのである。

一事が万事、そんなふうだったから、まったく可愛げのない子どもだった。

文中にある通り、当時まだ小、中学生だったわたしに、どれほど自分のそうした行為に対する罪の意識があったかわからないし、また、この程度のことなら、だれでも幼少時代には一どや二ど経験しているのではないかという人もいるかもしれないのだが、問題はそうした「虚言癖」、あるいは「虚飾癖」といってもいい浅はかな性向が、かなり成人に達するまで直らなかったことである。

たとえば、わたしは物心つくまで、自分の出生年や出身地、ときによっては出身学校や親の職業までを偽って口にしていた。よほど正確性を要求される届け出でもないかぎり、ふだん友だち相手に喋ったり書いたりするときには、ごく自然にウソがまじった。貧しい家だったから、少しでも自分を大きく立派にみせようとする虚栄心が働いてのことだったろうと思うのだが、それにしても病的で、一つのことを二つといい、掌にのるほどのものを両手にかかえるくらい大きなものという誇張グセは、たちまち周囲から信用されなくなった。学校では、わたしは卒業するまで「ウソつきクボシマ」とよばれた。

わたしは昭和三十八年十一月、まだ二十一歳のときに明大前の借家を改造して、猫のひたいほどの小さな飲み屋を開業したのだが、そこに通ってくる客には「自分は世田谷の高級住宅地成城町に住んでいる」と吹聴していた。幸い、というか、わたしはその商売が成功して、数年後、まがりなりにも当の「成城町」の外れに一戸建てをたてるにいたるのだが、ふだんわたしが自慢していた「人気俳優Yや有名作家Kの住まいのすぐ近く」というのはとうとうウソのままで、じっさいは「成城町」とは名ばかりの、周辺を畑や雑木林にかこまれた田園地帯の一かくだった。

そして、ふしぎだったのは、わたしのウソが「自分を良くみせる」ウソばかりではなかったことだ。

高校時代に、在日朝鮮人青年が同級生の女子学生を殺害するという「小松川高校事件」がおこり、連日そのニュースでもちきりだったが、なぜかわたしは級友に「青年は自分の親友だ」と告白した。たちまち昼休み時には、わたしの席のまわりに輪ができて、級友の一人が「クボシマも朝鮮人か」ときいた。わたしは、どこか意味ありげな微笑をうかべて黙っていた。いらいしばらくのあいだ、級友たちのあいだでは「アイツは朝鮮人だ」という噂がながれていたが、やがてその話題はどこかに消えてしまった。家で新聞をとっていなかったわたしが、青年が逮捕されたことを知らず、級友に何かトンチンカンな受け答えをして、青年とは赤の他人であることがバレてしまったのである。

ああ、何という幼稚なる自己顕示性、韜晦性……。

もちろん、そんなことは人間の成長過程における取るに足らぬ現象の一つであって、あまり気にすることはないという考えもあるだろう。何もかもを自分の人格形成にむすびつけて考えていたら、それこそ牽強付会におちいり、コトの本質がみえなくなってしまう、という意見があることも承知している。

しかし、わたしは自分がすごしたそうした「ウソ」の青春をふりかえるとき、どうしてもそこに父と子の「血」の発芽をみないわけにはゆかないのだ。

考えてみれば、わたしは幼い頃から自分の本当の出生年月日、本当の出身地、本当の名を知らずに育った子だった。父の名も知らなかったし、母の名も知らなかった。もちろん、顔も知らなかった。何もかもが、宙ぶらりんだった。生みの親を知らずに育つということは、そういうことだ。父はそんな不憫なわたしに、あらかじめ父秘伝の「ウソ」の才能（?）をあたえてくれていたのではなかろうか。

実体のない自分の姿を追いもとめ、その空想におののき、夢想に胸を高鳴らせ、必死に頭のなかで「見たことのない自分」をつくりあげようとしていた日々。

そんな父ゆずりの「ウソ」にまみれた子が、これまた、つくりごとでしかない父の「小説」のなかで、母親の股間から「小さな血のかたまりとなってゆらめき出てきた」光景を想像するとき、わたしはただ戦慄する。

薄日の道

一説によると、父は作家として名をなす前に、何と四十数種の職業をかえたといわれているが、服飾雑誌のグラビアをかざる男性モデルの仕事までしたことを知る人は少ないかもしれない。

蕗子が生まれてまもなく、友人山岸一夫とたちあげた虹書房がつぶれ、その残務整理に追われていると、山岸が「繊維の仕事をしてみないか」といってきた。山岸は虹書房をおこす前から、日本繊維新聞の記者をしていたので、その方面に明るかった。しばらくすると、山岸がこんどは「モデルをやってみないか」といってきたので、父はびっくりするのだが、生活の窮乏から救われるなら何でもよかった。まだ世の中に「男性モデル」という職業がなかった時代で、父は「清正印学生服」とか「キング印紳士服」とかいった銘柄の宣伝写真のページに、その会社の服を着てさっそうと登場するのである。

そんなモデル稼業の一日が、『冬日の道』には活写されている。

暑い夏の一日、山岸の車にのせられて、両国橋へいった。橋のたもとで待たされて、三十分ほどすると、山岸は、べつの車にカメラマンをのせ、何着もの冬の背広を積んできた。それを路傍で一着ずつ着替えてくれ、といった。場所は両国橋。人通りもはげしい。車もひっきりなしに通る。炎天下で冬服を着るのである。

「こんなところで着替えるのかえ」

「ああ早くしてくれよ、カメラが次を急ぐんだ」

私は車のかげにかくれて、ステテコ一枚になり、まだだれも袖を通したことのない重たい紳士服を着たり脱いだりした。当時は六十四サイズもないころだから、大中小である。そのなかの寸法のあうのを着て、橋の欄干にもたれ、タバコを喫って、ポーズをとらされる。隅田川の遠景をバックに十着ぐらいは着たろうか。

この写真はやがて、「服飾ファッション」という季刊雑誌のグラビアを飾った。私は、護国寺のアパートで、山岸がまだ印刷のにおいのする新雑誌をもってきたのをみた。いや、もう、はずかしいというか、何というか。いやらしい男がそこに撮られている。

いまから思うと、これが縁で、私は繊維界にはいることになったといえる。当時は男性モデルはいなかったと書いたが、おそらく、私が男性モデルの嚆矢ではあるまいか。いまでも、この当時の写真をみて、感慨無量だが、当時はひどくやせていて、頬骨が出ている。陰気な顔だったが、そんな私をモデルにつかわねばならなかった山岸も、よくよくのことだったのだろう。

父はかなり恥ずかしかったようだが、昭和五十六年に刊行された『冬日の道から――水上勉アルバム』に出ている当時の写真をみると、銀座とおぼしき街角でポーズをとる父は、なかなかキマッテイル。父は小柄なほうだが、肩幅は背丈のわりに広いほうなので、真新しい背広とネクタイ、先のとがった白靴がよく似合うのである。

前にもいったように、もともと父は大の芝居好きだったし、若狭にいた頃は村芝居で白塗りの女形《おやま》までやった人なので、この「モデル業」もそんなにキライではなかったはずである。

記述のなかの、

「おそらく、私が男性モデルの嚆矢ではあるまいか」

あたりに、ちょっと鼻を高くしている父の顔が出ている。

父は職業も転々としたが、住居のほうも転々とした。

わたしの母益子と同棲していた東中野（柏木五丁目）から、次の結婚相手である松守敏子の叔父が経営していた、神田の封筒工場「一厘社」の二階、それから浦和白幡町（ちょうど『フライパンの歌』が出た頃）、そして山岸一夫の世話で越した護国寺前のアパート青柳荘（この頃から本格的に「日本織維経済研究所」の仕事を手伝いはじめる）、やがて俳優の加藤嘉氏が家主だった小石川富坂二丁目の下宿……と、追跡していても見失うくらい、その一所不在ぶりはめまぐるしい。

娘の蕗子を郷里若狭の両親のもとにあづけたのは、蕗子が学齢（六歳）に達したときだったから、昭和二十七年の春頃のことで、妻敏子とはすったもんだのあげく、その前年の十月に正式離婚している。その頃から森川町の宇野浩二邸へ口述筆記にひんぱんに通いつめるようになり、宇野邸の近くの弓町邑楽館、東大農学部前の真砂町、文京区青柳町の下宿などを転々とする。

そして、折からおそった戦後何どめかの不況で、山岸一夫のやっていた「東京繊維経済研究所」がしだいにおかしくなりはじめ、やがてそれまで刊行していた「東京服飾新聞」も休刊寸前に追いこまれるのだが、まもなく父はそこで知り合った既製服メーカーの製品を背中にしょって、あちこち売ってあるくようになる。『私の履歴書』にもしるされている、いわゆる作家水上勉の「洋服の行商」時代の到来である。

繊維業界不況で山岸さんのはじめた東京服飾新聞も思うようにゆかず、広告取りでお近づきを得た既製服メーカーや、ニットウエアの会社の宣伝パンフレットを手つだったりしているうちに、そこの製品を行商して歩くようになった。アセテートという生地が出来て、日本窒素肥料の製品でミナロンといった。その既製品を何着も背中にかついで、上毛のあたりを売りあるいた。

足利にK化学という地下足袋《じかたび》や運動靴の工場があって、そこへはよくいった。昼食時に戸板にならべて売るのである。満員の東武電車で足利までゆくのに、何ども乗りかえたが、背中に大風呂敷の荷をもってすし詰め電車に乗るコツをおぼえた。駅員さんのいるところで待てばいい。ドアがあくと駅員さんが、荷物ごと押してくれる。ありがたいもので、自分ひとりならはじき出される軽さのぼくが、荷のおかげでぐいぐい入りこめた。入ってしまえば、重みは半減した。満員の人々が負担してくれるのである。

「そんな大きな荷物をかついで、満員電車に乗るなんて無茶だ」と思うのは常識かもしれない。しかし、それは、頭の常識だ。いちどやって見給え。荷があるほど、満員電車へ入りこめるものだ。大勢の人がいて世の中はある。助けあいである。わずかだったが、行商にあけくれた日々がぼくを変えていったと思う。

この「行商時代」に学んだ、背負いこんだ荷物が大きければ大きいほど、満員電車にのるのはラクであって、荷物が大きいと電車にはのりにくいというのは頭の常識、という父の哲学は、しばしば著作のなかに登場したり、講演の材料になったりしている。じっさいにそうかどうかは、試してみたことがないのでわからないのだが、これは、人間は多少は困難な条件を背負っていたほうが、大勢の人の助けを借りることができるぶんだけ、むしろ人生を歩くには適している、という父一流の「人生訓」につながるのである。

そんな行商人生活にあけくれていた父に、もういちど「文学」を思い起させてくれたのは、ある日ふらりと父のところへ洋服を買いにきた作家の川上宗薫だった。父は師である宇野浩二から、何回も「小説を忘れないでください」という手紙をもらっていたし、たまに連絡してくる同人仲間からも「小説は書いていないのか」と問われていたのだが、もう一つ「文学」に復帰できずにいた。

というのは、父は洋服の行商をするちょっと前、すでに半分傾きかけていた服飾新聞でまだ働いていた頃、山岸一夫から、デザイナー志望だった西方蓉子という女性を紹介され、蓉子から「妹を嫁にもらってくれないか」といわれて、その熱心さにおされて西方叡子と新世帯をもっていたからである。洋服の行商も、先行きのない業界紙の収入では妻を養えないと思った父が、一念発起してはじめた仕事だった。

『冬日の道』によると、結婚にいたったいきさつはこうである。

ところで、この不況のくるちょっと前に、いくらか景気のよかったころ、私は山岸から、現在の妻の姉、蓉子を紹介されている。妙な縁であった。西方蓉子が富坂をたずねてきて、私の一人暮らしをみて、妹がいるけれどお嫁にもらってくれないか、といった。冗談のような口ぶりなので本気にしなかったが、山岸が乗り気を示して、妹の年齢や、働き先をせんさくしはじめた。きけば、姉妹は九州の寺の娘で、妹は女子体育短大を出て、練馬の方の幼稚園につとめていたが、ゆえあって国もとの大分県に帰った。しかし、国にいる気はないので、やがて上京してくる。一度会ってみてくれぬかというのであった。

二、三日して、私はその妹の写真をみせられた。女学生みたいな幼い顔をしている。二十一だった。私はもう三十七にもなっていたし、若狭に子がひとりあずけてある。ゆくゆくは、その子をよびよせねばならない。二十そこそこの娘をもらっても苦労をかけるばかりだと思ったので、望みももたなかったが、この話は、妹の上京によってとんとん拍子にすすんで、折りから、姉の方に恋愛事件があったために、妹は姉と同居ができず、私のところへころがりこむといった、ハプニングもどきの軽率結婚である。これがいまの、私の妻である。

結婚といっても、式をあげたわけではない。ただ、お互いに必要だったせいでいっしょになったので、今日になっても、私たちは、このころのことを思い出して、何結婚と名づけてよいか戸惑うのだが、まあ、私のような、ぐうたらな男のところへ、心はずませてやってきてくれた二十一歳の娘は、ありがたいといわねばならない。縁は異なものというが、すべて山岸一夫がいなければ、むすばれなかったことのようである。

ここまで読んでくると、よくよく父は女性に「モテた」というか、「ツイていた」男なのではないかと思う。

まだ有名作家にならぬ前の、その日一日の暮しにも窮していた三十七歳の失業寸前の男のもとに、二十一歳の幼な顔の女性が心はずませながら嫁にきた、というのだから、今でいう「年の差婚」のはしりだったろう。果報者とは父のような人のことをいうのではないか。

とにかく父は、この西方叡子の献身的な力添えを得て、斜陽の業界新聞社から身をひき、洋服行商人として新しい人生をあゆみだすのである。

そんなところに、ぐうぜん叡子の同級生の妹と結婚していて、当時何どか芥川賞候補にもなっていた若手作家の川上宗薫氏がひょっこり訪ねてきて、しきりと「小説を書いたらどうか」とすすめたのだから、父の気持ちがゆれたのも当然だった。心の奥にねむる「文学」の火はまだ消えていなかったし、いつか生活が落ちついたら、と考えていないわけではなかったのだが、さりとて文筆一本で叡子との新生活を支える自信などない。じつはその頃、父は若狭の実家から蕗子をひきとり、富坂から松戸の下矢切に新しい一軒家をみつけて、引っ越す準備をすすめていた。川上宗薫の言葉で、ふたたび「文学」への情熱が頭をもたげたのはじじつだったが、いっぽうでは、ようやく洋服の行商で安定しかかっている親子三人の生活をフイにしたくない気持ちもあった。

しかし、川上宗蕉の誘いは執ようというか、ひどく親身で、ある日松戸の家へ菊村到をつれてくる。菊村も、前年（昭和三十二年）上半期の芥川賞を受賞していた作家で、菊村の登場は、さらに父に「文学」をよびもどさせるきっかけになったようだ。

『冬日の道』からひく。

いつだったか、寒い日だった。菊村到さんが川上につれられて、畑中の家へきた。芥川賞をもらった直後だったかと思う。私は受賞作の「硫黄島」を読んでいたし、その月の「新潮」に載った小説も、ひどく感心していたので、彼の来訪はうれしく、手料理で大いにもてなした。

手料理といえば、私は寺にいたときから料理を習っていたので、野菜や豆腐などごったに入れたなべ物がたくみだった。菊村さんを歓迎して、その日はおそくまでよもやま話をした。

「あんた、小説書いてみませんか。あんたなら書ける。期待しますよ」

と菊村さんはいった。私は、十年近くわすれていた、小説を書く心に火を焚きつけられた。しかし、このときはまだ心がきまっていなかった。妻がいる。子がいる。とても小説一本で食わしてゆける自信はなかった。また私の才能の限界も知っていた。またぞろ、文学文学といって、妻や子を苦しめる生活はうとましかった。


そんな迷いに迷う父に、ついに「小説を書く」ことを決心させる日が、思いがけない形でやってくる。

それまで何とか順調だった、父が設立した洋服の行商の「会社」があっけなくつぶれてしまったのだ。


……会社がつぶれたのは、その年の末だった。会社といっても、本郷に事務所をもっただけの、倉庫も何もない洋服屋である。仕入れ元が品出しをしぶると、現金のない私たちは、締め出されて、諸方に売り掛け金を残したままの倒産である。私は土壇場に立たされた。従業員は三人いた。給料が払えなくて、妻の着物まで入質した。正月は餅もなかった。

そんなころ、妻の姉に離婚話が起きて、よく松戸へ泣き込みにきていた。姉は、神田のMというキャバレーにつとめ、再出発をはかるという。この話をきいた妻が、自分もキャバレーへつとめてよいかと問うた。

私には、妻にないしょだが、にがい経験がある。先の女が男をつくって家出したのは、私がふがいなかったためだが、キャバレーへ出たのが因になっている。こんどの妻も、二の舞いか。しかも家には、小学六年になった子がいるのだった。

私は条件をだした。この際、洋服屋をやめて、小説を書いてみたい。それは長篇小説である。出来あがるまで、約半年はかかるだろう、それまで、すまぬがつとめてくれないか。妻は快諾した。(『冬日の道』)

川上宗薫、菊村到両氏の来訪、会社の倒産、運命とはわからないものだ。

「会社」がつぶれなければ、おそらく父は洋服の行商をつづけていたろうし、どちらかといえば、当時の父は成り行きにながされやすいタイプだったから、何とか生活さえやってゆければ、イチかバチか「小説」に賭けてみようなどという気分にはなれなかったかもしれない。それが、「倒産」によって状況が一変したのだ。しかも、以前とはちがって、父には一人の女児と妻がいる。そのときの父の決心が、生半可なものでなかったことはだれにでもわかるだろう。

昭和四十七年に書かれた「結婚ばなし」という短いエッセイで、父は正直に告白している。

私に、それまで鬱屈したものがいっぱいつまっていたことは確かだが、それを文章に噴出させる起爆力のようなものを、二十二歳の妻があたえたと今日も信じている。

そうではないか。十一歳もの娘がいて、これを田舎にあずけて、自分はぐうたら一介の洋服行商人で、いつうだつがあがるかわからぬような男のところへ、二十二の小鳩がとびこんできた。感激しないでおれようか。のろけでいっているのではない。私は、その妻をありがたいと思い、自分の生活にカツを入れた。

叡子との結婚によってカツを入れられた父は、叡子に半年間のキャバレー勤めを課し、猛然と机にむかう。

下矢切の文房具店で買ってきたコクヨの原稿用紙の一枚めには、「箱の中」という題名を書いた。行商時代から父が興味をもっていた、繊維業界に起きた日共トラック部隊事件を材料にした作品で、いわゆる探偵小説だった。それがのちに、河出書房新社の名物編集者だった坂本一亀氏の眼にとまり、坂本氏の命令で何どか書き直されたあと、やがて『霧と影』と改題されて同社から刊行され、翌昭和三十五年上半期の直木賞候補となる。父は生まれてはじめて、この作品で坂本氏から何万円かの印税内金をもらうのである。

よく「あげまん」とか「さげまん」とかいって、男の相棒としての女性を評価する俗語があるけれども、やはり西方叡子は「あげまん」だったのだろうか。

父には『冬日の道』とか『冬の光景』とか、「冬」のつく作品が多いが、父の人生にようやく薄日が差してきたのである。

『霧と影』が大ヒットし（初版三万部が一ヶ月もしないうちに売り切れたという）、つづけて翌昭和三十五年の四月に、熊本県水俣市に発生した水俣病被害をテーマにした『海の牙』を発表して、父は新しい社会派推理作家として一躍脚光をあびるにいたるのだが、約十年前に『フライパンの歌』を出してはいたものの、四十歳での文壇再デビューは、やはり「遅咲き」といえただろう。

個人的な思い出だけれど、わたしは一どだけ坂本一亀氏と電話でお話を交わしたことがある。わたしが父と再会した四年後に『父への手紙』を出したとき、坂本氏がそれを読んでくださって、「坂本一亀」とだけ記された短い感想のおハガキをもらったのだった。ハガキの真んなかに、一言「風景の描写がいいですよ」とだけ書かれてある。わたしはどこへ礼状を出してよいかわからず、思いきって文芸年鑑でしらべた河出書房新社（つぎにうつられた会社だったろうか）にお電話をしてみたのだが、ちょうど坂本氏は会議がはじまる直前だったようで、少しあわただしげにわたしの電話に出られた。

そのとき、会話の最後のほうで

「クボシマさんもこれから、物を書かれるのですか」

と坂本氏から問われたので、

「いいえ、ぼくは今、美術館の仕事をしていますので」

とわたしはこたえた。

『父への手紙』を刊行したとき、すでに信州上田につくった夭折画家の美術館が開館三年めをむかえていた。

「そうですか」

坂本氏は電話口のむこうで微笑されて、

「ともかく、あなたのお父さんの努力は並大抵でありませんでしたよ」

そういった。

水上さんは、地べたを這うような暮しをされて、その暮しを文章の肥やしにされたんです。あれは、ちょっとやそっとじゃ真似できない、水上さんだけがもっている世界です。そのとき、坂本氏はそんなふうにいわれたと思う。

言外にそれは（考えすぎかもしれないけれども）、わたしに対して「物を書くことは並大抵なことではないのですよ」といいふくめている言葉のようにもきこえたのだが、父を世に送り出した大編集者から、「風景の描写がいい」といわれて忘我の境地にあったわたしは、それでグシャリとなった。ただ、あのときの坂本氏の言葉が、わたしに「並大抵でない努力をなさい」といったのか、「とてもあなたにはムリですよ」といったのか、今もってわからないでいるのだが。

それはそれとして、その後わたしは、だれかから坂本氏が重度のリウマチで苦しまれているときいて、美術館の裏にあるお寺の大黒さんからリウマチに良く効くという「福寿草」の苗をわけてもらい、それをご自宅にお送りしたりしたのだが、そのうちに坂本一亀氏のご長男がミュージシャンの坂本龍一さんであると知ってびっくりした。わたしは明大前での水商売時代（酒場の上で貸ホールも経営していて、そこに若い音楽家たちが出入りしていた）に、一どだけ坂本龍一さんにもお会いしたことがあったからである。

名編集者と名ミュージシャン、へえ、やっぱりDNAなんだな、と思ったものだ。

父の苦節時代を思うとき、もう一つ、忘れられない出来ごとがあるのでそれも書いておくことにする。

これは、八年前の二〇〇四（平成十六）年の九月に父が亡くなってしばらくした頃だったが、若い頃の父と親しかったという静岡県にお住まいのある作家の方が、自分の主宰する同人誌に書いたというこんな文章をおくってこられた。

昭和二十七年、勉君三十三歳、私三十六歳の頃、私は彼より一足早く講談社の『少年クラブ』などに書いていた。当時の作家志望者は多く、まず金になりやすい子供物を手がけては口を糊していたが、勉君の作品は、憚りながら私が仲介しても一向に売れなかった。その後やっと一冊、『世界の文学』なる単行本が、新興出版社のあかね書房から出せたくらいであったろう。以後勉君は、一時凌ぎの売文の子供物は見限り、食えても食えなくても本望の大人物《おとな》、さらには純文学の修行にもどった。彼のその修行は、作品そのものの勉強は二の次で、まず如何にしたら文壇に、新聞雑誌界に認められるかの手段、あるいは打算の実践であった。たとえば、先輩作家に取り入るため囲碁将棋の相手はもちろん、按摩の役まで買って出た。そして私小説から始め、世に推理小説時代がくると、その部門に鞍替えして励んだ。幸いその努力が実を結び、直木賞にありついた。

「去る九月八日、二十代からの親友である水上勉君が物故した」――ではじまるこの文章を一読して、わたしは、この地方在住の老作家（作家は先年九十三歳で他界されたとおききする）は、父の作家としての成功によほど腹が立って仕方ないのだろうと思った。父の予想外（?）の立身出世ぶりに対する、何とも承服しがたい反目というか、非難というか、文学の本源を忘れて売名渡世にあけくれていたという父への反感が、そこかしこに見え隠れしている文章である。

そりゃ、そうだろうな、と思う。

昭和二十七年頃といえば、まだ父が『霧と影』に取り組む前のことで、「リア王」や「ヴェニスの商人」のダイジェスト版を書いたり、小学生向けの幻燈写真の台本「野口英世伝」や「アンデルセン物語」を書いたり、手あたりしだい原稿書きの仕事をとって生活の糧にしていた時期だ。たしかに作家氏のいわれるように、当時の父が「如何にしたら文壇に、新聞雑誌界に認められるか」に腐心し、「先輩作家に取り入るため囲碁将棋の相手はもちろん、按摩の役まで買って出た」というのは、多少表現にオーバーなところがあるにしても、まるで当っていないわけではないだろう。「子供物」から「大人物」へ、「推理小説」から「純文学」へと、忙しく鞍替えした変節ぶりも、作家氏にいわせれば、いささか無節操な針路変更ということになるのかもしれない。

しかし、べつに父の肩をもつわけではないが、それが坂本一亀氏のいう、父の「地べたを這うこと」であった気がする。そこには、なりふりかまわず文学業界にすがりつき、あらゆるツテをさがし、その道で身をたてようとしていた父の、文字通り「打算の実践」と蔑《さげす》まれても仕方のないような処世の日々があったのだと思う。そして、その「打算の実践」こそが、あの頃の父が這っていた「地べた」だったのだと思う。

わたしは静岡在住の老作家からおくられてきたその手紙を読んで、むしろそんな父に好感さえ抱いたものだ。

というか、何となく心の奥でホッとする思いをもった。

後年「文豪」とか「大作家」とかよばれるようになった父よりも、貧しい肺病生活から立ち上り、必死に文学でメシを食おうとしていた父の姿のほうに、何倍も「自分の父」である実感がある。くらべるのは不遜かもしれないけれど、それは高度経済成長時代を夢中で生き泳ぎ、金かせぎにあけくれ、ひたすら貧困からの脱出を夢みていた頃のわたし——窪島誠一郎の半生ともちょっぴり重なるような気がして、勇気づけられたのだ。

もう一通の手紙も紹介しておきたい。

これは、わたしが父と対面した直後に、わたしの世田谷の家にとどいた差出人名のない手紙である。

貴殿と貴殿のご尊父であられる水上勉氏の邂逅の報道に接し、一言申し添えたきことがありペンを執った次第です。貴殿の永年に亘る肉親探索の努力に対して、心より敬意を表すると同時に、僭越ながら私の識る父上の実像を、貴殿に丈は謹みてお伝えしたく存じます。

ありていに申し上げて、貴殿の父上ほど、人を人と思わず、人の善意や厚意を踏みにじり、自我の赴くまま己の欲望を果たしてきた人物を他に知りません。水上氏は、その修行時代をふくめ、現在の作家生活にいたるまで、数多くの同業人を蹴落し、先輩諸氏に取り入り、同志と会社を設立しては、自分だけの執筆の舞台をつくり、その会社の経済的損害を仲間におしつけたまま、何食わぬ顔で流行作家の地位を築いた男です。そうした自らの行動に一片の反省や謝罪の態度を表わすことなく、現在ものうのうと安穏をむさぼり、人の道だの人生だのを説いている姿に、市井に生きる庶民の一人として憤怒の情を禁じ得ません。自らの栄光が叶えられるなら、他者の人生をどれほど不幸に陥れようと、それを一切顧みず、数えきれぬほどの善意の第三者を泣かせてきた男が、貴殿の父親なのです。

貴殿にとって、尊父水上勉氏との邂逅は、夢にまでみた肉親との対面にちがいありませんが、現実を直視されんことを切に望みます。邂逅した貴殿の父は、鬼畜に等しき人非人であり、一滴の尊敬だに値しない人間です。若い貴殿は、その悪魔の血統に惑わされることなく、純に人の世に役に立つ、人間らしい道を歩まれんことを切に祈るものです。

これも、かなりキツイ内容の手紙である。

じつは、もっとヒドイ部分（？）もあったのだが、それはわたしの判断で割愛させていただいた。

さっきの静岡の作家の方の手紙には、まだどこかに、かつて同じ同人誌で苦労した文学仲間への思いやりのようなものが多少あった気がするのだが、ここにはそうした温情などまるでなく、ただただ父を非難、罵倒しているだけである。父水上勉を「人非人」、「鬼畜」とまでいいきっているし、「人の善意を平気で踏みにじり」「自我の赴くまま己の欲望を果たした人物」ときめつけている。この手紙の主は、相当父に対して恨みを抱き、憎しみを抱いているのだろう。

ただ、「差出人名」が記されていないのはいただけないし、許せない。たぶんそれは、わたしや父に反論の機会をあたえようとしないためなのだろうが、自分のいいたいことだけをいって「匿名」だなんて、卑怯以外の何ものでもない。だいたいこれでは、具体的に父がどういう「罪」をおかし、どういうことで人を傷つけ、どんなときに人の善意を踏みにじったのか、くわしいことがまったくわからないではないか。

しかし、こういう手紙を読んでいると、どれだけ当時の父親が、必死に「文壇」の川を立ち泳ぎしていたかがわかる気がした。それは泳いでいる、というより、「文壇」という泥の川を漂流していたといったほうが正しいだろう。父は泥の川を泳ぎながら、あるときは流れてくる小さな木切れにつかまり、あるときは岸からのびる枝の端にすがり、あるときは他人がつかんでいる木切れを奪い取って、「文学」にむかって懸命に足をバタつかせていたのにちがいない。

この「匿名」の手紙の主は、きっと泥川の途中で父に木切れを奪われたか、父に足蹴げにされて同じ「文学」をあきらめた人なのかもしれない。あるいは父と出版社を設立して、莫大な損害をあたえられた人なのか。これだけの文面では、この人が父からうけた被害がどれほどのものだったのかは想像できないのだが、「匿名」氏からすれば、そんなふうに泥の川を漂流していた父親が、ついに「文学」という対岸に泳ぎつき、悲願の一流文士の座を射とめた不条理を、とても認める気にはなれないでいるのだろう。

もちろん、わたしにおくられてきた手紙がぜんぶこんな内容だったわけではないので、安心していただきたい。

わたしが父と再会したとき、全国からおくられてきた手紙のほとんどは、父水上勉の業績に対する賛辞や敬意にあふれたもので、こうした非難や誹謗をつづった文面などめったになかった。九十九パーセントは、父がこれまで精進してきた文学への道のりをたたえ、そんな偉大な父と再会したわたしの幸運を祝う内容ばかりであった。「こんなエライお父さんをもてたあなたは幸せ者だ」とか「これから一生懸命勉強してあなたも作家をめざしなさい」とか、「これまでのあなたの苦労が報われたのですね」とか、わがことのようにわたしたち父子の再会を祝福し、拍手をおくってくれる文面ばかりだったのである。

したがって、静岡在住の作家さんからおくられてきた、父の修業時代の「変節」をとがめる手紙とか、とつぜん世田谷におくりつけられてきた「あなたのご尊父は人非人」という匿名氏からの手紙などは、例外中の例外だったといってもいいのだ。

それにしても、人気商売はツライものだな、と思う。

父は文学者ではあるけれども、小説やエッセイをファンに買ってもらって生活をしているわけだから、ま、人気商売であることにちがいはない。わたしは最初、父のような人気作家を悪くいう人などいないのではないかと思っていたのだが、そうでもなさそうである。狂ったようなファン・レターをくれる人もいるかと思えば、反対に、こうやってあるコトないコト書いてくる嫌がらせのような人もいる。

わたしと父が出会った頃には、まだツイッターとかブログとかいうものがなかったから、まだそれほどではなかったと思うのだが、今や人気商売の人たちは、つねにそうした衆人環視の眼におびえながら生きているのではないかな、とも思う。

今に見ていろ

父との再会後、当然のことながら、わたしの人間関係には大きな変化が生じた。

父と再会した頃、わたしは東京渋谷の明治通りで小さな画廊を経営していて、肺結核や戦争で早く亡くなった、いわゆる「夭折画家」、「早世画家」とよばれる画家たちの展覧会を得意にしていた。もちろん、画廊は絵を売って生計をたてねばならない職業だったから、扱う絵がすべて「夭折画家」の作品であるとはかぎらなかったのだが、それでもどちらかといえばあまり人口に膾炙されていない、マイナーな異色画家ばかりを追いかけているわたしの画廊の名は、多少マニアのあいだでは知られていた。

だから、わたしにも美術や文学の世界での知り合いが多くいた。

「夭折画家」の遺作さがしの途上でお会いした、洋画家の小磯良平先生や脇田和先生（お二人ともわたしの好きな画家野田英夫の盟友だった）、會津八一や霎光の研究で知られていた宮川寅雄先生、大正時代に若くして亡くなった詩人画家村山槐多や、戦時中の画家松本竣介に関心をもたれていた作家の大岡昇平先生、中野孝次先生などは、わたしが父と再会する以前からお付き合いしていた「著名文化人」の一群だった。とくにわたしは、小磯先生や大岡先生には可愛がってもらい、のちにわたしが上田に「信濃デッサン館」を建設したのも、そうした先生たちの後押しがなければとうてい実現しなかったことだろうと思う。

その小磯、脇田、宮川、大岡、中野先生たちが、わたしとの親交と併行して、父水上勉とも仲が良かったというのは、やはりふしぎな縁といわねばならない。

ことに大岡先生は、父とは同じ成城町内に住んでいて、何かと接点の多い先輩後輩の仲だったから、わたしと父たちが「親子」だと知ったときには、腰がぬけるほどびっくりされたそうだ。

新聞でわたしたちのことが報道された日、さっそく大岡先生から電話がかかってきたのだが、開口一番、

「やっかいなヤツと出会っちゃったなァ」

ちょっぴりシニカルな言い方で、先生がそうおっしゃったことを、今でもはっきりとおぼえている。

父とはよく、軽井沢でゴルフをされていた仲だという小磯先生からは、

「いい話ですねぇ、こんな話が私たちの身近にあったことに、家内とふたりで昂奮しています」

というお手紙がとどき、その末尾には、

「これからが、クボシマ君の勝負ですね」

という一言がそえられてあった。

もちろん、父と再会したことによって、わたしはそれまでお付き合いしていた何倍もの芸術家の方々と知り合う機会を得た。

たとえば、父の芝居の多くを手がけられていた演劇集団「地人会」の演出家木村光一さんや、劇団「文化座」を主宰され、父の台本を数多く演じられていた女優の佐々木愛さん、わたしと父が対面した頃、父の「竹人形一座」の衣裳を担当されていた服飾デザイナーの植田いつ子さんとの出会いなどは、父のおかげでわたしが得ることのできた新しい人間関係だった。

とくに植田いつ子さんとは、わたしが信州から東京に出てきたときなど、よく食事に誘ってもらう仲になって、わたしもいつ子さんを美術館でひらかれるコンサートに招待したりする親しい交流が、今も変らずつづいているのである。

植田さんは熊本県玉名生まれの人。長く日本の服飾界を牽引してこられた第一人者といってよく、皇太子妃時代から皇后さまの専属デザイナーをつとめられたことでも有名だが、もう一つの顔といえば、『サド侯爵夫人』や『オセロー』といった名舞台を彩ってきた舞台衣裳家としての業績だろう。八十歳をこえられた今も、凜とした美しい姿勢で物静かにお話をされる、おそらくわたしなど、父水上勉と出会っていなければ、一生口をきくこともなかった別世界の人だろうと思う。

その植田さんを、こうやって「さん」づけでよぶほど親しくさせてもらえるようになったのは、わたしが父と再会した当時、父が熱中していた「竹人形一座」の人形の衣裳係を、植田さんが買って出られたことが縁になっている。父の代表作『越前竹人形』の人形芝居を、わたしの経営する明大前のホールで上演することになったとき、何回も植田さんが打ち合せでホールを訪ねてこられ、執筆で忙しい父が間に合わないときなどは、わたしがかわりに立ち会ったりするようになって、いつのまにか「植田先生」から「植田さん」とよばせていただく仲になったのである。

「竹人形」は父の趣味みたいなものだったから、植田さんはこの仕事で一円も報酬をうけとっておられなかったと思うのだが、それでも衣裳係を買ってでられたのは、作家水上勉への並々ならぬ敬愛の念があったからだろうと思う。

あるとき、父が「竹人形一座」の若い人形の遣《つか》い手たちにむかって、熱っぽく演技指導をするのをみていた植田さんが、ポツリと、

「先生は、どんなことにもちっとも力をぬかないのねぇ。それは、若い人が見習わなければいけないいわ」

とおっしゃっていた言葉を、わたしは何となく、わたし自身に発せられた言葉のようにうけとった記憶がある（因みに、植田さんはいつも父のことを「先生」とよんでいた）。

たしかに、植田さんのいわれる通り、わたしも父が「竹人形一座」に対して、尋常ではないくらい情熱をかたむけている姿をみて圧倒された。

人形劇の演出は木村光一さんだったのだが、父はセリフの言い回しや人形の動きにダメを出す木村さんのよこにすわって、「そうや、そうやるんや」とか、「もっと、そこんとこを上手に

こんなふうに」とか、せわしく前髪をかきあげながら、木村さんの演出助手をつとめるのだった。稽古がながびくと、カンヅメになっているホテルになかなかもどらず、人からきいた話によると、父はその頃「人形芝居」のために、原稿の締め切りをしょっちゅうのばしてもらっていたそうだ。

明大前での上演当日、開演の一時間前からホールにつめていた父は、上演時間がせまってくると自らホウキをもって舞台を掃除したり、装置や照明のかげんを自分で調整したりしていた。

さっき、不用意に「父の趣味」というような言い方をしたけれども、そうやって父が「竹人形」に取り組んでいる姿には、とてもそんなもんじゃない、異様なほどの熱度があった。父の本業は「物書き」であって、「人形芝居」はあくまでも余暇の片手間仕事のひとつと思っていたわたしは、約一ヶ月におよんだ明大前での公演に立ち会っているうちに、そんな父の「竹人形」に賭ける執念のようなものに、あらためて気づかされた。

父は「竹」と出会った幼少期の思い出を、『竹の精霊』というエッセイ集のなかでこう語っている。

この世の樹木を、最初に身近に見たのは、竹だった。若狭の生家は、竹藪にとりまかれていたのである。山ぎわの谷のとば口だったが、三面竹藪の段があって、しかも、あとでわかることだが、うちの藪ではなかった。他人の持ち物だった。だが、竹はねんじゅう、背戸口の窓や屋根へ梢をかぶせてきて、風が吹くと葉がすれあって鳴った。幼な心の記憶に、夜寝ていると、竹の葉は、静かな夜ほど物をいうように聞こえ、冬は雪がつもるので、ばさッと落ち雪の音がし、時にははげしい破竹の音も枕もとを這った。

村の子らは、どの家も、うちのように竹にかこまれているわけではなかったが、しかし、山へゆくと持ち藪があったから、どの子も竹を伐ってきて工作をたのしむことがはやった。スキー、鳥籠、笛、水車、竹トンボ、刀などが主だった。スキーの先を曲げるには火であぶって、脂の出はじめたころに曲げるとかんたんに曲がり、これをすぐ雪の中へさしこんでおくと冷えて曲がったまま硬くなるのがおもしろかった。鳥籠はロクロで穴をあけるのがおもしろく、また、籠につかう何本ものヒゴは、鉄に穴をあけておいて、これへ太めのヒゴをさしこんで、頭の出たところを、ペンチではさんで、力づよくひきぬくと、ヒゴはまるくなって、肌もなめらかにして出てきた。これを何べんもつづければ、鳥籠の囲みにつかえた。鳥をさし入れる戸づくりもまたおもしろかった。

この「竹」や「竹細工」についての思い出は、やがて作家となった父に、薄幸な娼妓と竹細工師との悲恋をえがいた小説『越前竹人形』の構想をもたらす。

『竹の精霊』から。

『越前竹人形』を書いたのは、四十五歳の時だった。子供時分の竹細工への関心が、ある日、とつぜん、神田の古本屋街で見つけた古本から芽をふいた。『竹ならびに竹細工一式』という本で、販元は大分県下の竹製品協同組合だったかと思うが、業界の行事で配った本らしくて、定価も安かった。店頭で何げなくひらいてみると、細工品の写真がある。電燈の笠、ザル、タバコ入れ、花活け、花籠、食器、横笛、尺八、筆、何でもござれである。いちいちこれらの製品の工程も絵説きしてある。すぐに買い取って、うちへもって帰った。寝ころんでよんでいると、人形のないことに気づいた。

私は、三百枚近い小説に骨身をけずった。

これが中央公論社から刊行されると、世評をあびた。各新聞の批評欄が絶讃に近いほめ方で、しかも、谷崎潤一郎先生からもおほめをうけ、先生は毎日新聞紙上に、読後感想を寄せられた。私は、とびあがりたいほどのよろこびをかくしきれなかった。古本屋の店頭で買った安い本がヒントで、書きあげた勝手な物語が、大先輩の文豪の眼にとまったのだ。それ以来、この小説は版をかさね、越前竹人形は、さも実在する人形のように思いこまれて、映画や芝居になる時には、製作者は、越前にスタッフを送って、竹神村をさぐらせる。もとより空想の村だから、本のとおりの地図をたよりに山へ入っても、そんな村のあるはずはない。喜左衛門も喜助も、娼妓の玉枝も、私の頭の中でつくったものだから、どこにもモデルはいない。

絵空ゴトを書いた小説にまどわされ、映画や芝居のスタッフが、空想の「竹神村」に調査に出かけたり、モデルをさがしたりするくだりにはわらわされるが、その後父の小説の人気に便乗して、越前地方では同名の「越前竹人形」という土産品まで売り出されて好評だというから、これこそ「ウソ」からでた「マコト」というべきなのだろう。

いずれにしても、この「越前竹人形」の誕生が、父の「竹人形」への思い入れをいっそうふかめ、やがて小説を下地にした父の台本による竹人形劇の連作、『はなれ瞽女おりん』や『五番町夕霧楼』や『越後つついし親不知』や『北の庄物語』などに発展していった経緯は、水上文学にくわしい読者ならだれでも知るところだろうと思う。

父は晩年、陶芸から絵、書にいたるまで、何でもこなすマルチ作家として活躍したけれども、今ふりかえると、この「竹人形一座」の仕事だけは別格だったと思う。

幼い頃、若狭の生家できいた孟宗竹の葉ずれ音や、真竹の匂いが、作家となった父に「竹の精霊」をやどして、父独特のあの、幽《あや》しくも物哀しい小説世界、竹人形舞台をつくりあげたというしかない。

そこで、もういちど植田いつ子さんに話をもどすのだが、わたしは漠然と、父と植田さんは、父が竹人形芝居をするにあたって、衣裳デザインを植田さんに依頼したのがきっかけで知り合ったのだとばかり思っていた。前々から植田さんが父の作品に惚れこんでいて、父もまた植田さんの誠実な人柄や仕事ぶりに信頼をおいていたので、二人はごく自然に、そんなふうにコンビを組むようになったのだろうと考えていた。

ところが、何と二人は、父がまだ作家になっていなかった三十代の頃、そして植田さんもまだ、服飾の世界に入ってまもなかった二十代初め頃からの知り合いであるときいて、びっくりした。

植田さんが、時折口もとに微笑をうかべながら、ゆっくりとした口調でわたしに語られたところによると、植田さんが父と初めて会ったのは、昭和二十八、九年頃、父が例の「繊維経済研究所」で出していた「月刊繊維」の編集兼記者をやっていた頃とのことで、植田さんが桑沢デザイン研究所をでられてすぐ、助手をつとめておられた服飾デザイナーの大御所、ジョージ・岡氏が経営していた銀座の店に、父が岡氏のインタビューにやってきたのが最初だったという。

「あの頃の水上先生はねぇ、何だかこわいような感じの人でした」

「こわいような?」

わたしがたずねかえすと、

「ま、私も熊本の田舎からでてきたばかりの二十二、三の小娘でしたからね。何だか私をにらむ眼が、とてもこわくて……でも、そこらへんにいる若い人がもっていない、何か特別なものをもっている人だな、ということはわかりました」

くわしいことはお話にならなかったが、その銀座店訪問がきっかけとなって、それからたびたび父は植田さんのところへやってくるようになったのだという。父のことだから、今でいえば、植田さんのメール・アドレスをききだすことくらいは朝メシ前だったかもしれない。その後、何かにつけて父は、出版社の会合やパーティなどに植田さんを同伴してあるくようになったとのこと。

「あれは、先生がまだ『雁の寺』を書かれていない頃だったかしら。一ど『ぼくが原稿を書いている部屋を見にこないか』とおっしゃって、私を文京区の青柳町にあったアパートにつれて行ってくださったの。『ほら、ぼくはここでこれからたくさんの名作を書くんだよ』とかいってね。帰りぎわに、ポカンとしている私にむかって、『それにしても、キミはほんとに無防備な女だね。一人住まいの男の家へこんなにかんたんにトコトコついてきちゃって』なんておっしゃって……ご自分で『来い』といっておきながら、何てことをいうんだろうと思ったものです」

植田いつ子さんは、そこでふたたび、ふふっと、微笑されるのだ。

そして、わたしが一番印象にのこったのは、植田さんからおききしたこんな父の姿だった。

「けれどね、誠一郎さん。私が一どだけ、先生をイヤな人だなと思ったことがあるの。それはね、ある日とつぜん私に、『いつ子さん、今に見ていなさい、ぼくはかならず有名な作家になってみせるから。電車のなかの吊り広告が、ぜんぶ水上勉、水上勉という名前で埋まるような、そんな作家になってみせるから』といったの。眼がギラついていてね。何か獲物をねらっているケモノのような顔をなさって。とても今の先生からは想像できないけど、本当のことよ。あのときばかりは、ああ、何てこの人はイヤな人なんだろうと思ったものよ」

「雁の寺」から

「今に見ていろ」——植田いつ子さんにそういっていたという若き日の父が、やがてその宣言通り、文壇に華々しくおどりでた第一作が『霧と影』、第二作が『海の牙』であるとしたら、その声価を決定的なものにしたのが、一九六一（昭和三十六）年上期の第四十五回直木賞を受賞した『雁の寺』であることに、異論をはさむ人はいないだろう。

この小説は、すでに前の章でも何どか紹介してきた、父の僧侶時代の経験を下敷きにした作品で、貧困家庭から出家した少年僧が、和尚の乱れた荒淫生活、階級重視、女性蔑視の日々を告発、やがて和尚を殺害するにおよぶという筋立てだが、辛口でしられる評論家吉田健一氏、江藤淳氏らから、「推理小説でありながらじゅうぶん純文学として通じる」との絶賛をうけた。父は、この『雁の寺』について、後日「雁帰る」と題したエッセイのなかで、こんなエピソードを披露している。

最近発表した「雁の寺」についてであるが、あの小説は、この瑞春院で暮した十歳時代の記憶を芯にして、まったく絵空事のように書いてみたものだが、場所を衣笠山の等持院にうつして、寺内の模様はこの瑞春院から借りることにした。ところが、あの小説に出てくる本陣内陣のふすまの絵「雁」については、あれは私がまったく空想してつくったのだが、正直のところ瑞春院の内陣のふすまは、金粉がまいてはあるが、クジャクであった。両側に二羽の大きなクジャクが、羽をひろげているのと、すぼめたのとが一羽ずついる。四枚通しのふすまに一羽ずつ大きく横長に描かれているわけだが、このクジャクの絵を記憶の芯にした私は小説では「雁」の絵にしてみた。湖岸のマツの木を配して、そこに雁をとまらせたりしたのは、あくまで空想の所産で、本当の雁は木にとまらないそうだ。それはさておき、この小説を発表すると、映画監督の川島雄三さんが、たいそう原作にほれてくださって、どうしても映画にしたい、といい、ついてはあんたの育った寺をみてみたいといわれて、私たちはこの秋はじめに京都にゆき、瑞春院をたずねている。

川島さんと脚本家の舟橋和郎さんと本堂の内陣で、故人である松庵和尚の霊前にぬかずき、線香をたき、クジャクのふすま絵をみていたら、室内に立った老女が、

「雁の絵もありますよ」

とぽつんといった。

次の間をあけてはいった。と、この部屋は上官の間で、いまは、どこかの大学生に貸している部屋だった。私たちは、その学生の柳行李や衣類の積んである部屋のすみに四枚つづきの古ふすまをみて愕然とした。そこに雁がいた。数羽の雁の墨絵であった。水につかった一

羽の母親雁が、小さい子雁を抱くようにしてちぢこまっていた。その上を、雄雁の一羽が、下をみながら、いましもおりたとうとしているかのように羽をひろげている。歩いている雁もいる。うつむいている雁もいる。

「このふすまはいつごろからありますか」

と、私はびっくりしてきいた。

「あんたが小僧のころに、まだちっちゃいころに、このふすまはあったンですよ」

と老女は涙ぐんでいった。私はこのふすまの記憶はなかった。背中をひとはけなでられたような戦慄をおぼえてながめ入った。

「無意識にね、……あんたの記憶の底の底の方に雁がいたはずだよ。あんたはときどき、雁のことを書いていた。その根もとはここにあったンだよ」と川島さんが、目がしらをあつくしている私をみて何ども肩をたたいた。

なるほど、そうだったのか、最初に父がみていたのはクジャクの絵で、父はあとから瑞春院の次の間に「雁の絵」があることを知ったのかと、今さらわたしたちは知るわけだけれども、こんな逸話、秘話も、父の絵空ゴトの腕が生んだ陰の物語といえるのだろう。

つい二年前の、平成二十二年の八月初めのことである。

わたしは、社会派ジャーナリストとしても知られる写真家の山本宗補さんと瑞春院を訪れた。

ある出版社が企画した、父水上勉のたどった足跡、たとえば京都衣笠の相国寺、等持院、若狭本郷岡田の生家、生家近くにある「若州一滴文庫」、小説『飢餓海峡』の舞台となった北海道岩内の雷電岬、晩年をすごした信州北御牧村の勘六山など、思い出の地をわたしが旅し、その姿を山本さんが撮影して一冊のアルバムにまとめるという仕事のために、わたしたちは父が修行時代をおくった瑞春院を訪れたのである。

ところが、わたしたちが着いたのは午前十時頃だったのだが、もう瑞春院の門前には観光客が長い列をつくっていた。中立売烏丸のバス停からあるいて相国寺の西門にむかうと、車止めの柵のあるすぐそばに瑞春院の門がみえ、そこに「水上勉作『雁の寺』のモデルの寺」という人の背丈くらいの立て看板が出ている。玄関へ入ると、左手の受付台に若い僧侶が二人立ち、参詣者一人一人に小さな紙切れのようなものを渡していた。「雁」のふすま絵を観るための整理券だった。わたしたちもそれをもらって、玄関前の築山あたりまでのびている参拝者の列のうしろにならんだ。

玄関の奥をのぞくと、たぶんボランティアと思われる、首から札をぶるさげた中年の男性の背中がみえ、

「この絵が、水上勉先生が直木賞を受賞された小説『雁の寺』に出てくる雁の絵です。先生は幼少の頃、当寺で徒弟として作務に励まれておりまして……」

汗だくで参詣者たちに解説している声がきこえた。

しばらく列にならんでいると

「クボシマさん。これじゃ、ふすま絵の前での撮影は昼すぎまでムリかもしれませんよ」

山本さんが少し焦《じ》れてきて、

「受付の方に、クボシマさんのことをいいましょうよ」

といった。

つまり、わたしが水上勉氏の息子であることを告げて、特別な計らいをうけようというのである。

わたしはあまり気がすすまなかったが、たしかにこうやって、一般の観光客にまじって順番を待っていても、いつ写真を撮らせてもらえるかわからない。おまけに売れっ子カメラマンの山本さんは、この仕事を終えたら、すぐに次の撮影地にむかわないといけない予定なのだという。

仕方なく、わたしは山本さんの意見をうけいれ、山本さんにそのことをお寺にいってもらうことにした。こういうことは、何となく当人だと、体裁のわるいものである。

と、わたしが『雁の寺』の作者の水上勉氏のご令息であるときいたとたん、お寺の内部は大さわぎになった。

何しろ瑞春院といえば、ふだんから「水上勉の小説に出てくる寺」をキャッチフレーズにしている人気の観光寺である。『雁の寺』で食べている寺である。その原作者の息子がとつぜん来訪し、「雁の間」で撮影させてほしいと申し出てきたわけだから、そちらのほうを優先させぬわけにはゆかない。

すぐさま、「雁の間」の一般客への公開が中断され、わたしと山本さん二人だけにぞんぶんに座敷で撮影することが許可された。ふだんは動かすことが禁止されている座敷内の仕切り（ふすま絵を保護している衝立）も自由に移動させてもらい、わたしは山本さんの注文に応じて、ふすま絵の前に立ったり座ったりしてポーズをとった。

しばらくすると、先代ご住職の娘さんである絹代さんと、そのご長男で現在の瑞春院三十四代ご住職であられる須賀玄集さんがお出ましになられ、わたしたちにふかぶかと一礼され、赤い毛氈を敷いた長い廊下の奥にある内座敷に案内された。

「そうですか、あなたはんがツトム先生のご子息さん」

もう八十近くなられるのだろうか、絹代さんはツヤのいい顔をほころばせて、眼を細められ、

「そういえば、目モト、口モトが先生にそっくりどすなァ」

かたわらの玄集さんに相づちをもとめられた。

しかし、玄集さんはまだ四十代そこそこの若いお坊さんだったので、（想像するに）父の作品をそんなに多く読んでいないようすでもある。何となく、半分はフに落ちないといった顔でわたしを見、母親に合わせてフンフンと肯いておられる。

そのうちに茶菓が出され、冷たいカルピスが運ばれてきた。

「お父さまは、わての小さい頃、よく鞠つきの相手をしてあそんでくれはりましてなァ……庭の百日紅にのぼって、鳥や猿の真似をしてずいぶんとよろこばせてくれはりました」

絹代さんが、まだ小学校にも入っていない頃のことで、小僧になったばかりの（たぶん十一、

二歳だったろう）父はひどく大人びた男にみえたという。

「父はあそんでばかりで、お経の修行はちゃんとやっていたんでしょうか」

わたしが尋ねると、絹代さんはホ、ホと口に手をあてて、

「どうどすかいな、まだあの頃は、ホンマにお坊さんになろうとは思うてなかったような気がしますな、いつも夜になると、若狭に帰りたい、帰りたいとダダをこねて父を困らせていたようどすから」

小さくわらわれた。


それから凡そ一時間くらい、わたしたちは瑞春院でお茶を招《よ》ばれ、色々な話をして帰ってきたのだが、正直、わたしは絹代さんや玄集さんとむかいあっているあいだ、まるでタイムマシンにでもかかったような、奇妙な気分におそわれていた。

それは、恰《あたか》も自分が若い頃の「水上勉」当人になって、その場に帰ってきたというか、いわば父の代参としてそこにすわっているような気分になっていたことだ。もちろん、いくら絹代さんから「先生にそっくりどすなァ」といわれても、わたしは「水上勉」でもなければ、『雁の寺』の作者でもなかったのだが、そうやって、父の死後数年経って瑞春院の奥座敷にすわり、ご住職や奥さまからカルピスをご馳走になっているうちに、自分が「水上勉」その人であるような気持ちになってきたのである。

滑稽なのは、わたしは玄集さんや絹代さんの前で、だんだん「水上勉を演じようとしてい

る」自分を発見したことである。時々前髪をかきあげたり、話の途中相手をにらみすえるような眼をしたり、多少ワザとらしい咳払いをしたり。もっとも、それはふだんから自分がごく自然にしていることでもあるので、どこまでが「演じている」といっていいのかわからないのだが。

同じ感覚は、それから何日かして、父のアルバム『冬日の道から』に出ている、昭和三十七年秋に父が瑞春院を訪れた日の、川島雄三監督とならんで「雁の間」にすわっている写真をみたときにもおそわれた。

小説にでてくる親子の雁がとんでいるふすま絵の前に、感慨ぶかげにすわる父の姿がある。顔も容姿もそう似ているとは思えないし、白ワイシャツとネクタイ姿の父の体格は、大柄なわたしの半分くらいしかなかったのだが、わたしはそれを、山本宗補さんが瑞春院で撮ってくれたつい先日の、自分の写真ではないかとさえ錯覚したのである。

私的な余談がすぎたけれども、とにかく父水上勉は、昭和三十六年に直木賞を受賞した『雁の寺』をもって、念願だった「作家生活」を不動のものにしたのだった。

アルバム『冬日の道から』に収録されている、授賞式当日に、胸に祝いの花リボンをつけてもらい、思わず目頭をおさえている父の顔には、それまでの「苦節時代」がいかに長かったか、つらかったかを表わす正直な感情があると思う。

自伝『冬日の道』につづられている述懐にも、それがある。

陽かげを歩いてきて、はじめて陽をうけたのが、「雁の寺」での直木賞受賞である。私はあこがれの文壇に出たのだ。授賞式の際、小僧時代の師、関牧翁老師の顔のまじる会場のすみで、ぽつんとすわったまま、うごかないでいる父をみた。私を十歳で寺へ小僧に出した父であった。おそらく、父は、私が小説家になったなど信じがたかっただろう。若狭からかけつけてはきたものの、会場の雰囲気のはなやかさにきょとんとして、みすぼらしく私をみつめていた。

（略）

思えば、若狭を二十一歳で出て、本郷追分町の勝林寺の普請場でカンナくずにくるまって寝てから、今日で三十年になる。大学も出ていないので、友人もなく、文学関係の知友もなく、丸山義二氏の家をふりだしに、勝手にこっちから近づいていって、縁故をもち、あるいはうとまれ、あるいはあたたかくされながら、つきあわせてもらった人ばかりだ。直木賞の受賞のことばに、「小説家になりとうて、なりとうて、野良犬の如く陽かげを歩いてきたが、いま、鑑札と犬舎をもらってひとしおのうれしさがこみあげてくる」といったのも実感である。

直子誕生

さて、一九六一（昭和三十六）年は、父が直木賞作家になった記念すべき年であったが、同時に、父が終生背負わなければならない「十字架」を課せられた年でもあった。受賞作『雁の寺』が、文藝春秋から刊行された翌月の九月、次女直子が生まれるのだが、直子は先天性の脊椎破裂症をもった子だったのである。

その頃、父は文京区小石川初音町から豊島区高松町二丁目の一戸建ての建売住宅に引っ越していて、そこで一心不乱に小説を書いていたが、お茶の水病院で直子を出産した妻の叡子から、「じつは生まれてきた子は……」と明かされて言葉をうしなう。一生不具の子を育ててゆくとなれば、並の収入では間に合わない。長女の蕗子はまだ高校だったが、将来大学にもあげてやりたかったし（のち慶応大学文学部に進学）、そちらの学費も貯めねばならぬ。父自身、この高松町の家での執筆生活を、疾風怒濤の「多作時代」のはじまりとよんでいるのだが、その時期はまさに父の創作力の充実期であったとともに、不自由な身体をもって生まれてきた直子をふくむ眷族たちを養わなければならない、一家の大黒柱としての責任感が、その「多作」を後押ししたこともたしかだったろう。

流行作家になって、しだいに収入がふえてきた父が、高松町をひきはらい、東京世田谷区成城町の住宅地に八百坪の土地を購入、二階建ての瀟洒な邸宅を建てたのは、翌々年の昭和三十八年の九月だったが、そのあいだに『越前竹人形』『五番町夕霧楼』『飢餓海峡』『越後つついし親不知』などなど、代表作の大半が生まれていることを思えば、父のいった疾風怒濤の時代という表現が、けっして誇張でなかったことがわかる。

しかし、そうやって、必死に執筆にはげみながらも、父の心はどうしても不幸な直子のほうにいってしまう。

「靴と杖」という、直子についてのべている比較的長いエッセイがある。

ホテルへ入り、締切日に追われて、がむしゃらに筆をすすめてどうにか間にあわす日をつづけていた。自宅にいて筆のすすまない原因は私にもわかっていた。直子のことが気にかかるのである。だいいち泣き声が気になってしかたがない。書斎にいても、直子の泣き声は柱をつたって天井をつきぬけてきた。どうして、直子はこんなに泣き声が高いのだろう。頭につきささるような癇性な声だ。泣かない時でも、妻やお手伝いがそばにいるのに、大人っぽい口調で、「ダメ、ダメェ」「早くゥ」とまるで女主人のように指示する。その声もカン高い。

直子の表情には、歩きたくとも歩きえないかなしみがにじみ出ていた。這うようになったのはつい半年ほど前からだが、膝頭から上がいやにそのために発達し、肩の肉がはり、膝が太くなった。そのため、水頭症の頭の大きいのがひどく目立ち、格好のわるいいびつな這い方に見える。頭が畳に落ちないよう、いきばって両手をささえ、擦るようにいざりすすむ。……シュッシュッという音を書斎でききながら、あの足が生えかわらないものか、と思いっつペンをおく。

……そんなことを考えながら、書斎にとじこもっていると、「推理小説」という「人殺し」や「犯罪」を書かねばならない約束の仕事がイヤになってくる。生活のためだと割り切ってしかたなく書いている小説であるにしても、つい、筆がすすまなくなる。自分がいま「仕事」と考えている「仕事」がとつぜん、むなしい灰色の「仕事」のように思えてくる。私は、なるべく直子の泣き声から遠ざかって、ホテルでしずかに書こうと決心して出てゆく。

生まれつきの身体障害児をもった作家の、もってゆきばのないやるせなさが漂う文章だが、この頃から父は、成城の家をはなれて都内のホテルで原稿を書く習慣をもつようになったようだ。

しかし、やがてヒョッとしたことから、事態は思いがけない急転回をみせる。九州のほうで、直子の有効なリハビリ法がみつかったのである。

おなじ「靴と杖」からの引用だが、ここでは「叡子」の名を「英子」とかえている。

九州の別府にグッドマン法という特殊な方法を信奉して、小児マヒや脊椎破裂による歩行障害の子を歩かせる医者がいるときいた。それで英子が単身で、その施設を見にいった。十二月の末であった。

私は英子の熱気に圧倒された。歩けない子が、九州くんだりまでゆくということに、いくらか危惧をおぼえたが、妻の説によると、九州もいまは飛行機で二時間とかからぬ。とにかく、診察をうけて、訓練をうけられるものなら、うけてきたい、英子はすでに、温泉療護園を見学した時に、腹を決めていた。私は承諾せざるを得なかった。

「それでは、行ってこい」

私はいった。

「治療費がいくらかかろうが心配はいらん……おれは東京で働いて金を送る。お前は子が歩くまで、先生のいうことをきいて、訓練してこい」

妻は翌日から用意にとりかかった。そうして、直子をつれて、正月あけの十日に東京を出た。私の成城の家はひっそりした。あれほど騒がしかった直子がいなくなると、まるで、死んだような静けさが訪れた。妻からいろいろと電話で報告があったが、驚いたことに、直子は、施設の五十二人の仲間をみると、生きかえったように変ったという。

ホッと一息ついている父の顔がうかぶようだが、じっさい直子は、この奇跡のリハビリ療法のおかげで劇的に障害が改善、三年後に東京に帰ってきたときには、健常者並みとはゆかないまでも、かなりの距離を自力であるけるほどになっていたという。

その喜びを、父は「『障害を抱く』ということ」と題したエッセイに、こう書く。

この稿を書いている、今日六月中旬、私の家庭には大きな事件が起きた。三年間東京の家をはなれて、別府の国立病院にいた娘の直子が、ようやく治療を終えて戻ってきたのである。二歳の時に、腹這いになることが出来るだけで、這いいざることさえ出来なかったのだが、三年経って小さな松葉杖を手にして戻ってきた。母親の骨を両足に移植されて、ようやく、杖にすがって立つことが出来るようになり、時間をかければ、五十メートルぐらいは、根気よく歩ける足になってもどってきた。

……子供ながら二度にわたる大手術に耐えたおかげで、ようやく、自分で歩ける力を得たわけだが、家に帰って先ず、庭の芝生に出て、嬉々として歩く姿を私にみせたとき、思わず涙ぐんでしまった。

この時期、父はあちこちの雑誌、新聞などに「直子」のことを書き、昭和三十九年九月から「婦人公論」に連載した『くるま椅子の歌』では、婦人公論読者賞を受賞している。なかでも一番社会的に注目をあびたのは、まだ直子が九州へゆかない前の昭和三十八年二月に、「中央公論」に発表した「拝啓池田総理大臣殿」だろう。
父はそこに障害の子をかかえた一庶民に対する役所の冷たさ、税の重さ、また、その税がいかに不公平な使われ方をしているかを切々とつづったのである。

拝啓、池田総理大臣殿

……三、四年前から、日本の読書界に起った推理小説ブームのおかげもあり、私は私の名を一部読者におぼえられるようになり、小説の注文も月々多量にひきうけるような境遇にあります。

……私は三、四年前までは、家内を外へ働きに出し、私も洋服の行商をしているというような貧乏な間借り生活をしておりました。……そのためか、一千万円以上の税金を支払うなんてことはまったく夢のような気がしたものです。

……毎日毎夜寸時も原稿用紙からはなれたこともなく、背中のよこにコブを二つもつくり、四年前からの痔の手術も、歯槽膿漏の手術をする時間も惜しんで、原稿用紙に小説を書いて得た金が、一年間三、四千万にもなったのであります。そのうちの三分の一の金が、よそへ逃げてゆくかと思うと私はただただだかなしい思いがするだけです。

（略）

私は、毎日毎日、働いております。私がこんなに働くようになりましたのは、私の子が身体障害者であるからです。頭部肥大、両肢不随で、歩行困難が予想されるからです。一時は月に八十万円もの医療費がかかったほど、この子は私どもを泣かせました。私はこの子の医療費を得るために、がむしゃらに小説を書いてきました。おかげで、退院も出来て、今日は自宅で療養いたしていますけれど、この子の将来を思うと私は暗たんたる気持ちになります。

（略）

その子に、どこか陽当りのいい、空気の澄んでいる郊外の家でもつくってやろうと思ってみましても、所得額のうちから三分の一の一千万円以上もの税金をもってゆかれるようでは、画餅に終ってしまったわけです。私は私の子にやるべき金を政府にとられたような気がした錯覚さえおぼえたのは、このためにほかなりません。

（略）

……総理大臣。私はあなたに私の泣きごとをかいてみたかったのではありません。私は重症身体障害者を収容する島田療育園に、政府がたったの二割しか補助を行なっていないことに激怒したからなのです。政府が、今日まで、あのオシや、ツンボや、盲《メクラ》やのかわいそうな子供たちが、施設からしめ出しを喰って、収容されている療育園に、これまで助成した金は、二年間にわたってたったの一千万円でした。三十六年度に四百万円、翌年に六百万でした。しかも、これは研究費というめいもくです。私が本年一年におさめる税金の一千万円よりも少ないのです。私の働いた金が、この島田療育園の子らにそそがれるのであったら、どんなに嬉しいかしれません。

……こんなふうに、父のグチとも嘆きとも抗議ともしれない総理大臣への手紙はつづくのだが、この「中央公論」にのった文章は、かなりの反響をよんだ。何しろ今をときめく売れっ子作家の父が、自らの娘が障害の子であることを告白したうえ、「貧乏人は麦を食え」の暴言で知られる時の池田勇人総理大臣にむかって、歯にキヌを着せぬ直訴状を書いたのだから、世間の人々の喝采をあびたのも当然だったのである。

しかし、今になってよくよく読んでみると、この「拝啓池田総理大臣殿」における父の主張には、ほんの少々ムリがあるようにも思われる。

長く貧乏してきた父にしてみれば、苦労して稼いだ三千数百万円のうちから、三分の一近くを納税しなければならないのは、残酷以外の何ものでもない暴力にうつったかもしれないけれども、だれだって一定の高額所得者になれば、これくらいの納税義務を負うのが当然のようにも思われる。背中にコブをつくってまで机にむかう父も悲愴だが、その何倍も働いてもろくな収入を得られない人が世の中にはいっぱいいる。障害の子をもっているといったって、直子はまだ多くの障害者のなかでは幸せなほうで、寝たきりで呼吸することさえままならない難病の子をもつ親だっているのだ。父がいいたかったのは、あまりに障害者施策に理解のない、愛情のない役人たちに意識改革をうながし、今の国の税金の使い道をもう一ど考え直してほしいということだったのだろうが、読みようによっては、庶民とは一クラス暮しのちがう、流行作家のゴーマンな発言ともうけとられかねなかったのである。

じじつ、この文章が発表されると、成城の「水上家」には賛否両論、どちらかといえば批判ともとれる手紙のほうがおおく殺到したそうだ。なかには「おたくの子はまだまだ恵まれている」「娘に家を一軒建ててやるなどというのは一部の金持ちの夢だ」といった意見もあったという。

それでなくとも、父が「直子」を題材にして、あちこちに原稿を書くことを家族は好ましく思っていなかった。本人はそんなつもりで書いていなくても（生活費稼ぎのためであっても）、そろそろ多感な年をむかえようとしている直子は、あるコトないコト書きちらす父親に、しだいに反感をもちはじめているのだった。

あれは、わたしが父と再会してまもない頃だったが、叡子さんの口から直接それをきいたことがある。

その頃は、まだわたしが有名な父親と出会って恍惚としていた頃だったが、何かの用件で父の不在中に成城の家にうかがったときに、

「誠一郎さんも、これから色々大変だと思うわ」

と叡子さんがいうので、意味がのみこめない顔をしていると、

「作家はね、周りの人を平気で犠牲にしちゃうのよ」

そういうのである。

「ま、誠一郎さんはあの人にとっては、ちょっと扱いにくい存在かもしれないけどね……私や直子は、あの人の印税で食べさせてもらっている弱みがあるから、あの人の書くものに文句はいえないのよ。でも、つらいのよ。社会や世間は、あの人の書くことが本当のことだと思っ

ちゃうから」

何かよほど思いつめていたときだったのだろうか、いつになくその日の叡子さんは饒舌だった。

「娘も私もね、本になんか一行も書いてもらわなくていいの。ただ父親がそばにいてくれれば、それでいいの。自分の子を一ども抱いたことのない人でも、本のなかで子どもを愛してるって書けば、人はそううけとるかもしれないけど、それはまちがいよ。あの人、書くこととやってること、大ちがいなんだもの」


これはかなりムツカシイ問題である。

叡子さんの気持ちもわかる。この世の中は文学で生きている人だけで出来ているわけではない。世の中の九十九パーセント以上の人は、文学などと関係なく、日々を平々凡々と、あるいは人それぞれに努力精進して、家族をなし、妻や夫や子を愛し、一生懸命生きている人ばかりである。いくら「文学」が大切といったって、そのような何でもない市井の人のプライベートなことまで暴露し、そのささやかな幸福や平穏を乱す権利なんて、だれにもありやしない。

しかしながら、父の職業は「物書き」である。

それも、フィクションの小説も書くことは書くが、いっぽうでは、いわゆる「私小説」を得手にしている作家である。父が身の周りにおこった出来ごとや、出会った人々のこと、ときとして自分自身の家族や眷族を題材にしたとしても、だれもがとがめることはできない。それが仕事だ、といわれてしまえば、黙るしかない。

　おまけに、叡子さんもいっていたが、そうした身辺のことを書いて稼いだ収入で、成城の「水上家」が養われているというのだからヤヤコシイ。

　こんな言い方はどうかと思うのだが、父は無断で作品のなかに「家族」や「親族」を登場させ、そのかわりに家族の扶養義務を果たしているともいえるのである。もっというなら、ある意味で父にとって、「家族」は無償であたえられた作品の題材なのである。足の不自由な「直子」も、結婚数年で夫と死別した「蕗子」も、二どめの妻である「叡子」も、いや、これまで父がかかわってきたあらゆる人々（わたしの母をふくめて）が、父の書きもののなかの「物言わぬ題材」なのである。


　いい忘れたけれど、わたしは叡子さんとは何どもお会いしているのだが、直子ちゃんとはまだ一どしか会っていない。その一ども、父と再会して何ヶ月かした頃、父に招かれて成城の家を訪ねたとき、玄関でちょっと目を合わせた程度の会い方だった。直子ちゃんはその頃十六歳ぐらい、まだ和光大学にはすすんでいなかった頃だと思う。額のひろい、黒目がちの大きな瞳が特徴的で、叡子さんのかげからとつぜん現れた新しいお兄さんのほうをおそるおそるのぞき、「コンニチハ」とか「ヨロシク」とかいって、ハニカミながらペコリと頭を下げていたのをおぼえている。

　その頃の「水上家」には、叡子さんのほかに、叡子さんの姉の蓉子さん、蕗子、直子のふたりの娘が住んでいた。考えてみると、父以外はみんな女という女系家族だった。父はこの四人の女性のもとに毎月セッセと生活費をとどけ、そのうえナンダカンダと文句をいわれているのかと思うと、(同じ男として)ちょっぴり気の毒になった。

わたしを家へ招いた日は、たまたまホテルにカンヅメになっていた父が、資料か何かを取るために成城に一時帰宅していたときで、父はわたしといっしょに叡子さんがつくった焼き魚の昼御飯を食べ、そとに待たせてあった出版社の自動車で、またあわただしくホテルオークラにもどっていった。

飢餓海峡

「海峡は荒れていた」という、名書き出しではじまる長編小説『飢餓海峡』は、これまでにいくつもの映画、TVドラマ、演劇にもなった父の代表作だが、この小説の舞台となった北海道の岩内町は、わたしの妻である森井紀子の故郷である。

有名な小説なので、あらためてここにくわしい筋書きは書かないけれども、一九五四（昭和二十九）年九月に起った青函連絡船「洞爺丸」の転覆事故と、同じ日に北海道岩内町（作品上では岩幌という架空の町になっている）で発生した大火災とを巧みにむすびつけ、連絡船事故で海辺にうちあげられた遭難死者一千余名のなかに、大火の岩内から大金を奪って逃走した強盗犯三人組のうちの二人の殺害遺体をまぎれこませ、主犯の犬飼多吉だけが内地に生きのびるという設定は、松本清張とならんで社会派推理小説ブームのさきがけとなった父の、父ならではの発想から生まれた一大スペクタクルといえるだろう。

しかも、この小説は実際に「洞爺丸」事故が起った昭和二十九年よりも、七年ほど早い昭和二十二年、つまりまだ日本が完全に敗戦後の混乱から立ち直っていない時代に置き換えられているところがミソだ。主人公の強盗殺人犯犬飼多吉は、その後樽見京太郎と名をかえて戦後の繁栄社会にとけこみ、やがて刑余者更生事業団体に多額の寄附をする実業家にまでのぼりつめる。この小説が発表されたあと、多くの評論家から「物語の根底には作者の貧しい者たちへの同情と富める者への怨嗟がある」と評されたのも、まさしく父が仕込んだ「昭和二十二年」という時代下の物語であったからこそ、地から這い上った野良犬のような主人公への共感が高まったのだろうと思われる。

もともと、『飢餓海峡』の着想は、父が昭和三十六年の秋に文藝春秋社主催の文芸講演会で、柴田錬三郎、臼井吉見両氏とともに初めて岩内を訪れ、地元青年団の案内で積丹半島の付け根にある雷電海岸の風景を眼にしたことがきっかけになっている。

「雷電海岸の孤愁」と題された紀行エッセイがあるが、そこに父が「飢餓海峡」の発想を得たときのことが語られている。

私は、三年前に、立ちすくんで見た雷電を思いおこす。なるほど、そこには、悪魔の肩や、こぶしや、コブのような、得体の知れない奇岩怪石や、絶壁があった。私はこの時、この大自然の中を、生きた人間を歩かせてみたいというかすかな欲望に燃えていた。

私は、東京に帰ってからも頭をはなれない雷電海岸の孤愁にとりつかれていた。

〈函館では……大騒動が起きていましたので、北の端の岩内で……小さな町が三分の二も焼けた悲劇なんぞ、世間の人は誰も知っていてくれませんでした〉

年老いた町役場の人が、私に語ったあの眼の輝きを私は忘れていなかった。

その時にはまだ『飢餓海峡』の発想はなかった。しかし、雷電の自然の中へ、生きた人間を歩かせてみたい欲望は、たしかに、その時にもったのであった。

私は、生きた人間を雷電を歩かせるためには、孤愁を背負った人間でなくてはいけないと思っていた。とつぜん、頭にひらめいたのは、岩内の町を焼いた男。おそろしい男をこの波濤の狂う海岸へひきつれてきて、とぼとぼと歩かせてみることであった。

じっさいは、岩内町は失火によって焼失しているのだが、放火事件にすることによって、私はドラマになると思った。その男は、岩内を焼いてから、大金を盗んで駅に向い、岩内線で小沢に出て、函館へ逃げる。ちょうどその時刻は、洞爺丸の転覆で函館は大騒ぎの最中である。この混乱にまぎれて、第二の犯罪がたくまれる。放火共犯者の抹殺である。そうして一人の男は海を渡り、内地へ潜入する。

この小説の題名を『飢餓海峡』と名づけよう。頭にうかんだこの一篇のドラマは、じつは、巨岩怪石が波に洗われる雷電海岸に立った時の戦慄が動機となっていた。

『飢餓海峡』が「週刊朝日」に連載されたのは、昭和三十七年の一月から十二月までだったが、予定の何倍にもなった長大な小説は、とうとう連載中に完結せず、連載打ち切り後、さらに五百三十枚も書き足されて同新聞社から刊行された。

じつはわたしは、この『飢餓海峡』が一冊になって本屋の店頭に登場した昭和三十八年の秋に、東京世田谷明大前に小さな酒場をひらき、翌年春にそこで初めて現在の妻、森井紀子と出会っている。当時わたし二十二歳、紀子は三つ上の二十五歳。三十九年秋の開催がきまっていた東京オリンピックをひかえ、商売繁盛を見込んだわたしが、店の手伝いを貼り紙広告で募集したところ、それをみて応募してきたのが、同じ町内のアパートで妹といっしょに暮し、昼間は岩本町にある服飾会社につとめていた紀子だった。

紀子の両親は、岩内の隣村の茅沼の炭鉱で働いていた人だったが、その後岩内にうつって呉服店兼雑貨店を開業し、紀子自身は雷電海岸近くの、岩内町の清住という集落で生まれている。だから、当時地元でも評判だった『飢餓海峡』を、当然知っていていいはずなのだが、わたしが面接したときの紀子の反応には、はなはだ失望した。

「いつ東京に出てきたの？」

「三年前です。目黒のドレスメーカー学院を卒業して、今の会社に入りました」

「ずっと東京に居るつもり？」

「今のところは。東京のほうが楽しいですから」

「ふうん。でも、岩内はいいところでしょ？」

「ええ、でも、海ばっかりの田舎です」

「そうだろうね、ミナカミベンの小説で有名だもんなァ」

「ミナカミ……なんですか、それ？」

「ミナカミベンだよ、小説家で有名な。キミの故郷を書いた小説で、今ベストセラーになってるんだぜ」
「へぇ……」
「キミ、ミナカミベン、知らないの?」
「私、あんまり本読むの好きじゃありませんから」
「ふうん……そりゃよわっちゃうな。ウチのお客さんは文学関係の人、多いしねぇ……」

雲の上の父には、いくえにも詫びなければならない会話だが、とにかく紀子は「文学」とは縁遠い女だったのだから仕方ない。

しかも、店の貼り紙で応募してきたのは紀子一人である。安給料のうえ、夜おそい酔客相手の商売だし、この娘《こ》をのがしたら、金輪際働き手などみつからない気がする。わたしの好みは、どちらかといえばぽっちゃり型だったから、その点ではまあ合格点だったし、そんなに美人ではないけれども、時々みせる人なつこい笑顔が愛くるしかった。わたしは紀子を店で雇うことにした。稼ぎ時のオリンピックは迫っていたし、そんなにゼイタクはいっていられなかったのである。

ところが、その紀子がわたしの「あげまん」だったのだ。

紀子がつとめはじめたとたん、店の売り上げが急カーヴで上昇した。

ふしぎだったのは、「文学」のブの字も知らぬ紀子が、店にやってくる物書きや絵描き志望の客に案外モテたことだ。わたしの店に「文学関係の人」が多いといったのは本当で、T出版社の校閲部長や編集者、現役の作家も時々顔をみせたが、かれらはあきらかにわたしにビールをつがれるより、紀子につがれたほうが上機嫌だった。わたしと話すときは、小ムツカシイ文学論や芸術論なのに、紀子がくると他愛のない芸能人の噂ばなしや、近所のネコの話なんかをして盛り上っていた。

紀子の故郷「岩内」の話は出ても、「ミナカミベン」の『飢餓海峡』の話などは、一コトも出なかったのである。

翌年秋、わたしはその森井紀子と結婚し、「飢餓海峡」で犯人を追って田島、荒川の両刑事が聞きこみに訪れる、あの、雷電海岸の「朝日館」というひなびた温泉宿で地元式の祝言をあげる。

「朝日館」は、岩内大火の火元となり、一家惨殺の凶行現場ともなった佐々田質店の店主伝助夫婦、息子の弥助夫婦四人が、殺害される数日前に湯治していたという宿で（もちろん小説上でのことだが）、質店の店主はここで犯人犬飼多吉ら三人組とぐうぜん遭遇し、強盗殺人の標的となるのである。

わたしたちにとっては思い出ふかい宿なので、「朝日館」の出てくる部分だけ紹介しておく。

田島清之助と、小樽署の荒川刑事が、火山岩の屹立《きつりつ》した雷電の鼻に到着したのはその日の午《ひる》ちかい頃である。

海は凪《な》いでいた。しかし、岩蔭の荒磯は波が大きな岩を嚙んでいる。田島は、署にきて八年になるが、この景勝ゆたかな、雷電の岩壁をみたのは三、四回しかない。岩の雄大さも眼を瞠《みは》らせるが、五十メートルもある巨大な岩と岩の合い間から噴出するように数条もの滝が海に落ちこんでいた。黒と茶褐色《ちゃかっしょく》との斑《まだら》になった岩壁に、純白の滝水が糸束を投げつけたように落下する底の方は、背すじを寒くするような巨大な穽《あな》であった。道は穽に沿うてまがりくねっている。時々、昔の旅人にどうしてそのような穴をあけることが出来たのかとおどろかされるトンネルもみられた。

海岸から山へ入った。埃《ほこり》っぽい道がつづく。両側の山壁が次第にせばめられてゆくと、前方にかすんでいた雷電山と目国内山のきりたった山容が黒さをまして浮んできた。

朝日温泉は雷電山のふもとにあった。田島と荒川の両警官は午後二時に村へ入った。

宿は石ころ道と川をはさんでとびとびに建っていた。岩幌（引用者注・岩内）を出る時に、佐々田夫婦と嫁が泊った宿の名をきいたが不明だった。弥助も含めて一家四人が死んでいるのであるから、温泉へ出かけたらしいということだけ隣人にわかっていたのである。田島は村のかかり口から順番に宿をたずねて、三軒目にこの村で一ばん大きいといわれる朝日館と看板のかかった宿へ入った。年に一どか二どしか遠出をしなかったというしまり屋の佐々田伝助が、新婚間もない若嫁をつれての湯治だから、朝日でも一ばん設備のいい宿をとったのではないか、とふと思われたのだ。この田島の予想は当った。夫婦はここにきていた。

朝日館は二階建ではあるが、ひどく古びた宿であった。木目の出た玄関の柱や戸板が、昔のにぎわった頃の名残《なご》りをとどめているような気がした。

今読んでも、たちまち殺人物語のなかにひっぱりこまれそうなテンポのある文章だが、積丹半島の根もとの、切りたった断崖絶壁がつづく雷電海岸を一望する「朝日館」は、わたしたちが挙式したときも、どこか荒涼としたふんいきをただよわせた温泉宿だった。

宴会にでてきた町会議員だったか、だれだったか、

「新郎新婦のお二人は、これから雷電の荒波にも負けないような生活を築いてゆかれるでしょう」

なんていうあいさつをしていたのを、ボンヤリとおぼえている。

ところで、よく質問をうけるのだが、父の正式の作家名は「ミズカミツトム」である。「ミナカミベン」は文壇デビュー当時から『飢餓海峡』あたりまで使っていた名で、読者にも「ミナカミツトム」、もしくは「ミナカミベン」で親しまれていた。

しかし、あるとき急に父は、「ミズカミツトム」という戸籍上の名に変更、統一することを宣言する。

ノンフィクション作家の澤地久枝さんは、「婦人公論」の編集者をしていた頃、よく父のところへ原稿を取りに行っていたそうだが、ある日とつぜん「水上勉」に「ミズカミツトム」と

フリ仮名をつけてくれといわれ、

「なぜですか」

ときくと
「もう一人、水上滝太郎《みなかみたきたろう》という作家がいるやろ。あれといっしょにされるのがイヤなんや」

とこたえたそうである。

水上滝太郎は長く明治生命の重役をつとめながら、戦前まで「三田文学」で活躍していた小説家で、父が登場したときにはすでに没されていたはずなのだが。

邂逅の時

前にもいったように、わたしの妻紀子は以前から、あまり父水上勉には好意的とはいえない女なのだが、とくに辛口なのは、父がわたしと再会したとき、すぐに養父母の窪島茂、はつのところにあいさつにこなかった点についてである。

父が世田谷区成城町九丁目（父の家は六丁目）にあるわたしの家を訪ね、初めて茂、はつと対面したのは、わたしたちが再会して一ヶ月ほど経過した頃で、朝早くわが家の前のせまい小路に、人気ベストセラー作家をのせた黒塗りの自動車が停まったときの、窪島茂、はつの緊張ぶりったらなかった。そんなものをいつのまに用意したのか、茂は一昔前の太くて黒いネクタイをしめ、はつはふだんみかけない他所《よそ》ゆきの花柄のブラウスを着ていた。

父は玄関に入ると、迎えにでた二人にむかって、

「ミズカミです」

深々と頭をさげた。

そして、玄関わきの居間に通されると、ズボンの真んなかをちょっとあげるようにして、膝をそろえてすわり、

「今日の今日まで、誠一郎君をよくぞ育ててくれました。ミズカミは、この通り、心から感謝しております」

もう一ど頭をさげた。

「私は、誠一郎君の養育を放棄した悪い父親です。お二人の愛情がなければ、誠一郎君もこんなに立派に成長することはなかったでしょうし、私もこうやって元気なかれと再会することなど出来なかったでしょう。お二人のご苦労には、どんなにお礼を申しのべても足りません」

父の声はいくらかふるえていたようにも、こわばっていたようにも思う。

これに対して、茂やはつがどんなふうにこたえたのか、よくおぼえていない。たしか茂だけがモゴモゴと、口のなかで二つ、三つ小さな言葉を発し、はつはただよこで涙をながしているだけだった。父はそんな二人の顔をのぞきこむようにして、前髪をたらし、何ども何ども頭をさげていた。

よこでみていたわたしの眼には、父の謝罪はもうそれでじゅうぶんのように思われた。いっておくが、そこにすわっているのは超有名な、わたしにとっては雲上びとのような直木賞作家である。その父が、名もない貧しい靴修理職人夫婦の前に、きちんと膝をそろえてすわり、何ども何ども頭をさげて自分の不徳を詫びているのだ。もうそれだけで、じゅうぶんではないか。

だが、紀子からすると、そんなのは「社交辞令」だという。

「だいたい……」

と紀子は口をとがらす。

「ミズカミさんの家は、同じ成城の六丁目よ。あるいて十分のところよ。あなたと会って一ヶ月もしてから顔を出すなんて、失礼よ。おまけに、あいさつにきたといったって、そとに自動車を待たせておいて、お爺ちゃんお婆ちゃんと話をしたのはたったの二、三十分よ。どんなに忙しいかしらないけど、三十年間もあなたを育ててくれた人に対する、誠意ある態度ではないわ」

そうだろうか。

紀子は、人気作家という職業の父の多忙な生活が、今一つわかっていない気がする。父にとって、養父母を訪ねたあの三十分は、精いっぱい絞り出した三十分なのだ。いくつもの原稿締切りや講演をかかえた父が、必死に仕事の時間をやりくりしてつくった時間なのだ。それに、家が近いといったって、父はほとんどホテルで仕事をしているので、都心からここまでくるには相当の時間を要するのである。

わたしが反論すると、

「まあね、あなたは何たってお父さんビイキだからね……でも、私、何となくあの人、ズルイ気がするの」

そういい、

「そんなところ、あなたもタイ焼きみたいにそっくり」

イヤな言い方をした。

たしかに、紀子がいうようにわたしたち父子の家は同じ成城町の、七、八百メートルの距離内にあったので、「あるいてゆけない距離」ではなかった。

そのことは、新聞や週刊誌でもずいぶん話題になり、戦後三十余年ぶりに奇跡の再会を果たした父と子が、ぐうぜんとはいえ、同じ東京世田谷の同じ町内に住んでいたというめぐり合せは、「やはり父子の血が呼んだのだろうか」とか「運命とはふしぎなものだ」とかいった表現で、あちこちに報じられたものだった。

ただ、同じ成城町内といっても、父が住むのは小田急線成城学園駅北口からわずか徒歩二分の、文字通り資産家や有名文化人の邸宅がズラリとならぶ高級住宅街の一かくであり、わたしの家は成城町の外れの外れ、しかも五十坪ほどの敷地にきゅうくつそうに建っている貧相な二階家だったので、うっそうとした庭木にかこまれた父の大豪邸とは較《くら》べモノにならないのであった。

しかし、『父への手紙』にも書いているのだが、わたしの長女のミツルが四歳の頃、茂につれられて散歩しているあいだに迷い子になり、水上家の邸内で発見されたというのは本当の話である。

おもしろい話なので、僭越ながら『父への手紙』から引用してみる。

なんでも、朝はやく、父の茂がミツルをつれて散歩にでたのだが、もどってきたときにミツルがいない。住宅街のかどをあちこちまがるうち、茂の手をはなれて、その子の姿がふっときえた。半分メクラの老人のいうことだから、ちっともラチがあかなくて、とうとう家人が駅前の交番にかけこんで、巡査といっしょに町内をさがしまわるさわぎになった。
昼すぎに、ようやく若い巡査に手をひかれて、ケロリとした顔のミツルが姿をあらわした。きけば、成城町六丁目の水上勉という作家の家の庭先にはいりこんで、そこの飼い犬と無心にあそんでいたのだという。私の家は九丁目だから、同じ成城町といっても外れの外れにあって、本格的な高級住宅地である六丁目とは一キロに近い道のりがあるのだったが、たぶん茂とはぐれたあと、ミツルはミツルの足でそこまであるいていったのだろう。四歳になったわが子の、思いがけぬ健脚に舌をまいた。子は、親の気づかぬうちにたくましくなるものだとも思った。妻は恐縮して、さっそく菓子箱をもって水上勉氏宅をおとずれたが、邸内はしんとしていて、鉄扉の呼び鈴をおしても誰れもでてこなかったといってもどってきた。

そして、話はこんなふうにつづく。

私は何気なく、茂やはつが、ここへひっこしてきたときに、尋常でないほど慌てふためき、子の転居計画につよく反対していたことを思いだした。いま考えてみても、あれはたしかに異常だったと思う。最近はあまり文句はいわなくなったが、それでもときどき不平をもらすことがある。理屈をこねて、成城の悪口をいう。なぜだろう。何かふたりは、この成城町にわるい思い出でもあるのだろうか。茂やはつの、私が「成城へひっこす」とつげたときにみせた、あの何ものかにおびえでもしたような暗い表情を思いおこして、私ははてなと思った。

これはあとからきいたことだが、じつは、このときの長女ミツルの「成城町迷い子事件」には、もう一つ真相があったのだそうである。ミツルのカタコトの説明や、立ち合った巡査の話をつなぎあわせてみると、どうも茂は、ミツルと散歩途中にはぐれてしまった訳ではないらしい。ミツルのほうが、水上邸前の細い袋小路にさしかかった際、小犬の声にさそわれて邸内に勝手にはいっていってしまったというのが本当のところらしく、しかたなく茂は、一人であるいて九丁目の家まで帰ってきたのだという。ミツルの言葉によると、「お爺ちゃんは、その大きなおウチの表札をみると、びっくりしたような顔になって庭へははいってこなかった」というのである。

私はますます、けげんな気持になった。

早いはなし、養父母の茂やはつは、長いあいだわたしに「実親」の存在、つまり父が「水上勉」であることをかくしてきたわけだから、このときのびっくりぶりは手にとるようにわかる。だいいち当事者のわたしが、このミツルの「水上邸侵入事件」(?)は、何とふしぎな出来ごとだったろうとふりかえっているくらいなのだから。

ま、それはともかくとして、妻は何かにつけて父親バッシングのはげしい女なのだが、この成城高級住宅地にある水上勉の家にかんしては、まったく別人のような感想をもっているのがおもしろい。

「スゴイわよねぇ、八百坪よ、八百坪。自分の家以外に、敷地内に借家を三軒ももっているっていうし、筆一本であれだけの家を建てるなんて、やっぱり尋常以上の人なのよねぇ」

どこでおぼえたのか、「筆一本」なんて言葉を口にする。

「今すぐ売っても、十億円は下らないものね。よほどの稼ぎの人じゃなけりゃ、あんな家建てられないわ。私ら庶民じゃ、とても手がとどかない」

じじつ、わたしが父と再会してから（夫が水上勉の子と判明してから）、あんなに本を読まなかった紀子が、父の本だけは近所の図書館から借りてきて、そっと読みはじめているようなのである。

たぶん、テレビでみた『越前竹人形』か『五番町夕霧楼』でも読んだのだと思うのだが、紀子は知ったかぶりの顔をして、

「いいわよね、あの小説。ああいう本書けば売れるのよ」

そう絶賛し、

「あなたもヨウセツとか何とか、ムッカシイ絵の本書いてないで、ああいうのを書いたら？」

遠慮なく夫の非才をなじるのである。

「ヨウセツ」とは、わたしが経営している美術館に飾られている「夭折画家」、すなわち病気や戦争で若死にした画家たちのことをさしている。単純な妻は、そんな本を書いていないで、父のようなベストセラーをどんどん書けば、同じ成城町内でももっと大きくて立派な家が建て

られるのに、といっているのである。

ところが、その妻がいったん父の「私的」なというか、「私小説的」なというか、わたしや養父母、生母、自分の家族についてのべている文章に接すると、とたんに手きびしくなるのだ。父はわたしと再会してほどなく、わたしたちの邂逅事件をスクープした朝日新聞社の求めに応じて、同社が出している「週刊朝日」に、「わが感想——三十四年ぶりの父子の再会をめぐって」と題したエッセイを発表している。


死んだとばかり思っていた子が生きていて、その養父母もご健在で、子は立派に成長した社会人として、向うから突然名のりをあげてきた。ぼくにとってこんな喜ばしいことはないのだった。

はじめて会った時は、とにもかくにも、眼鼻だちがよく似ているのと、母親が丈の高いひとだったので、五尺九寸近い身長のジーンズスタイルで、にっこりしてぼくの前に立ったのだ。何とも形容しがたい驚きと無量の思いにつつまれて、目頭が熱くなり、それから、しだいにわれに返って、いろいろな思いが走り、そうして、のちに、大きな喜びが身をひたした。

……二十二年ごろだったが、敗戦になって東京の焼野が原で偶然、母親とあい、彼女の間借り先へゆき、そこの仏壇のようにしつらえられたタンスの上に、子の写真をみた。模型飛行機をもっていた。「空襲で死にました」と母親はいった。ぼくも戦死した噂をきいたともいっていた。それきり、ぼくはこの母親に会っていない。

ぼくはそれから今日まで三十年間、死んだ子のことを思わぬ日がないではなかった。……だが、これはいまの女房にはいえたことではないのである。だから孤独に思いだして暦の底にしまいこみ、空襲で死んだことも信じてきた。二十二年の再会のときは母親が明大前のどんやだ、といった記憶もあったので、そこへもいってみている。一面焼野で家はなかった。そんな子だったのである。そんな子が、突然現れたのだから、前記したような何ともいいがたい狼狽と驚きと、喜びでしばらく呆然となった。

初会の日はぼくの信州の家だったので、二人きりだった。ぼくらは三十四年間のことをそれぞれ話した。

……わが不甲斐なかった二十二歳の極道は、いくら消しゴムで消そうと思っても消えない。ぼくの負い目は、子の立派な成長と比例して、いや、もっと重く、ぼくにのしかかるのだ。どう考え、思いつめても、それは軽くならない。無量の感慨の底に、いつもにごり残るのはそれであって、生死不明の母の行方もふくめて、ぼくはあれから夜ふかく、孤独に考えこんでばかりいる。

この文章についても、妻の評価はあまり芳しくない。

「こんなことなら、だれだって書けるわよ。肝心なのは、行動でしめすこと。あなたの生みのお母さんにだって、この子のために早く出てきてくれって、ちゃんと呼びかけるべきよ。あなたを手放すようになった原因は、やっぱりこの人にあるんだもんね。いくら自分のやってきたことを告白したって、何を今更って感じ。どこかに、もう済んだこと、って気持ちがみえみえなのよ」

そして、当然のことながら、その舌鋒はわたしの文章にもむけられるのだ。

わたしの場合、父との再会について書いたものはそんなに多くなく、せいぜい父のエッセイとほとんど同時期の、昭和五十二年の「婦人公論」八月号に書いた「父と逢うて綴ること」という文章ぐらいである。

少しながいけれども、読みかえしてみる。


これは素直な自分のたどった三十年への述懐だけど、とくにこの十年は、われながらよく親さがしをあきらめなかったものだという気がする。だれにも知らせぬ、自分ひとりの秘密作業のような仕事だった。それは転じて、かえすがえすも、かなしい自我の道のりでなかったのかとの苦い問いをともなう。だから、このことによって、だれもが不幸にならないでほしい。どうか、生母よ。あなたが生きているなら、いつまでも、私と会わずともしあわせに暮らしていてほしい。あなたがどこかで私の生存を知り、心のすみにひっそりとよろこびをしまいこんでいてくれるだけで、私はありがたい。それだけでいいと思える年齢に、子は成長したのである。

私の大好きな作品を書いた父には、こんな穴だらけのフーテンが出てきてびっくりさせてしまったが、足手まといにはならないので、じゅうぶん健康に気をつけて、さらにいい仕事をしてもらいたい。私は養父がもう老年なので、若く活《い》き活きと仕事にいどむ父をみるのは、すがすがしく、それだけで誇りたかい。

私が最初に子として名のりをあげたときの手紙が、折しも六月二十三日、川端賞授賞式典に受賞者として列席していた父のもとへ、ご家族の手をへて届けられ、その混乱しているかにみえる表情の父がマイクを前に立っている姿が、中央公論社からの全集の一冊に収められていた。人の世のただなかで、もまれつつ今を生きている父に、子として名のりをあげられた私は、父のつらさもわきまえず、その舞台をはれがましく、しあわせにも思う。

返信を待ちきれなくて、電話をかけたら、凌か、待っていたぞ、すぐ来いと言ってくれた。軽井沢へ自動車をはしらせた。碓氷峠が霧だった。南ヶ丘の林道を、胸をきしませながら折れた道すじのかどに、父のいる山荘があって、そこが三十年ぶりの邂逅の場所だった。父をみたとき、父だと思った。似ていた。

養父母へ。ここ十年というものは、生きた心地のしなかったふたりと思う。ただいちずに生父母のありかをもとめていた私には、ものいわぬ両人を、ひたすらにくむことしかない毎日だった。日日がくらかった。なぜもっとはやく言ってくれなかったのかと、何もかもを悟らせてくれなかったのかと、胸ははてしなく傷むが、それもこれも、それぞれの自我の罪であったとふりかえる。今さらとりかえしのつかない過去だけれど、それをひきずって、われわれ一家は生きていくしかない。養父も養母も何のぜいたくも知らないで、私をそだててくれたのだ。私を産んだ親にも戦争があったし、私をそだてたこのひとたちにも戦争はあった。口に言えぬ辛苦があったろう。こんどの私たち父子の三十余年ぶりの再会のかげに、もしドラマと呼んでいいものがあるとしたら、それはむしろあなたがたの苦悶の日々にあったことを私は知っている。生命のかぎり感謝をささげたい。

妻紀子は、この文章にかんしては、父に対するよりも、もっとコテンパンである。

「何だか、上手なことばかりいって、お父さんの物マネみたい。何もかも戦争のせいにしちゃってさ、今頃いちばん苦労したのは養父母だなんていっちゃって、いい子ぶりすぎよ。もともと私、あなたが本当の両親をさがすことには不賛成だったの。なぜそんなに過去にこだわるのか、ふしぎだったわ。案の定、こうやって有名なお父さんとめぐり合ったからって、一銭ももらえるわけじゃないんだし……けっきょくあなたは、自分の心の満足のために、お爺ちゃんお婆ちゃんを一生さみしくさせることになったのよ。そんな自分の勝手な行動を棚にあげて、くちさきだけで、お爺ちゃんお婆ちゃんに感謝したって、ぜんぜん態度がともなっていないもの。生みのお母さんに対しても同じね。やっぱりあなたは、お父さん第一の人だわ」

ところで、水上ファンであれば、わたしの文中にある「川端賞授賞式典」に関心をもたれると思うのだが、これは父が短編小説「寺泊」で、昭和五十二年の「第四回川端康成賞」を受賞したことをさしている。こともあろうに、わたしが父に対して出した「わたしはあなたの子です」という手紙は、その授賞式会場にむかう途中の父に手渡されたのである。

文字通りそれが、戦時中に離別したままだった瞼の父にわたしがあてた「父への手紙」だったわけだが、本を読んでいない人も多いと思うので、少し真ん中を省略して紹介しておくことにする。文中の「マス子」は、まだわたしが生母の「えき」という本名を知らなかったためだが、それもそのまま紹介しておく。

とつぜん不躾けなるお便りをさしあげますことをお許しください。ご記憶でございましょうか。私はいまから三十数年前、東京東中野（柏木五丁目）のコトブキ・ハウスというアパートで、あなた様と母加瀬マス子とのあいだにうまれた子「凌《リヨウ》」でございます。

私は、あなた様とはなればなれになっていらい、いまは三十五歳の健康な成人男子になって自立いたしております。ただ、ここ十数年間というもの、己れの出生に対する疑問が頭をはなれたことはなく、仕事のあいまをぬってはあちこちと、自分なりの探索をつづけてまいりました。そしてついに一昨日、私はあなた様が私の真実の父であることをつきとめました。そのときの驚き、よろこびは、とても口ではいいあらわすことはできません。自分の書棚にいく冊もならんでいる愛読書の著者が、こともあろうに、自分のさがしもとめていた当の父親であったという運命のいたずらに、昨日も一昨日もねむれませんでした。

気がかりなのは、母マス子のことであり、そのこともあなた様からおききしたく、一どお目にかかれたらと念じております。私に、あなた様が父であり、私が昭和十六年十一月二十日（戸籍上はそうなっておりますが、調査では同年九月、あるいは翌十七年八月という説もございます）に、たしかに台東区鶯谷の坂本病院にて出生した子「ミズカミリョウ」であることをおしえてくれたのは、当時東中野のコトブキ・ハウスで、あなた様夫婦と隣りあわせの部屋に住んでいた山下静香さん（現在は静岡県富士市吉原に在住）という女性でございました。戦時中、母加瀬マス子から私をあずかり、窪島家へつれてきてくれた山下義正さん（明治大学法学部予科生、昭和二十年戦死）の奥様にあたられる人です。私は、静香さんから、私があなた様夫婦の手をはなれて「ミズカミリョウ」から「窪島誠一郎」にかわった日のことをうかがい、またその頃、どれだけあなた様たちの生活が困窮のどん底にあったかということもうかがいました。その母親のマス子が、ことによると、どこかに生きているのではないかとおしえてくださったのも、山下静香さんでございます。

あなた様は、その後の加瀬マス子の消息をご存じでございましょうか。噂では、終戦後まもなく、小田急線沿線の祖師ケ谷大蔵か経堂あたりに一時ひっこし、そののち、いったん郷里の千葉（ヨコシバではないかと静香さんはいっていました）に帰ったともいわれておりますが、さだかではありません。私のカンでは、母さえも、どこかこの近くに住んでいるような気がするのですが。

最後に、同封いたしました一葉の写真は、私が二歳半か三歳になったばかりの頃、あなた様夫婦とわかれたときにうつした形見の記念写真でございます。白い模型ヒコーキに見おぼえがございませんでしょうか。三十数年前のその日、加瀬マス子立ち合いのもとで、東中野の加賀谷とかいう写真館でうつしたものだと山下静香さんは申しておりました。もしかしたら、あなた様のお手もとにも一枚ぐらいはのこっているかもしれません。これは、養父母にはないしょで、家のアルバムにあったものをはがしてきたものです。念のため、私の話の真偽のあかしのために、お送り申しあげます。

窪島誠一郎拝
（凌）

昭和五十二年六月二十日

ミズカミツトム様

今読みかえすと、ひどく気恥ずかしくもあり、こそばゆくもある文面だが、これはこれなりに当時の、三十五歳のわたしが精いっぱい書いた生父母へのラヴ・レターだったと思う。

こんな手紙をとつぜん突きつけられたら、親というものはいったいどんな気持ちにおそわれるものか、わたしにはわからないが、父が相当なショックをうけたのはじじつのようである。

叡子さんにきいたところによると、その日（六月二十三日）父は、いつも仕事をしているホテルオークラの本館の部屋から、同ホテル別館の宴会場でひらかれた「川端康成賞」の授賞式に出席するのだが、移動中のエレベーターのなかで、叡子さんから一昨日成城の家にとどいていたわたしの手紙を手渡される。ふだん父あての郵便物は、主に成城の自宅と軽井沢の仕事場との二ヶ所にとどき、成城でうけとった郵便物は、不要不急のものと私信、原稿や講演の依頼等に属するものとを叡子さんが分別し、本人の眼にふれたほうがいいと判断される郵便物だけをとどけるようにしているという。ちょうどその日は、「川端康成賞」の式典に夫人も同伴することになっていたので、叡子さんはわたしの手紙をふくめた何通かの郵便物をもって、日頃はあまり顔を出したことのないホテルオークラを訪ねていたのである。

「本当は、ね」

と叡子さんは声をひそめる。

「誠一郎さんからの手紙が成城にとどいたとき、私、一ど開封して読んでいたのよ。仕事柄、ときどき訳のわからないイタズラの手紙もくるから、いつも大体は、あの人に渡す前にざっと私が眼を通しておくの。……そしたら、内容が内容でしょ。ちょっとためらったんだけど、これは本当のことだと思ってね。エレベーターにのったとき、誠一郎さんの手紙を一通だけ、他の郵便とは別にしてそっと渡したの」

そのとき、父はすぐに叡子さんの眼の前で封筒から手紙を出し、せわしげに文面に眼をはしらせたという。

そして、そのまま手紙を背広の内ポケットに入れると、叡子さんとは眼を合わせずにエレベーターを降り、迎えの何人かの編集者にかこまれて式典の会場にむかったのだが、あきらかに横顔が少し青ざめ、視線もちょっと宙をおよぐようだった。

その日の、川端康成賞授賞式のパーティで、胸にリボンをつけてあいさつしている父の姿が、中央公論社の全集の第八巻の巻頭に収録されているが、そういう眼でみるせいか、なるほど父の視線には落ち着きがなく、マイクにむかう表情もふだんよりかたいようにみえる。高級そうな腕時計をはめた手を、身体の前で十文字に重ね合わせ、ちょっと前かがみになっている姿勢も、どことなくぎこちない。

「そりゃそうよね。今だから誠一郎さんを信用してるけど、あのときは、どういう人かわからなかったんだものね。あの人だって内心はおだやかじゃなかったと思うわ。会うべきか会うべきじゃないか、あの段階では、あの人も迷っていたんじゃないかしら。ヘタをしたら、今後の自分の仕事にだって影響がでるわけだしね」

と、叡子さんは他人ゴトのようにいうのだが、たしかに父にしてみれば、三十余年も前に別れた子が（死んだとばかり思っていた子が）、こつぜんと亡霊のように名乗りをあげてきたわけだから、うろたえるなというほうがムリだったろう。

手紙とともに同封されていたわたしの名刺の「画廊名」をみて、美術評論をしている詩人のMさんや、以前からつきあいのあった二、三の画廊に電話を入れ、ひそかにわたしの「身元調査」（?）を開始するのはそれからまもなくのことである。

成城、軽井沢

成城町六丁目の高級住宅地にある水上邸と、九丁目の町外れにあるわたしの家とは、一キロ弱ほどの近い距離にあるといったけれども、わたしはこれまで一、二どくらいしか水上邸を訪ねたことはない。

いくら父子という関係が判明したからといって、急に父の家とわたしの家との交流がふかまったわけではなく、だいたい父はいつもホテルや旅先で仕事をしているので、めったに成城の家には帰ってこない。またわたしはわたしで、父と出会った頃から上田につくる美術館の準備で忙しくなり、家をあけて上田に泊ることが多くなったので、事実上わたしたちは「成城町の住人」とはいえなくなったのである。

ただ、妻の紀子は、駅前のスーパーに買い物に行ったときなど、

「きょう、叡子さんに会ったわよ」

とか、

「蓉子さんがおしゃれしてどこかへ出かけられたわ」

とか、信州にいるわたしのところへ報告してきた。

ときどき、叡子さんと買い物先で立ち話することもあるらしく、

「作家って仕事も大変ね。締め切りに追われて、ほとんどホテルを出られないそうよ。ホテルの食事だけでは片寄るので、野菜の煮物やサラダとかは、叡子さんと蓉子さんが交代で差し入れにゆくんだって。それと、急に資料が入用になって、成城の書棚からそれをさがしてとどけるのが一苦労みたいよ。昨日も一日じゅう、二人してそれにかかりっきりだったっていってたわ」

妻の話をきいているだけで、何となく成城の家をあずかる女性たちの日々が想像できた。というより、やはりあれだけの人気作家になれば、そうやってカゲでささえる、何人もの助っ人が必要になるのだろうと思った。

直子ちゃんは、ちょうどわたしたちが再会した昭和五十二年の春に、世田谷区立梅丘中学校（わたしの母校）のそばにある光明養護学校の高等部に進学していて、送り迎えはアオヤマさんというおかかえの運転手さんがしているそうだった。

父は日頃の移動は、たいていこのアオヤマさんの自動車を使っていて、その他のときは、出版社が手配した自動車を利用していた。わたしも一ど、父とどこかへゆくときに、アオヤマさんの自動車にのせてもらったことがあったが、後ろの席には直子ちゃんの使う松葉杖がそろえて置いてあった。おそらくアオヤマさんの仕事の大半は、養護学校に通う直子ちゃんの送り迎えで、その他の空いた時間に父がのるといった割合だったのだろう。アオヤマさんは、水上邸の貸し家の一つに奥さんと住んでいたので、ほとんど水上家とは家族同様のつきあいをしてい

るようだった。

それにしても、妻の紀子の言葉ではないが、父は大したものだなと思った。

ついこのあいだまで小さな出版社の使い走りをし、洋服の行商をし、叡子さんをダンスホールで働かせていた父である。極貧のドン底にあった父である。その父が直木賞受賞後のほんの数年のあいだに、東京でも屈指の高級住宅地に家を建て、借家をもち、運転手をやとい、妻と娘、妻の姉を扶養し、身体の不自由な子を養護学校にあげているのである。しかも、持ち家は、成城だけでなく、軽井沢の一等地にも数百坪の土地に山荘を建て、そこにも生活の拠点を築いているのだ。妻ならずとも、物を書くことだけでそうした経済力をもつにいたった父の才能と努力は、並大抵のものではない。

「やっぱり、あれだけの財産築く人は、それだけの仕事してるのよねぇ。何たって、作家の原価なんてインク代と紙ぐらいなんだから、ぜんぶあの人の頭が稼いでいるようなもんよ。スゴイわ」

文学知らずの妻が、そのことにかんしてだけは一目おくのもムリはないのである。

もっとも、これは今になってふりかえることだけれども、父が作家として生きていた時代は、今のような出版不況の世の中ではなかった。まだまだ本は売れていたし、文学が尊ばれ、作家という職業が経済的にも何倍も保証されていた時代だった。

もちろん、現代でも一部の人気花形作家の本はベストセラーになって、たまに新作が発表されると、大新聞に大きな広告がのるという現象には変りないのだが、父の『雁の寺』や、松本清張の『点と線』や、柴田錬三郎の『眠狂四郎無頼控』や、谷崎潤一郎の『鍵』が一世を風靡した頃は、その現象のスケールが一回りも二回りも大きかった。今のように、少数の文学好きが本を買い、好事家が書物をあつめるという時代ではなく、大げさにいえば一億全国民が、知識や学問の源泉として「文学」を愛し、書店にならんで本を買いもとめ、図書館に通い、朝な夕な読書にいそしんでいた時代だった。

父水上勉の経済的な成功も、そうした「良き時代」の背景があってこそのものだったのではないか、とも思うのである。

いつだったか、父の口からこんな言葉がポロリとでたことがある。

「どんなに資産もっておってもなァ、どおせ世間から貰《もろ》うたアブク銭やから、税金で苦しめられるばかりやし、しょせんあの世にゆくときは無一物や。本当は何ももたんのが一番ちゅうのは、わかっとるんだが」

そういったあと、

「でもな、ぼくの貧乏根性がそうさせてくれんのや。土地をみれば買いとうなる。土地が手に入れば家を建てとうなる。それがぼくの哀しき業や」

眼の奥でちょっとわらった。

たしかに今思うと、父には一種「普請癖」といってもいいような病癖があったように思う。何かで読んだ気がするのだが、画家の川端龍子や横山操なども、いつもどこかで大工のカナヅチの音がしていないと落ち着かなかった人だったそうで、始終アトリエを改築したり移転したりして、家人を悩ませていた「普請癖」の持ち主だったらしいのだが、父にもそのケがある。成城の家はどうかしらぬが、行くたびに軽井沢の山荘は建て増しをしているし、あちこちに別棟がふえ、近所の大工さんや建具屋さんの姿をみない日がないくらいなのだ。

「いいもんや、普請の音ちゅうのは」

父は眼をほそめ、

「作家になろうと何になろうと、大工の子は大工の子やから」

うれしそうにいうのだった。

しかし、いくら普請の音が好きであっても、先だつカネがなければ家も建てられないし建て増しもできない。

やっぱり、父のそんな病癖が終生治癒されなかったのには（もちろん父の卓抜した才能もあったけれど）、あの「文学隆盛」の時代がずいぶん味方していたのではないか、と考えているのだが。

昭和五十四年六月末、長野県上田市の郊外に、わたしの長いあいだの夢だった「信濃デッサン館」が開館すると、わたしたちは軽井沢の父の山荘で会うことが多くなった。

上田と軽井沢は車をとばせば四、五十分でゆける。

もちろん、だからといって締め切りに追われている父の仕事場に、何の用もないのに出かけ

ることはなく、

「メシでも食いにこんか」

たまに父からそんな電話をもらったときだけ、わたしは軽井沢まで夜道をとばした。

ところが、行ってみると、父は食事どころじゃなく書斎に閉じこもりっ放しで、台所のテーブルには原稿待ちの編集者たちが何人もひしめいている。それならわたしを誘わなければよさそうなものなのだが、電話したときには夕方までに原稿が仕上がる予定だったというのだ。それにどうやら、父がわたしを誘ったのは、原稿ができるまで編集者の話し相手になっていてくれ、という作戦でもあったらしいのである。

わたしにしてみれば、それはありがたいプレゼントだった。

台所につめている編集者は、T書房、K書房、I書店、S社、K社……いずれも、ふだんわたしなどは口もきけないような大手出版社の人たちである。父はその頃、「新潮」に『金閣炎上』を書きはじめ、朝日新聞にも『父と子』を連載、『壺坂幻想』や『片しぐれの記』、例の『わが風車』もこの頃刊行。その他にもあちこちに短編、中編を書いていた頃だったから、東京の主《おも》だった出版社がぜんぶ顔をそろえていたといってよかった。そんな編集者と、父の原稿が出来あがるまで、文学の話はもちろん、他の作家の噂ばなし、文壇コボレばなし、これから出る予定の本の話などがぽんぽんと出てくるので、ふだんからそういう世界にあこがれていたわたしは、眩暈《めまい》をするようなコーフンをおぼえた。

それと、なぜか父の山荘にはいつもキレイな若い女性がいた。もちろん、わたしとは明大前のホールで顔なじみの「竹人形一座」の若い座員さんもいたし、蕗ちゃんもときどきまじっていたが、劇団関係の人か、出版社の人なのか、よくわからない人もいて、その妙齢の女性が、蕗ちゃんたちといっしょに食事をつくったり、ビールの栓をぬいてくれたりする。だれがつくったのか、庭で穫れたというフキやナスの煮物なんかは抜群で、貰い物の高級ブランディやウイスキーが食卓に何本もならぶのだ。わたしは、父があまり成城には帰らない理由がわかるような気がした。

服飾デザイナーの植田いつ子さんや、演劇集団「地人会」の演出家の木村光一さんも、ときどき顔をみせられた。

植田さんや木村さんは、何ど会っても、わたしの顔をつくづくながめ、

「似てるねぇ、それにしてもミズカミさんに似てるねぇ」

感心したようにいう。

わたしとしては、お二人からもっと舞台衣裳の話や演劇の話をうかがいたかったのだが、いつもその「似ているねぇ」の一言でオシマイになってしまうのが、何ともせつなかった。

台所で食事をしていると、父あてにあちこちから電話がかかってきた。

あるとき、他に手のすいている人がいなかったのでわたしが出ると、先方の女性はわたしの声を父とまちがえたらしく、

「あら、センセイ」

と甘ったるげにいい、つぎに、

「私、喜和子です。太地喜和子」

といった。

わたしは、首と胴がはなれんばかりにびっくりし、お手伝いの女性に受話器をわたした。


父が文壇屈指のモテモテ文士で、いってみれば「艶福家」の作家であったことは再三いってきたけれども、軽井沢にそうした特定の女性が出入りしているところをみたことは一どもない。ただ、何となくふしぎだったのは、いわゆる父の「秘書」役をしていた女性が、何年か何ヶ月かすると、ふっと姿を消してしまうことだった。父には純粋な意味での「秘書」はいなかったのだが、それでも講演とか取材とかの窓口になったり、列車のチケットやホテルの手配をしたり、また講演先や取材先に同行して、何やかや身の回りの世話をする女性がかならずいた。わたしが父と対面した頃は、どこかの劇団に所属しているという背の高いスラリとしたMさんという女性がいて、父が原稿書きに忙しいときなど、わたしはMさんと芝居や音楽の話をするのがたのしみだった。しかし、しばらく間を置いてわたしが軽井沢を訪れると、もうMさんの姿は山荘にいなかった。つぎにつとめたK子さんも、そのつぎのY子さんも、ふと気づいたときにはカキ消すようにいなくなっている。父と何かモメゴトがあったのか、ご当人に事情でもあったのかわからないのだが、おかしいのは、その人がいなくなってしまうと、あまり父も周りの人も、その人の話題を口にしないことだった。

何もしらないわたしが、「竹人形芝居」のメンバーに遠回しに、

「Mさんはどうしちゃったの？」

ときいてみると、

「あ、Mさんは、今、演劇の勉強でニューヨークに住んでるみたいよ」

とか、

「K子さんは、今のところ、自宅待機ってところかな」

とか、あまり要領を得ない答えがかえってくる。

「そうねぇ、お父さんの世話をやく人は、周りの女性たちの監視みたいなものもあるし、なかなかムツカシイのよ、お父さんが気に入っても、それだけじゃつとまらないしね。秘書的な仕事してゆくうちに、どんどんわがままになって、まるで自分がお父さんの仕事を仕切っているような気分になっちゃってね。そういう人は、何となく自然淘汰されてゆくのよ」

とは蕗ちゃんの解説だったけれど。

どっちにしても、わたしたちの信州での交際は、成城にいるよりも何倍も充実していた。わたし自身、上田の美術館で一人暮ししているのがたのしかったし、父も新しく登場した子どもが、軽井沢と目と鼻の先の上田に住んでいるという状況は気に入っているようだった。

たまに父と植田いつ子さんが、上田のわたしの美術館を見学がてら、上田で一番美味しいといわれる店でステーキを食べることがあった。父は和食も好きだったが、どちらかといえば肉派で、百何グラムかのヒレステーキをパクパク頰ばっていた。帰ったら仕事があるから、といって、酒のほうはビールをちょっと飲むぐらいだったが、飲みながらわたしと他愛ない話をしているときの父はうれしそうだった。

植田さんもそんなわたしたちをみて、

「仲がいいのねぇ」

ニコニコわらってらした。

そういえば、父と軽井沢で初めて会った昭和五十二年六月二十五日の夜も、山荘の近くにある「万平ホテル」でステーキをごちそうになった。

あの夜は二人っきりだったたし、まだその頃は、世間にわたしたちのことは知られていなかったので、二人とも人の眼を気にせずのびのびと歓談した。

「誠一郎君も、これから上田に美術館ができると忙しくなるね」

父はそういって、

「どうやら、キミもあんまり家には帰らん男になりそうだけどな」

とつけ加えた。

この父の予言は、不幸にして的中した。

わたしは翌昭和五十三年の夏に美術館の建設がはじまった頃から、ほとんど東京の家には帰らなくなっていた。上田は空気が良かったし、「信濃デッサン館」の受付よこにつくった2DKの小部屋での暮しは快適だった。べつに父の「放浪癖」を意識したつもりはないのだが、頭のどこかに成城、軽井沢、ホテルと、いくつもの仕事場を転々としている父の生活スタイルの影響がなかったとはいえないだろう。

「普請癖」はどうだかわからないけれども、父に似た「放浪癖」のほうの兆候は、すでにめばえつつあったのである。

こわい父

「万平ホテル」のステーキも美味しかったが、わたしが父と出会ったときに一番印象ぶかかったのは、父がわたしと約一時間ほど話したあと

「誠一郎君、よかったら、ぼくの書斎をみてこないか」

といったことだ。

ちょうどお手伝いさんが風呂が沸いたことをつげにきたので、自分はひとっ風呂浴びてくるから、そのあいだに奥の書斎をみてこないか、といったのである。

この言葉は、わたしにこのうえない緊張と感動をもたらした。

今だったら何でもないことだろうが、当時のわたしにとっては、まだ「父水上勉」というよりも「作家水上勉」という意識がつよかった頃である。まだ、どこかに半信半疑といった気分がのこっていた頃である。その「作家」である父親が、三十余年ぶりにめぐり合った子どものわたしに、「書斎」をみてこい、といっているのだ。わたしはその父の言葉で、いっぺんに離れ離れになっていた三十余年間が帳消しになったような、そうした歳月が何ものかによって急速に埋められてゆくような感覚をおぼえた。わらわれるかもしれぬが、そのときにはじめて、

ああ、父はわたしを自分の子と認めてくれたのだな、自分はやっぱりこの作家の子だったのだな、といった実感をもったのである。

父の軽井沢の山荘の書斎は、大きな囲炉裏のきってある大広間の奥から、長い渡り廊下をあるいた先にあった。中二階へゆく木造階段をのぼると、そこが十数畳もある広々とした仕事部屋になっていて、内庭をのぞむ大窓にめんしたところに大きな和机がおかれ、机の中央にひろげられた原稿紙の束の上には太い万年筆がのっている。そして、書きかけの原稿紙のまわりには、何冊もの本や資料、新聞の切りぬき、朱色の訂正の入った印刷物などが乱雑にちらばり、大きなインク壺、筆入れ、眼鏡、メモやノートを入れた竹籠、時計、大型辞書、拡大鏡などが、所せましと置いてあるのだった。また、書斎の階段をおりた真下には、同じくらいの広さの書庫があって、階段の中途からのぞくと、両壁に設けられた何段もの書棚には、ぎっしりと書物がつめこまれ、床のあちこちに資料とおぼしき書類を入れた紙袋、雑誌の束などが雑然と置かれてあるのがみえた。

まあ、文学に興味のない人には、今一つわからぬ気持ちかもしれないのだが、わたしはともかく、その雑然とした「書斎」のなかに入って、一瞬足がすくむような感動をおぼえたのである。「書斎」ときいて、思い出される父の文章の一つにつぎのようなのがある。中央公論社版の全集の、川端康成賞を受賞した『寺泊』を収録した巻に書いてある「あとがき」である。

私はかねてから、客観小説を書いてきていながら、私に告白しなければならない身近なことがいくたも山積していることに、いつも頭を重くしていた。まず、障害の次女がいること、その母である妻が二ばん目の妻で、一ばん目は失踪して、のち別れたものの、そのあいだになした子は私が育ててきたこと。したがって、その長女と、障害の子は母ちがいとなる。さらに、私には、故郷に父母がいたが、父は八十四歳で困窮のうちに死に、母は今日八十歳で存命であること。生家は弟が守りしており、兄はいるが、これは別居してべつの村に住んでいること。さらに、私の長女（先妻の子）は結婚して三年目に夫の焼死にあって帰ってきたこと。私自身はそういう家族をもち、そういう故郷を背負いながら、軽井沢の書斎にこもって、ひたすら原稿用紙に向わねば、眷族が飢え死してしまう立場にあること。等々である。

何もこんなことが一度に押しよせてきたわけではない。人は六十年も生きれば、似たようなごたごたを経験し、荷物を背負いもして生きるのは当然にしても、私には、人よりは何やかや、そのごたごたが多すぎるような気がしないでもない。

そういう日常で、いわゆる客観小説といわれる小説を書いていると、足もとで起きていることが頭にまぶれついて筆がすすまぬことはある。たとえば、週刊誌や月刊誌に、絵空事にしても他人のことを連載している時（『一休』や『古河力作の生涯』がそうだった）、とつぜん、電話が妻からあって、「子供が学校をかわりました。せめて入学式には山を降りてきて下さい」とか、「急に昨日。熱が出て病院に入れました。手術しなければならないかもしれません」とかいわれると、『一休』も『古河力作の生涯』も吹っとんでしまって、おろおろと、

一人住いの家を豚のように歩きまわり、東京へ手をあわせ
「男は仕事、家庭は第二」

と自分にいいきかせ、鉢まきをしめなおすのである。もちろん、入学式にもゆかず、病院ゆきもすっぽかすのである。そういう日ばかりではないが、たまに車で見舞いにゆく日はあっても、それは、肝心の妻にしてみれば、来てほしい日ではなく、まのぬけた日に顔を見せるのである。冷酷な父をもったと思われても致し方がない。

「書斎」のことを直接書いている文章ではないのだが、わたしが「書斎」ときいて思い出すのは、父のこの「あとがき」である。

多少、父流に脚色して書いているところもあるけれども、これが父が置かれていた作家としての、また一家の主《あるじ》としての正直な立場だったろうし、その格闘の現場が「書斎」という場所だったのだろう。もちろん作家によっては、「書斎」などというものは、そんなに大げさに考える場所ではなく、たんに生活の糧を稼ぐ「仕事場」でしかないという人もいるだろうが、人一倍ゴタゴタを背負って生きてきた父親という作家には（わたしという子の出現もそのゴタゴタの一つだったろうし）、この「書斎」は、原稿紙に文章を綴る部屋であるというだけではない、ある種の逃避場所というか、日常のストレスからのがれるための、ひそかな「隠れ家」としての一面もあったのではないかと想像する。

わたしは、父がその秘密の場所を、初めて出会って数時間も経っていないわたしにむかって、

「みてこい」といってくれたことに、無上の感慨をおぼえたのである。

もっとも、わたしはこの父の書斎にいい思い出ばかりをもっているわけではない。

あれは父と出会って二、三年した頃、わたしがまだ『父への手紙』を出していない頃だったと思うが、一どだけわたしは父の書斎から原稿用紙を失敬してきて、父からエラク叱られたことがある。

たしか父と二人で囲炉裏をはさんで歓談していたときだった。父に書斎から何か取ってくるようにたのまれ、渡り廊下の先の書斎にそれを取りに行ったのだが、そのときに書斎の入り口につみ重なっていた原稿用紙の束のなかから、何気なくほんの何枚かをぬき取って、父の待つ囲炉裏の間《ま》までもってきたのだ。その原稿用紙は、いわゆる市販の原稿用紙ではなく、出版社の社名がマス目の左下に印刷されている原稿用紙だった。父は、「水上勉」という自分の名の入った自前の専用原稿用紙を使っていたので、書斎の入り口にあったそれらはほとんど未使用の、真っさらな原稿用紙だった。わたしは、そのなかから有名なS社、K社といった出版社名の入ったのをえらんで、ほんの四、五枚ほどもってきたのだ。

ところが、それをみると、父の顔いろがサッと変わり、

「それは……あなたのものではありません、お返しください」

といったのである。

「誠一郎」でもなく「誠一郎君」でもない、「あなた」というよび方が、グサリと胸を刺すよ

うなするどさで心の奥にとどいたのをおぼえている。

父は不機嫌なときをしめす、ちょっと口をへの字にまげた表情をつくり、わたしを睨《にら》みすえて、

「それをお返しください」

といったのだ。

そのときに自分がどう対応したのか、よくおぼえていないのだが、たぶんわたしはおおいにうろたえ、自分の軽率な行動を父に詫び、スゴスゴとその原稿用紙を書斎に返しに行ったのだろうと思う。

囲炉裏に帰ってくると、もう父は前の温和な表情にもどっていて、何ゴトもなかったように文学や美術の話に興じはじめたのだが、わたしの心はそうかんたんに平静にはなれなかった。書斎から原稿用紙を無断でもってきた行動が、父に叱られたことによって、一生消すことのできない重大な罪のように思われてきたからだ。自分は何とバカなことをしたのかと、父の前から消え入りたいような気持ちになった。

それにしても、今でも思うのだが、父があれほどこわい眼でわたしを睨んだ本当の理由は何だったかということだ。

一つは、物書きにとって原稿用紙がいかに大切なものであり、それを無断でもってくるという行為が、どんなに行儀の悪いふるまいであるかを、父がわたしに教えてくれたのではないかという考えだが、それだけで父はあんなにきびしい眼でわたしを睨みすえたのだろうか。

もう一つは、原稿用紙が出版社の社名入りのものだったという点だ。文学カブレのわたしが、おろかにもその社名にあこがれ、つい「記念に一、二枚」と思ったことが、コトの起りといえばコトの起りだったのだが、ことによると父は、「そういう出版社の原稿用紙を手にするのにはそれなりの仕事をしなければならないのだよ」といいたかったのかもしれない。あるいは、「おまえがそれを使えるようになるには、まだ十年早いんだよ」とでもいいたかったのかもしれない。

父の短文に「へっこ餅と菩提寺」というのがあるが、そこに父の「原稿用紙」に寄せる思い入れがちょっと出てくる。

私は、今日、原稿用紙を使って生計を立てている身だが、ホゴをつくることが大嫌いで、書きつぶしたあとの用紙はていねいに綴じて、その裏を下書きに使ったりする。この習慣は、幼少時に、「草紙」の半紙を買ってもらえなかった悲しみが裏打ちになっている。原稿料がもらえる原稿を書いていても、タダ原稿を書いていても、新しい用紙に向かう時は、かならず小さい時に、新しい半紙を一枚だけ教師から配布された時の緊張感が思い出され、「草紙」に何度も水書きしてから、はじめてその新しい半紙に向かった時のあの胸のときめきのようなものをよみがえらせる。

僅か十行ちょっとの文章だけれども、これを読むと、いかに父が「原稿用紙」に愛着を抱き、だいじにしていたかがわかる。

わたしも貧しい家に育ったので、幼いじぶんに養父母から買ってもらった「ワラ半紙」（父のいう「草紙」と同じような紙だったろう）の一枚一枚が、宝モノのようにかんじられたのをおぼえている。一ど使った「ワラ半紙」の裏も使ったし、ときには一ど書いた字や絵を、消しゴムで何ども消して、また同じ紙を使って書いたりしたものだった。

だが、べつに父に口答えするわけではないのだが、わたしの眼からみて、父は日常、そんなに「原稿用紙」をだいじにしていたとは思えない。書斎のいたるところに書きかけの原稿用紙がちらばっていたし、メモがわりに小さく切って使った紙や、なかにはたった一、二行書いただけで、そのままクシャクシャにまるめて捨ててあるものもあった。文中にあるような、「ていねいに綴じて下書きに使っていた」といった形跡は、少なくともわたしの眼には認められなかった。

しかしそれは、わたしが父と再会した頃の、超多忙、超人気作家になってからの父親だったからかもしれない。父がデビュー当時『霧と影』を清書するのに、買ってきたコクヨの原稿用紙では間に合わず、広告のウラにまで線を引いて書いていたというのは、もはや伝説的に知られていることだったし、今でも一枚の原稿用紙に、父が「新しい半紙にむかった時のあの胸のときめき」をよみがえらせるという気持ちには、ウソはないような気がするのだ。

しかし、それだけだったろうか。

何がいいたいのかというと、わたしは何となく、父は「原稿用紙」の大切さを伝えるというよりも、わたしがズカズカと「文学」の世界に入りこんでくることがイヤだったのではないか、と推察するのである。

あのときの父の、

「それは……あなたのものではありません」

という言葉のひびきには、わたしがそれ以上「物を書くこと」に踏みこんでくることへの、きわめてはっきりとした拒否反応があったように思われる。

だいたいわたしには、そんな能力も野心もなかったし、こんなことをいうと意識過剰とわらわれるかもしれないのだが、あのときの父の言葉には、

「あなたは別の世界で生きてゆく人なのですよ」

という暗黙の命令があったような気がしてならないのである。


わたしは、自分が初めて出した『父への手紙』や、それ以後に上梓した何冊かの本を、刊行されるたびに父のもとへ送ったり、たまたま軽井沢の山荘を訪れたときには、直接手渡ししたりしていたのだが、おそらく父はそうしたわたしの書きものには、ほとんど眼を通していなかっただろうと思う。

むろん、わたしの本など、プロ中のプロである父が読むに値《あたい》しないものであることはわかっていたし、つねに原稿締切りに追われている多忙な父に、それを読んでもらおうなどとも思っていなかったのだが、新刊の本を差し出しても、

「ああ」

無表情でうけとって、ほんの二、三頁ペラペラッとめくっただけで、ひょいと台所のテーブルのよこに片付けてしまう父をみて、わたしはいつのまにか自分の本を父には献呈しなくなった。そして、心のなかで、「セイイチロウ君、本が出たのか、おめでとう」ぐらいはいってくれてもいいのに、とチョッピリ父をうらんだものだった。

ただ、それもまた、今になって考えてみると、自分のゴーマン以外の何ものでもなかったことに気付く。

というのは、現在わたしは、当時の父親より十歳も年上の年齢（七十歳）になっているのだが、つくづく他人から送られてくる本のすべてに眼を通し、それを読むということの重労働にネをあげているところなのである。もちろんわたしは、父のような売れっ子作家ではないから、そんなに時間に追われているわけではないのだが、それでも上田につくった二つの美術館を経営しながら、あちこちで講演したり、いくつもの依頼原稿を仕上げねばならない毎日をおくっていると、とても諸方から送られてきた本に眼を通したり精読している余裕がない。もちろんなかには、以前から興味をもち、早く手にしたかった本もなくはないのだが（そういうときには献呈者に心から感謝するのだが）、たいていの貰い本は、わたしの書棚のそうした本ばかりがおさめられているコーナーに仕舞いこまれて、いつのまにか忘れられてしまうのだ。

最近になって、ああ、あの頃の父には、とてもわが子の本に眼を通す時間などなかったんだろうな、と同情するようになったといっていいかもしれない。

もっとも父は、わたしの本は読まなかったけれども、何かの拍子にわたしが「アート」何とかという新興の美術雑誌に、「夭折画家」についてのエッセイを書いているのをみつけたことがあって、そのとき父は、こんなことをいっていた。

「ホウ、こんな雑誌は、昔なかったからなァ……何しろ今は、インクも、紙も、人手もあまっとる時代やから」

わたしはまたしてもクシュンとなって、うつむくしかなかった。


ただ一つ、『父への手紙』については例外だったかもしれない。

わたしの想像では、あの本は父との再会をテーマにした最初の本だったので、刊行直後か、あるいはゲラが出来た段階で、出版元のT書房が父に作品の内容をみせていたのではないかと思う。父はT書房とも親しかったので、そうした融通はかんたんについたろうから。

『父への手紙』が出てほどなく、めずらしく成城の家に父のほうから電話があって
「あれは、あんがい評判がいいかもしれんよ。マスコミが色々とびついてくるだろうし、少しは売れるかもしれんな」

そういったのは、父がすでにそのとき、わたしの『父への手紙』の内容をざっ、と把握していたからだったと思う。

それ以外には、さっきのべた通り、父はまったくわたしの本には興味をしめさず、ろくに読んでもらった本はなかったように思う。

「血縁」ギライ

周知のように、父水上勉の文学は「母恋いの文学」といわれている。

直木賞を受賞した『雁の寺』をはじめ、『越前竹人形』『五番町夕霧楼』『越後つついし親不知』『はなれ瞽女おりん』……父がのこした名作といわれる作品には、かならず「母」の存在がある。というより、「母」の影がある。「母」を愛し慕う男の、あるいは子の、その「母性」の象徴としての異性との愛別離苦をえがいた作品が多い。父をして、「母恋い」の作家といわしめる所似《ゆえん》だろう。

父の文学にはまた、もう一つ「私小説」という領域があって、自分の身辺のこと、「父」のこと、「母」のこと、「妻」のこと、「先妻」のこと、「子」のこと、「祖母」のこと、これまでにかかわった女性のこと等々、自らの過去現在の生活を、赤裸々に綴った作品も多い。『冬の光景』『寺泊』『踏切』『冬日帖』『壺坂幻想』といった一連の私小説群のなかにこそ、父の代表作を見出すという人も少なくないだろう。そして、当然そこには、家族や血縁者のあいだに一悶着おこしながらも、なおも父が書きたかった「親と子」「母と子」「父と子」といった、人間が容易に断ち切ることのできない「血の絆」という普遍のテーマがあることもじじつなのである。

そこらへんのことについて、父は一九七九（昭和五十四）年六月に放映されたＮＨＫテレビ「女性手帳」のインタビューでこんなふうに語っている。

人間は生まれてから、単独旅行者であると思います。本来的にそうだと思いますけど、オッパイをもらった母なる人がそこにいたわけだし、出稼ぎにいっておる父なる人が裏側にいたわけだし、あるいは、ときどき抱いてくれる父がいたり、あるいは戻ってこんかったり、まあ、慈悲深かったりつれなかったりするそういう人がいて、旅行者として人間は出発したと思うんですけどね。さっきもいったように、その人からもらったものを土台にして、たたき台にして、そして旅行の途上でまたいろんなこやしを人からもろうて自分の人格形成をしてゆく。

うちのお父っつあんは、何もしてくれなかった。遠いとこからにらみつけていて、父らしい自我を通して死んでいったああいう強さみたいなものに、ちょっと、魅かれるものがありますね。子孫のために美田を残さずといった人がありますが、ぼくは、あまやかしてなにするということもいやでしてね。蓄財も何もしてないんです。ただ、子どもがそういう障害を持っておるものですから、そういう子にも何か世間にめいわくかけないで生きてゆける世界は何だろうと……。いま、手職を教えて、人形でもつくらせたり、あるいは刺繍でもでき、あるいはピアノを叩き、絵をかくとかいうようなことで自立していけることが宿題になっております。うちの子だけではのうて、そういう家庭がいっぱいあるわけですから、一人でもいいからそんな友だちができて、人形でもつくれんかなあと思ったりしてね。竹人形運動みたいなこともやったりしておりますけどね。それは建て前で、なかなかうまくいかない」

このインタビューを収録した『骨肉の絆』というエッセイ集では、父は念をおすようにこうも書いている。

親と子というものは、離れていてもこのように、私にはぬきさしならぬ関係に見える。それが必死に生きているのであれば、かりに世間の大半が指さす極貧のくらしの中にあっても、反対にゆたかで富裕な家にあっても、親は親で、子は子で、そこに他人の感ずることのできない、オリジナルで、いかなる通念も届かぬ、奥ぶかい光りを放ちあっている。これが私のいう「絆」である。ヒモのようなものをいうのではない。親と子の生命みたいなものだろう。

他郷にある子は、親とむすばれていたヒモをひきずって、遠くはなれてくらす。禅宗は、得度をすれば、その親を捨てろ、と教える。十一歳で僧名集英となり、黒衣を着て、経をよみに、京都の檀家をまわるころは、いっぱしの仏弟子の顔つきになっていた。その私に、親は遠い若狭にあって、私とをつないでいたゴムヒモが風邪をひいたみたいにくたびれてゆく感じがあった。ぴんと張っていたものが、たるんだような関係である。うんでくれた親が、和尚夫妻の意志でか、あるいは、仏教の戒律や約束ごとによって、たてまえ上の縁切りになって、まだ子供のことだから、それをまともにうけとって、会いたくてもだまっていたように、意識の向うへ親は追いやられていたわけだが、しかし、これは観念というものであって、じつは、親は私の足もとにいたのである。番場の忠太郎ではないが、上下の瞼をあわせりゃ、いつも母は前にあらわれた。そうして、子供心に感じたことは、つないでいるヒモがいくらのびきって、時に、千切れそうになることがあってもべつのヒモが生じていたという思いである。はなれてしまえば、もうそこにいなくなるというのは、目にみえる世界のことだが、さきにいったように、親と子の絆は、光りみたいなものだから、眼をつぶれば闇の奥からさしこんできて、話も出きたし手もにぎりあえた。

この「親子論」は、幼少期九歳で禅寺の修行に出された父の経験に裏うちされた、ある意味、「親」と「子」の距離をしめす私見であるといえるかもしれない。

ただ、こうしてあらためて父の「親子論」、「親」と「子」についての語りに接すると、うまいな、これぞ水上ブシだな、とも思う。それは、けっしてヤユしていっているのではなく、父が語ると、「親」と「子」をむすぶヒモとよばれるものが、はっきりと現出してくるのである。

「人間は単独旅行者」という父の考えには、わたしもうなずく。

どんな親の子に生まれ、どんな家庭にそだっても、生きてゆくのは自分一人である。親から、家庭環境から、社会体験から、人は多くを学び多くの影響をうけ、それを自分なりに己が人生の血肉にして生きてゆく。どんな貧しい家に生まれても、どんな豊かな家に生まれても、親にやさしくされようと、ツラク当られようと、人は成人するにつれ、自分一人で生きぬく知恵と力を身につけ、必死に懸命に生きてゆこうとする。「単独旅行者」とは、そういう意味なのだろう。

しかし、いかに「単独旅行者」であろうとも、それで、親と縁が切れたわけでも、絆が切れたわけでもない。むしろ「単独旅行者」として、遠い他郷を旅すればするほど、親の存在はなつかしくあたたかく胸の奥によみがえる。ああ、自分には遠くからみている母がいて、父がいるのだなということに気づかされる。どんなに離れて暮していても、音信一つかわさずとも、親と子は眼にみえない透明なヒモでむすばれていて、お互いにそうかんたんにそのヒモをほどくことはできない、と父は説く。

しかし、わたしからみると、父はあえて「親」の手から離れ、「単独旅行者」の道をえらんだ人のように思われなくもない。「あえて」ではないかもしれないが、父はわざとそう生きよう、そう生きようとした人のようにもみえる。たしかに父は子どもの頃寺に出され、その寺を脱走後も諸々を転々、何どか帰郷したものの親との暮しになじめず、けっきょく一人で東京に出てゆく。唯我独尊、独立独歩は父のためにあったような言葉だけれど、それはてんから父の心奥にはぐくまれていた「単独旅行者」の才覚（?）だったのではないかとさえうたがうのである。

そう、幼い頃あんなに貧しい生活を強いられ、ひとりぼっちの境涯をおくりながら、いや、そういう境涯をおくっていたからこそ、父はむしろその「ひとりぼっち」が好きな人だったのではあるまいか。

もっというなら、父は親であれ子であれ、兄弟眷族であれ、いわゆる「血縁」というものに縛られるのが大キライな人だったのではないだろうか。


はっきりいって、父はいちどもわが子を抱いたことのない人だと、叡子さんからきいたことがある。

父が直子ちゃんの将来を慮《おもんぱか》って、「拝啓　池田総理大臣殿」というエッセイを雑誌に発表、それによって世論が喚起されて、やがて大分県別府の小病院を寄附金をあつめて買い取り、障害者が働いて自活する福祉施設「太陽の家」を建設する運動へとすすんでいった話は、父のことをくわしく知る人なら耳にしたことがあるだろうが、

「あれだって、わたしたち母娘にすれば、何だかあの人の仕事の上の絵空ゴトっていう感じでねぇ……直子も私も、世間の障害者の人たちがどうこうより、あの人が一晩でも多く家に帰ってきて、自分の子を抱いてくれることのほうをのぞんでいたんだから……」

叡子さんが、そうつぶやくように吐露されていたことを思い出す。

叡子さんにいわせれば、そういう日頃の父の家族への姿勢が、直子ちゃんに「もう私のこと

は書かないで！」といわせる要因になっているというのだ。

「どこの新聞だったかしら、あの人のことを全国身体障害者の父なんて書き方していたけどね。あのときは直子と思わずわらっちゃったくらいなの。自分の子どもの父親にもなれない人が、どうして全国の子の父親になれるのって、ね」

辛らつな言い方だが、それが偽らざる母娘の思いだったのだろう。

そういえば、もうひとり、そんな「冷酷な父」を証言する人物がいた。

ここでは名をふせておくけれども、長く父の連載小説の挿絵を担当されていたN画伯がその人で、Nさんも父のもっているそうした二重性を昔から見破っていたという。

「ベン（勉）さんもね、売れっ子になるまでは、ああいう人じゃなかったんだけどね、あんまり世間がチヤホヤ持ち上げるから、いつのまにか本人もその気になっちゃったのかなァ……表面では弱い者の味方ぶっているけれども、あれはあくまでも作品上のことで、ベンさんほど人一倍強いモノや、金持ちにへつらってる人はいないと思うよ……ま、ボクたちは、そういうベンさんに食べさせてもらっていたわけだから、表立ってそんなことはいわなかったけどね……ときどき、ハタでみていても腹が立ったもんだよ」

わたしはNさんとは、画廊時代からよく知った仲だったので、ある日別の用件で東京郊外のアトリエを訪ねたときに、何となくそんな話になったのである。

Nさんはつづけた。

「ベンさん自身は、家族にはちゃんと仕送りして、たっぷり印税も入れてあげてるんだから、文句をいわれる筋合いなんかないと思ってるんだろうけど、……人間の道はそんなもんじゃないよね。かれの作品や行状のカゲで、たくさんの人が泣いているわけなんだから」

いっておくが、これは父の存命中の発言である。

今思うと、Nさんはあんなことをわたしにいって、その後の父の小説の挿絵の仕事はどうしたのかしらん、と案ずるのだが、きっとわたしの口から父に、その言葉が伝わるとは考えていなかったのだろう。

N画伯は、わたしを信用して、日頃から心のなかにためていた父の生き方への感想をのべたのだろうと思う。

しかしながら、そうした世間や眷族が抱いている自らへの批判や不満を、利巧な父がわかっていないはずはなかった。

あれも、わたしが上田から車をとばして軽井沢に食事に行ったときだったと思うが、父が近く山荘の入口そばに別棟の陶芸小屋（父はその頃から陶芸をはじめていた）を建てるという話をするので、

「スゴイなァ、先生は……」

とわたしが感嘆し、

「何もかもが、先生の文学の力で実現されてゆくんだから……」

というと、

「バカだなァ、こりゃ文学の力でも何でもありやせん。カネの力や、経済力や」

父はそうこたえた。

「文章で稼いでも、何で稼いでも、カネは同じカネや。カネが入れば、だれだってそれまでこらえていたモノを手に入れたくなるし、やれなかったことをやりたくなる。それだけの話や。ぼくもながいあいだ、貧乏だったからねぇ、やりたいことをやっとる金持ちをみて、うらやましくてならんかった。それが今、爆発しとるんや」

問わず語りする父の顔には、とことん「貧乏はイヤなもんや」という表情がでているのだった。

それをきくと、叡子さんたちの言いぶんとはべつに、父のもつ一種の「開き直り」ともいえる金銭哲学、人生哲学がわかるような気もした。

べつに父を擁護するわけではないのだが、父の場合は、貧乏だった時期があまりに長すぎた。また、その貧乏がハンパじゃなかった。電灯のない、水のない、クマやイノシシが出てくる極限過疎地の家でそだった子だった。父が作品のなかで「貧困」の哀しみをえがき、まるでその反動のように、実生活のなかで「富裕」を謳歌している姿は、わたしにはむしろごく自然な、じつに真ッ正直な人間の生きようにも思えるのだった。

父はそんな自らの現実の生活をいさめるかのように、「貧困について」という短いエッセイを書いている。

貧乏人になりたくない、富者になりたいという思いと、貧乏でもいいではないかという思いのなかで私はゆれつつ生きてきた。

私はいま、物質的に恵まれている。身辺に、いわゆる立志伝中の人ともいわれる政界や、財界の人びとを見る機会もある。それらの人びとの中に、功成り名をとげてしまったところの老後の身をしずかに暮している人もいて、若年から精力的に働いて、「富」に向って身を立てた人の背中にただよう老後の「貧」への憧憬が胸をかすめることがある。富者もまた常に貧なのかもしれない。人間——人生にとって必要なものは先ずは貧困であって、……今日の混乱の世相では、「貧困」への回帰こそが人心の改造だ、とふと思うことがある。

つまり、父は「貧困」の哀しみをじゅうぶんに知りながら、また、「富裕」であることが、いかに人間にとって心をゆがめ精神を痩せさせるものであるかを知りながら、自分自身は、はげしくその二つのあいだをゆれうごいていると告白しているのだ。「富」にむかって身を立て生きてきた人びとの背中に、晩年ただよう「貧」への憧憬、それはひっきょう、「富」の追求に疲れはてた人間に、人間らしい平穏と安らぎを約束してくれるものでもある。今、これほどに秩序がみだれ混乱している時代の状況をみるとき、何よりわれわれにとっては、かつてのあの「貧困」の境地を取りもどすことが大切なのではないか、と父はいうのだ。

しかし、いくらそうやって文章上で、「貧困」の美をうたっても、父は相変らず、その夜も「万平ホテル」のステーキにかぶりついているかもしれないのだが……。

直子ちゃんを抱いたことがない父が、そんな自らの「業」について語っている文章をもうひとつみつけたので、それも紹介しておこう。前にも引用した「骨肉の絆」からの一節である。

父親のわたしがどう思ってみても、祈ってみても、子の障害はなおらない。もうこの子に元気な足が生《は》えてくることも永遠にないだろう。それだけにいとおしさは、格別につよいのだけれど、といって、その子を毎日抱きあげてスキンシップをやってきたかというとそうでもないのだった。多忙にかまけて、私は母親にその養護をまかせ、仕事にかかりきりでいるのであった。この私の性格は、八十五で死んだ父がくれたものかもしれない。よその家を直しには行ったが、自分の家は破れるにまかしたあの根性である。家にいるよりは、外にいる方が好きなのだ。このごろは、私は仕事部屋を信州にうつして、障害の子と母親は世田谷にいて、別居している。私の業がそうさせるのである。子もまた、それで淋しがりもしない。（淋しいこともあるだろうが）口にだしていったりはしない。それをまたいいことにして、私は孤独な創作生活にひたってたまにしか世田谷へ帰らない父となった。子は毎日の闘病と通学に専念して、母（妻）はその介護にあけくれている。

それと、これは父（わたしにとっては祖父）覚治が八十四歳で一九七〇（昭和四十五）年に他界した翌年に、父が書いた『人生の師』という文章。

子が離れていく年まわりにきて、父と別れて四十年生きてきた自分が省みられる。これまでは、父なるものは遠くにいたのに、今日は大変身近かになったと思っていた矢先に、この父も八十四歳で去年冥府へ旅立った。

私が幼少期に禅寺へ小僧に出なければならなくなったのも、この父の家庭事情によったわけだが、十八歳で二どめの寺を脱走して以来、私は父から勘当をうけたまま、若狭の生家へ帰らなかった。そうして、今日に至ったわけだが、いま、この父のことをじっくり考えると、父と離れて暮らしていたにかかわらず、ずいぶん影響をうけている自分がわかる。血だといってしまえばすむはなしだが、五十をすぎて、父に似てきたところが、いま、はっきりわかるのである。

どうやら父は、わが子に対する非人情な自分の性格、子だけではなく妻や親、その他眷族に対する自分の冷たい接し方の根には、父覚治の影響があるといっているようである。大工のクセして自分の家の修繕は一切せず、吹きさらしの凍て風のなかに妻子を寝かせ、外仕事だといってはふらりと家を出たきり何日も帰ってこなかった父。無口でゴウック張りで、一言として子にやさしい言葉をかけようとしなかった父。年を取ってみて、しみじみと自分はそんな父親に似てきたとかんじる。似てきた、どころか、最近になってそうした父親の生き方に、親しみのようなものさえかんじるといっているのである。

ＮＨＫ「女性手帳」のインタビューのなかで、こんなふうに語っているのも印象的だ。

だけど、私が私の骨肉のなかで恨み憎んだ人は、父でしたね。ま、愛憎半ばしているわけですけれどもね。それが、父の年回りになってまいりますと、こっち側へ顔見せてくるんですよ。昔は背中向けとった父がですね、ずーっとこっちへ顔寄せてまいりまして、そして、モノをいうてくるんです。私は、五十過ぎてから、おやじの孤独みたいなものがよくわかるようになりました。もう遅かったですけどね。

京都、百万遍

父が一回めの心筋梗塞にたおれたのは、一九八九（平成元）年の六月七日早朝のことである。日中文化交流団の団長として北京に滞在していた四日の深更、天安門広場で胡耀邦元総書記の死を悼み、民主化をもとめてあつまっていた学生、市民にむかって人民解放軍が発砲するという、いわゆる「天安門事件」が勃発し、父は宿泊先の「北京飯店」の窓からつぶさにそれを目撃したという。そのショックもあったのだろう、帰国した日の翌朝、とつぜんの心筋梗塞に見舞われたのである。

そのときは、わたしもうろたえた。

朝七時だったかのNHKニュースを、信州の家でみていたら、動乱下の中国から羽田に到着した日本航空の救援一号機のタラップを、他の搭乗客にまじって、父がそろりそろりとした足取りで下りてくる。その父にむかって報道陣のカメラのフラッシュがバシャバシャとたかれ、「天安門の状況はいかがでしたか」とか、「こわくありませんでしたか」とかいった質問が矢のようにとぶ。当然父は不機嫌そうな表情で、つきつけられたマイクの前を無言で通りすぎる。

わたしはそれをみていて、父の不機嫌はそうした中国の政変下で、ギリギリまで帰りの飛行機の手配がつかなかった心労や、中国文化交流団を引率していた立場としての、他の団員や関係者に対する責任感からきたものだろうと想像していたのだが、じつはもうそのとき、父は持病の心臓の具合が相当にわるかったようなのである。

父はその晩、成城の家に帰ったのだが、明け方近くベッドに入った数時間後、強烈な心臓の痛みと手足のしびれにおそわれる。

翌朝の新聞には、どこからの情報だったのか、「中国から帰国直後、水上勉氏倒れ危篤」とまで書かれた記事がおどり、一時はほんとうに生死が危ぶまれる状況だったらしい。わたしは蕗ちゃんからの一報をうけて、あわてて自動車で東京の病院にむかったのだが、つい今しがたテレビでみていた父親が、今は駒場の国立第二病院の集中治療室で、生死の境をさまよっているという現実が、にわかには信じがたかった。

しかし、こういうのを物書き根性というのだろうか、父は後日（もちろん退院後のことだが）、あんがいケロリとそのときの体験を文章にしている。本格的に入院手術前後からの闘病生活をつづった作品としては、文藝春秋から出した『心筋梗塞の前後』があるが、ここではあまり人に読まれていない「螢」という短篇の冒頭から、当日の父の心筋梗塞のようすをぬき出してみる。

心筋梗塞で息苦しくなって、救急車をよんで病院へはこばれたけれど、途中の道が車で混んでいたのと、あいにく循環器科の当直医がいなかったりで、二、三の病院を盥（たらい）

廻しされる結果になった。途中呼吸もおかしくなって、四つめの病院でようやくうけとってもらえて、カテーテル風船爆発手術で、命はとりとめたものの、心臓の三分の二が壊死（えし）してしまっていた。集中治療室に四十六日も居たふつうこの部屋は、一週間ぐらいで出されるらしかったが、医師も自信がなかったとみえて、親族も集めておくように家内にいったときいた。家で変調が起きた時、顔も草色で息たえだえの様子を見ていた家内は、救急車の中で覚悟はできたらしかった。「本当に葬式のことも考えたのよ」とのちにいっている。治療室では両股の動脈に穴をあけてもらい、そこからカテーテルを入れて、心房内の血管のつまったところを風船で貫通させる手術をうけたのだった。うまい具合につまっていた血のかたまりがぬけて、残った三分の一の心臓が動きはじめた直後は、むろん、当人は麻酔をかけられていたから、こんこんと眠っていた。病院へかつぎこまれた時のことも、うっすら記憶はあるようだけれど、殆んど曖昧模糊としていて、治療室で何をされたかおぼえていない。あとでわかったことだが、動脈に穴をあけるとき、陰毛を剃られているのだが、その記憶もない。加藤という看護婦さんが剃ってくれたそうだ。蘇生してから、そのひとが病室にくるたびにひどく恥かしかった。薬剤も十種類以上は呑まされていたし、点滴、輸血、酸素吸入。ベッドにくくりつけられて身動きならず、ひたすら眠らされていたので（むろん、導眠剤も呑んでいたにちがいない）頭の中は多少は変になって当然だろう。一ヶ月以上もいた集中治療室での、医師や看護婦さんの細心な看護のことなども、すべて朦朧として、千切れたフィルムみたいにところどころは鮮明でも、一ヶ月がつながらない。半分は死んでいた気がする。心筋が梗塞する病気は恐ろしいものだ。心不全の半歩手前だ。

「心筋梗塞」の恐ろしさが、その病におそわれた人間でなければ感得できない臨場感をもって語られているが、どこか当事者である自分自身を、遠くからもう一人の自分が冷静に観察しているような、ふしぎな客観性がやどっているのは、やはり「作家」の業というものなのだろうか。

ひとつ、おもしろい話があるので、披露しておくと、じつは、父が自宅から国立第二病院に搬送されたときいたとき、わたしは信州を発つ前に、蕗ちゃんから教えてもらった病院に、父の正確な病状を知るために電話をしたのだが、電話に出た循環器科のナースさんが、

「ご家族のかた以外には、ご病状はお教えできません」

という。

わたしは初め、ガックリして受話器を置いたのだが、よくよく考えてみればわたしは、れっきとした「父の子」である。

気を取り直して、もう一ど電話し、

「わたしは水上勉さんの長男、クボシマセイイチロウと申します」

と告げると、ちょっとお待ちください、といってナースさんはノートをめくっていたみたいだったが、しばらくすると、

「そういうご親族のお名前は、私どものところにとどけられておりませんので」

と、やっぱりハネつけられてしまった。
ホロ苦い、遅れて登場した子どもの悲哀を味わったしだいである。

さて、父は病にたおれる数年前から、京都、百万遍（左京区田中関田町二丁目）の交差点近くの、「思文閣美術館」の真上にあるマンションに小さな部屋を借りていて、ときどきそこを仕事部屋にも、「竹人形一座」の人形づくりの工房にも使っていたのだが、退院してまもなく、たまたま作家の有吉佐和子さんが住んでいた3ＬＤＫの角部屋が空いたので、借りていた部屋を引き払ってそこを購入することになった。

本格的な、父の「洛中生活」がはじまったのである。

といっても、父はもともと京都で小僧時代をおくっていた人だし、郷里の若狭も福知山線の敦賀回りにのればすぐだったし、京都にでてくるとしょっちゅう烏丸御池の京都ホテルに泊まって原稿を書いていたので、「若狭の文士」とはべつに、「京の文士」ともよばれてもいたのだった。

それに、父の小説には『雁の寺』『五番町夕霧楼』『湖《うみ》の琴』『金閣炎上』といった名篇をはじめとして、『京の川』『高瀬川』『貴船川』『墨染』といったキラリと光る短篇にいたるまで、いわゆる京モノとよばれる、京都を舞台にしたり背景にしたりしている作品が多い。もちろん講演や取材先のホテルで書くこともあるが、そうした京モノの大半は常宿の京都ホテルか、百万遍に手に入れたこのマンションで書かれた作品である。

それほど有名ではない掌編だけれど、父が「別冊文藝春秋」に書いたわたしの好きな小説に「その春に」というのがあって、そこにこんな百万遍界隈の描写が出てくる。

私はその頃はよく歩いた。むろん、病後の回復を考えてのことだったが、歩かぬとその日一日が何となく気だるくてつまらなかった。百万遍の交叉点に近いマンションの四階にいたが、雨でも降ろうものなら、退屈だった。出町までは、マンションの貸間から五分でゆけるのだった。途中、車の混む今出川通りをさけて、北に一本、東西にぬける古い町通りがあった。漬物屋や豆腐屋も早起きしていて、京にふさわしい土塀をめぐらせる旧家だとか、何をしているかわからない庭のひろいしもた屋があったりした。そんな町をぬけて出町橋へ出るのが、楽しくて、毎朝の習慣になっている。

また、歩いてゆく出町の先に、東京の病院から紹介された治療所があった。そこの医師は、国立大の循環器科を出てアメリカのユタ大学で人工心臓の研究をしていた人で、帰国して西洋医学に疑問をもつようになり、心臓病患者に触診治療をはじめた。週に二どそこへゆくのに出町から十分かかった。

治療所のある塔之段までふくめて、散歩道は、途中鴨川もあるために、東京ではあじわえない風光を私にくれた。京都は山が近いから、比叡も北山もすぐそばに迫っていて、また遠くに若狭境いの山波がかすんでいた。出町かいわいは相国寺に近いから、九歳から育った小僧時代、よく寺の和尚や奥さまの使い走りで来た市場もあった。古い家並みも昔のまま残っているのは、懐しい気分を充分満足させてくれるのであった。

きっと、術後の父の身体に、京都の空気はよほど心地よくフィットしたのだろう。健康をとりもどすには、適度な運動と散歩が何よりといわれているが、父にとってはその環境が「京都」であったことは、僥倖以外の何ものでもなかった。東京で入院していたときには、もう京にも若狭にもゆくことはできないだろうと半分あきらめかけていたので、紹介された治療所が京都ときいたときには、夢かと思ったくらいだという。これといった目的をもたず、ただ百万遍から出町橋まであるく散策時間や、週に二ど通う塔之段の治療所までの道のりは、ときとして父を幼い小僧時代によびもどし、故郷若狭への思いをふかめさせる。そのたびに、傷んだ父の心臓が一枚ずつ新しい皮をつけて回復してゆくかんじがする。

もうひとつ、これもわたしの好きな短編に「高瀬川・春」があって、そこにも父が病後の身体をいたわりながら、百万遍のマンションを脱出し、夜な夜な高瀬川ぞいの呑み屋「六文銭」に出没する姿がえがかれているのだが、その宵のくちの京の町の風景も、まこと父の筆にかかるとこうなるのか、と思うほど、粋でまばゆく読める。

その夜も六文銭へゆこうと思った。

高瀬川沿いの安呑み屋である。四月半ばだったから、まだ川岸の桜も散りつくしていないかもしれない。高瀬川に沿うた木屋町の片側通り。とりわけ染井吉野の下道を歩くのが昔から好きだった。夕刻は人も混むので、少し遅目に行くと人通りも少ない。十一時半ごろに、家を出た。

六文銭は木屋町四条を少し下った地点のビルの三階にある。おかしな店で、主人も早くから酔っぱらって、せまいキッチン付きのカウンターには、女性客が入っているか、アルバイト女子学生がいるかで、勘定も誰が計算して、誰がうけとるのかよくわからない。

六文銭を出て、高瀬川岸を四条まで歩いた。桜は、五メートルほど間隔をおいて中に柳をはさんでいる。川面へ枝をしだらせる桜はみな染井吉野である。散りのこりの花々が、千切り綿みたいにもりあがってみえた。浅底の高瀬川は、青い水藻をゆらゆらうかべて、片側町のネオンをうつして、粉々に青く光ってみえた。

岸には、石積みがある。歩道は車道から一段高くなっているので歩きやすかった。岸すれすれに土盛りがあって、あるところでは竹垣がしつらえてあるため、川へ寄れないように出来ていた。まだ、ずいぶんの人出だった。残りの花を見物に出た近くの人々のほかに、観光客もいた。

父が自分の住んでいる百万遍界隈をふくめ、日常眼にする京都の町げしきを、流麗に、文章術の贅をつくしてえがいた作品は他にもたくさんあるのだが、わたしはこうした、何気ない平明な書き方で書かれた父の風景描写が好きである。

それはたぶん、わたしが生前の父と何ども同じこの場所をあるいたことがあるからかもしれない。

「高瀬川・春」に出てくる「六文銭」（実際の店はちがう名だが）にも何回か父につれていってもらったし、高瀬川沿いの片側通りは、わたしたちがタクシィをつかまえるために四条通りまで急ぎ足であるいたにぎやかな小路である。浅底の高瀬川にうかぶ青い水藻も、そこにうつる青いネオンも、わたしたち父子の、何となく上気していたデートの一夕を思いおこさせてなつかしい。

この小説は、「六文銭」で出会った陶芸家志望の若い女性とのほんの半夜の交流をえがいた半私小説だけれども、この女性はのちに、最晩年の父を蕗ちゃんたちといっしょに介護してくれることになる、今では著名になった女流陶芸家の角りわ子さんをモデルにしている。

これは「六文銭」ではなく、父の百万遍のマンションからあるいて四、五分の「M」という小料理屋だったと思うが、やはり父と二人きりで飲みに行った思い出がよみがえる。

女将一人で切りもりしている小さな店で、女将が酒の肴をつくるために奥にひっこんだときに、

「誠ちゃん、今、いくつや」

と父がきいた。父は二人だけのときには、わたしを「誠ちゃん」とよんでいた。

「四十六です。もうすぐ七になります」

わたしがこたえると、

「そうか四十六か」

若いなァ、とも、もうそんなになったのか、ともつかぬ顔をしたあと、

「ぼくぐらいの年になるとな、いつも死ぬことばかり考えとる」

といった。

「毎晩フトンにもぐるときには、それではみなさん、さようなら、ってあいさつしてな。すると、翌朝眼がさめたとき、何か一日トクしたような気分になるんや」

きいていて、なるほど父の六十九歳という年齢は、そんなことを考える年回りなのかとも思ったが、色ツヤのいい元気そうな顔をみていると、まだまだ若々しいエネルギーがあふれているようにみえるし、相変らず何本もの連載をかかえ、講演やら取材やらで所々をとびあるいている父から、「死ぬことばかり考えている」などときかされると、何だか妙な気がする。

しかし、そんなわたしの思いをうちけすように、

「お互い、少しでも時間ができたら、こうやって会っておかんとな、人生、諸行無常や、いくら会いたくても、死んだら会えなくなるわけなんだから」

父はいった。そんなことを、父がいうのはめづらしかった。

あれは、父が「心筋梗塞」でたおれる一年半ほど前のことだ。

父が病気になってから、そうやって二人で外へ出ることはほとんどなくなった。

一滴の里

「影響をあたえた」というとおこがましいけれども、父が多少なりともわたしの仕事からヒントを得てはじめた事業に、一九八五（昭和六十）年春、故郷若狭の生家近くに創設した「若州一滴文庫」がある。

「若州一滴文庫」は、かねてから父が構想していた「竹人形一座」の常打ち劇場となる「くるま椅子劇場」、芝居に使われる竹面、胴串《どぐし》、木偶《でく》などを展示する竹人形資料館、親しい画家たちから寄せられた油絵、日本画のギャラリー、父のこれまでの文学の足跡をたどる自筆原稿や初版本、挿し絵の原画、受賞した文学賞の賞状、楯、メダルなどをならべた文学コーナー、二万冊にもおよぶ蔵書をおさめた図書館、数年前から父が血道をあげはじめた紙漉き（竹の皮を煮込んでつくる竹紙）の工房、陶芸小屋……等々、いってみれば、「水上文学」ワールドとでもいうべき諸機能をそなえた複合文化施設である。

いわせてもらえば、父がこの「若州一滴文庫」をつくる気持ちになった根モトには、わたしが父と再会した約二年後の、昭和五十四年六月に長野県上田市郊外につくった、私設美術館「信濃デッサン館」があったと思う。

「信濃デッサン館」はわたしが水商売時代から画廊時代にかけて蒐集した大正、昭和期の夭折画家、つまり病気や戦死、事故死といった事情によって若くして亡くなった画家たちの遺作を展示する美術館で、わたしにとっては若い頃からの宿願だった仕事の一つである。正直いってそこには、三十数年ぶりに実父である高名な作家と出会ったわたしの、いわば「アイデンティティ」（自立性）回復といった動機もあるにはあったのだが、それより何より、わたしは自分で苦労してあつめた、どちらかといえば異端に属する画家たちのコレクションを、一ど「美術館」という形で世に問うてみたかった、といったほうが正確かもしれない。

父は、わたしのその美術館建設におおいに興味をもったようである。

忙しい原稿執筆の時間をけずって、「信濃デッサン館」の開館式にも馳せ参じ、会場となった裏のお寺で、「水上勉来たる」の報で予定の二倍にもふくれあがった参会者を前にあいさつをしてくれたのだが、それはわが子の美術館の開館を祝うというより、近い将来自分が開設する「文庫」の参考にするためにやってきたというふうでもあった。

もちろん父は、壁に飾られている村山槐多や関根正二の作品にもいたく感心し、

「いつのまにこんなもんあつめたんや。槐多さんの絵など、そうかんたんにあつまるもんやないやろ」

何ども館内を行き来してくれたのだが、それ以上に熱心だったのは、「信濃デッサン館」の建物についての質問で、

「誠ちゃんが設計したんか」

とか、

「ここの敷地は何坪や」

とか、

「建築費、どれくらいかかったんや」

とか、しきりと館の内容物とは関係のないことをきく。

そして、いかにも羨《うらやま》し気に、

「いい感じやなァ、これは」

三角屋根の天井をみあげたかと思うと、

「りっぱなもんや」

窓ガラスの桟をコンコンと拳《こぶし》で叩いたりする。

そこには、「誠ちゃん、ようやったなァ」というわたしへの賛辞もあったろうが、それより何倍もの「よおし、こっちも負けとらんぞ」という闘争心がみえみえなのだった。

まだ病にたおれる何年も前のことである。あの頃の父には、故郷若狭における「文庫」建設への情熱がメラメラともえあがっていたのだろう。

「誠一郎さんと会って、ミズカミさんも変わったねぇ。何だか、十歳は若返ったみたいだ」

とは詩人Mさんの感想だったが。

じつをいうと、当初わたしは父の「文庫」計画には反対だった。

わたしも「信濃デッサン館」を経営してみてわかるのだが、日々来館者を待つという点では、美術館もまた「客待ち商売」である。施設をつくるのはかんたんかもしれぬが、それを継続してゆくには、つねに主宰者である者の眼くばり、気くばりが必要となる。経営するとなれば、日々の細々とした支出や収入の帳面にも眼を通さねばならなくなるし、給料の計算だってしなければならなくなる。それには、父はあまりに忙しすぎる。東へ西へ講演や取材で全国をとびあるき、いくつもの仕事場を転々とし、原稿用紙とにらめっこしている毎日なのに、それに「くるま椅子劇場」や「ギャラリー」や「資料館」の仕事が加わるだなんて、とうていムリな話だ。もちろん父には、父を慕う何人もの「竹人形一座」の若いスタッフや、地元若狭で父の仕事を手伝いたいという有志が何人もいることはわかっているのだが、それにしても、そうした施設を長く経営、運営してゆくには、相当な時間の負担や労力が要求されることはあきらかなのである。

だいいち、父はすでに「文学」で一時代を画したひとだ。多くの作品を書き、愛読者をもち、文学界に確固たる地歩を築きあげた作家だ。

そんな父が、六十歳をすぎた年齢になって、わざわざ故郷にそんな施設をつくる必要があるだろうか。これまでの「水上文学」でじゅうぶんではないか。むしろ、いいかげんな施設をつくったら、かえって父のこれまでの業績や文名を汚すことになるのではないだろうか。

しかし、何どわたしが反対意見をのべても、父は耳をかさない。

どうしても候補地をみてくれというので、いちど父に同行して、「文庫」の建設が予定され

ている岡田小近谷の、大飯中学校のわきの土地を訪れたのだが、じつに父はうれしそうな顔で、

「ここには、くるま椅子劇場がくるんや」

自慢気に予定地を指さし、

「資料館にも文学館にも、直子のような子がラクに出入りできるようなスロープをつくろう思ってな」

「ここらへんには母屋を予定しとる」

とかいって、まだ雪の解けていないドロ道を、どんどん先にたってわたしを案内する。ときどき立ち停まって、長靴の先でトントンと土をふんだりする姿は、まるで小さな子どもにかえったようだった。

「いやァ、誠ちゃん。もともとこれはぼくの夢だったんや。キミの美術館みせてもらってね、その夢に火がついた」

「でも、先生。おカネだって相当かかるでしょ」

「まあね、しかし、ぼくにはウルトラCがあるんや」

「ウルトラC?」

あとから知ったことだが、このとき父はすでに、京都の信用金庫に預けていた印税の貯えぜんぶと、場合によっては軽井沢の山荘も担保に加えて、長期の建築ローンを組むことを検討していたそうだ。がんらい父は大の「借金ギライ」で、どんなときにも「現金取引」が原則の人だったのだが、それだけ「一滴文庫」の建設に賭ける思いは本モノだったのだろう。じっさい、

父は後日、その通りに単身で京都の信金にのりこんで、ついに岡田の土地購入費、「文庫」の建設費用の借り出しに成功する。

イヤハヤ、こうなると父の驚異的な実行力、いや、その「普請癖」、「放浪癖」には頭を下げるしかない。

「若州一滴文庫」の「一滴」の由来は、大飯町大島の貧しい漁師の子に生まれ、のちに岡山の曹源寺で修行した儀山善来という和尚が、ある夕方、若い雲水が熱すぎた風呂を水でうめたあと、のこりの水を無造作に庭に捨てたのをみて、

「日照りで草や木が泣いている声がきこえぬか。もったいないことをするヤツだ。根元へ行ってかけてやれば、木や草もよろこぶものを……」

と大喝、説教したことにはじまる。

雲水はこの声にハッと我にかえり、その言葉の奥にふかい禅の真髄をみ、その日から名を滴水とあらためて作務にはげむ。その後、天竜寺派管長となった由利滴水がその人である。

父はその逸話から、「一滴」という名を「文庫」につけたのである。父の本にはそうある。

「一滴の水もムダにしてはならぬ」――それはある意味で、幼い頃から干ばつ被害に泣いてきた若狭の農民をみつめてきた父の、いわば自らの文学の支柱にすえた教えであったともいえるのだろう。

一九八五（昭和六十）年三月八日、父の六十六歳の誕生日に開館した「若州一滴文庫」は、

福井県大飯町というかなり辺境の地にありながらも、ともかくそうした父の理念と理想を失うことなく、今日まで営々と運営されつづけている。父の死後、いちど存続を危ぶまれた時期もあったようだが、地元有志たちの手によってNPO法人「一滴の里」が設立され、「竹人形一座」による「くるま椅子劇場」での定期公演も、年何回かの資料館における企画展も、年一ど催される「帰雁忌」というイベントも、同法人によって途切れることなく暦を重ねているのである。

「文庫」の設立当初、感心したのは、父の「文庫」の経営状況（たとえば一日の来館者数、図書館の蔵書の貸し出し数、本や土産品の売り上げ等）の把握の仕方が、じつにテキパキしていたことだ。前にもいったように、父はその日によって原稿を書いている場所は、軽井沢であったり、成城であったり、京都であったり、あるいは諸々のホテルであったりしているのだが、そこにそなえられたFAXには、「文庫」の一日一日の成績表がかならずとどくようになっていて、どんなに忙しいときでも父はそれに眼を通す。「くるま椅子劇場」で演じられる台本のダメ出しから、公演用のポスターやチラシの図柄、茶屋で出しているダンゴの原料の仕入れにいたるまで、細かく指示して送りかえす。何本もの連載をかかえながら、父はちっともそれをいやがらず、むしろ喜々としてやりこなすのだ。

わたしは、父の「管理能力」に舌をまくしかなかった。このひとは、たとえ作家にならずに事業家になったにしても、かなり成功したひとなのではないかと思った。

父の生前、わたしも何ども訪れ、展覧会のアドヴァイスや、企画の提案などをさせてもらった経験があるので、「若州一滴文庫」にかんする思い出はつきないのだが、「文庫」の歴史のうちでも印象にのこった出来ごとの一つとして、たまたま福井を訪れられていた皇太子ご夫妻が「竹人形芝居」をご覧になったことがある。

少し長い引用になるけれども、そのときのことが、昭和六十二年に出したエッセイ集「若狭日記」のなかに書いてあるので、それをひいてみる。


一滴文庫の竹人形文楽を、はじめて、皇太子ご夫妻がご覧になった。皇室のご観賞にめぐりあえたのは、これが最初である。光栄なことだった。

九月はじめに、町に役場から、お使いが見えて、話をきいた時は、びっくりした。じつは皇太子ご夫妻は、小浜市で催される「美しい海づくり」の祭典をご視察になるために若狭入りされるのだった。ところが、ご滞在中に、隣町の大飯にもお立寄りになって、老人の生活事情や、児童の教育事情を視察される、という宮内庁のご指示だったようだが、ついでに、当町で活動している一滴文庫の「ろうそく劇場」の竹人形を観たいとのご意向の由。役場のお使いは、そこで、私に、依頼して、町在住の老人、子供をつかって、文楽芝居が出来ぬものか、との相談だった。びっくりしたと同時に、私は「原発銀座」といわれもする大飯町で、かぼそいろうそくの灯をかかげて、人形芝居をやっている文庫のことを殿下ご夫妻に知っていただくことも光栄だけれど、これまではめったに、行政当局が、関心を示さなかった私たちのろうそく劇場に、握手を求めてきたことによろこびをおぼえた。

ところがである。私たちは、文庫の劇場で、この上演を果し、殿下ご夫妻に観ていただくつもりだったのが、とつぜん会場が変更になって、町の福祉センターときまり、そこの仮設舞台へ出張してきてくれるようにとの、役場からの依頼で、がっかりしてしまった。

というのは、福祉センターというのは、原子力発電所建設の見返りに、町当局が莫大な助成金を頂戴して建てた鉄筋の近代建築で、ボタン一つで六百の椅子がとび出たり、何もかもボタン操作で運営しなければならない、電動設備のととのった、ホールであった。もちろん、ふんだんに電燈がともっていて、窓さえなかった。辺境の海岸町のセンターとしては、福井県下でもめずらしい近代装備のホールで、町の自慢にしているものだったから、皇太子ご夫妻のご視察の劇場には適した会場だったかもしれぬが、竹人形にはふさわしくなかった。

私が、一滴文庫をこの谷に建立したのも、むやみに電燈をつかいすぎる傾向の現代生活への抵抗から、わざわざ、ろうそくの灯の似あう茅ぶき農家を改装した劇場運動がやってみたかったからである。竹人形には、ろうそくの灯あかりはふさわしかった。竹は煤竹をつかい、人形の頭はみなザルをつかっているので、地あかりが明るすぎたり、皎々たる電燈では、人形の妖しさが失われた。ろうそくのゆらめきで見る場合は、竹がまるで化身したような奥ぶかい、得もいえぬ陰影を見せて舞うのである。

泣く泣くといった形容があてはまっていたかもしれない。私は、スタッフにいった。

「両殿下が楽しみにしておいでなのだから、一生懸命練習してお観せしなければならぬが、条件として、センターを一瞬、真っ暗にしていただいて、ろうそくの灯をともし、そこで上演させてもらいなさい」

スタッフは、四本の青竹でつくった燭台を運んだ。そうして、当日、両殿下のご入場とともに、ボタンで操作できる、満艦飾のホールの天井にある何百もの電燈を消してもらい、ろうそくに火をつけて「一滴の水」の芝居を演じたのである。私は、前夜のリハーサルに出かけたが、本番の時は文庫にいた。テレビもない家なので、全町内に放送される有線放送も見られなかったけれど、あとできくと、皇太子殿下も妃殿下も、いたく、ろうそくの灯にゆらめく竹人形の妖しさに、心をおうごかしになり、予定の時間をオーバーしても気になさらず、子供たちや老人の熱演にねぎらいのおことばを賜ったときいた。

長いのを承知で引用したのは、ここには「若州一滴文庫」の設立にこめた、父の切実なメッセージがあるように思われるからである。

父が「くるま椅子劇場」を「ろうそく劇場」とよんでいたことは、この本で初めて知ったのだが、たしかに父が編み出した「竹人形文楽」(この呼び方も初めて知った)には、ボタン一つで操作できる満艦飾のライトよりも、仄ぐらい闇のなかにゆらめくろうそくの灯のほうが何十倍も似合うだろう。栄誉ある皇太子ご夫妻の観劇であったがゆえに、しぶしぶ近代装備の町営ホールでの上演を承知したものの、会場変更をつげてきた町の申し出にガックリした父の気持ちがわかる。竹の化身ともいえる人形たちの、その幽《あや》しくも物哀しい動作や表情は、皎々とライトアップされた舞台で演じられるものではなく、あくまでもか細いろうそくの灯のもとで演じられてこそ真価を発揮するものだろうから。

もう一つ、父がこのエッセイで訴えたかったことがある。

それは、ソ連でチェルノブイリ事故が発生していた昭和六十一年当時、すでに十一基もの原子力発電所が稼動し、さらに三基の発電所を増設中だった故郷若狭への、というよりそれを許容し推進している文明社会そのものへの、作家水上勉が発していた警鐘であり憂慮である。

文中にでてくる「電動設備のととのった福祉センター」は、大飯町が原子力発電所稼動の見返りとして支給された助成金を使って建てたホールで、いってみれば、父のいう「原発銀座」がおとした陰の部分の象徴といえるだろう。父は皇太子ご夫妻が観賞される「竹人形文楽」を、その「福祉センター」で上演するにあたって、短時間ではあったが電気を全部消してもらい、ろうそくの灯だけで演じさせてもらうという条件をつけたのである。ここには父の、ただ無批判に「原発」に依存しつづける現代社会への、一作家としてのひそやかな、ろうそく一本の抵抗があったのではないかと想像するのだ。

今読むからだろうか、「若狭日記」の最終章にしるされたつぎのような文章は、あまりに予言的で、ある意味ではこれは、父がのこした「遺言」のようにさえ思われて粛然とする。

とりわけて思いだすのは、チェルノブイリ事故のあった去年の一日だ。テレビニュースでびっくりして、新聞記事を切りぬき、事故の事情をつぶさに頭にいれようとつとめたが、どう考えても事故原因についてわからぬことが多い。だのに被害はふかまるばかりだった。遠くはなれた日本の空まで汚染がみとめられ、その観測に当っているのは、わが若狭の某所であった。近い隣国の乳牛はもちろん、野菜や米にまで、放射能汚染ときけば、ひとしお、若狭に十一基もの原発のあることがかさなり、心配もわいた。そうこうするうち、ソ連当局の発表で、事故原因は作業マンの操作ミスによるとわかる。驚いたのは責任者らが逃亡してしまっていることだった。よく考えてみると、逃げたい気持もわかってくる。人類がまだ経験したことのない大事故が起きたのだ。いのちは誰だって惜しい。意図的にミスしたことなど考えられぬから、事故が生じて動揺した操作員が、あれこれ努力してみても収拾がつかなかったので逃亡したくなった火の現場が、思いかさなる。

どこにいたって、苦しみや悩みはあるのである。苦悩をかかえて人は生きる。チェルノブイリの操作ミスで、職を失った若い操作員も、その後、妻子をかかえて、どこでおくらしだろうか。

人間がしたことを、人間が処断するのである。国というものが、少し顔を出すのはこの時だが、ぼくなど、この時にさえ、国というものよりも、人間が偶然のことで、苦しみ悩みした結果、不幸を見て、人間に処断される姿はかなしい。みんなのためを思ってやっていても、それが失敗して、みんなのためにならなかったことのかなしみである。

人間なら誰でも失敗はあり得る。まちがわない人がこの世にこれまでいたろうか。ぼくらはどの周囲を見まわしても、まちがいだらけの人々を見てばかりいる。ぼく自身もまちがいの多い人間だ。

ところが、原発操作にだけは、まちがいはあってはならない。とわれわれはいつも思いくらすのである。まちがいの多い人間の多い世界なるがゆえに…。何と、この完全に矛盾した、原発安全信仰というものは何だろう。絶対安全、そんなものがほんとうに過去のこの世にあったことがあるか。

あたかも、現在わたしたちがむかえている「原発稼動」の危機的状況を、とうに見透かしたかのような父の炯眼にはひれふすしかないけれども、とりわけ背すじをシャンとさせられるのは、どんなムツカシイ科学技術やイデオロギーを語っても、ピクともぶれない父の目線の低さだろう。故郷若狭を侵犯している十一基もの原発を語るとき、父はけっして大所高所から声を発するのではなく、その土地で生を育《はぐく》む名も無い庶民の、いわば日常生活の立ち位置から意見をのべるのだ。

たしか文庫本になったのが、父が病にたおれてからまもない頃だったと思うのだが、父には一九八七（昭和六十二）年に発表した『故郷』という反原発小説がある。

息子の赴任先である米国ニューヨーク州のハドソン河畔のマンションで暮す老母が、「故郷の若狭に帰りたい」というと、息子は「原発のある若狭に帰るのは危険」と、それをおしとどめる。

そのとき、母はこういう。

「日本はいま、世界一のお金持ちになれた…その原動力を国に提供しているのが若狭なのよ。ママの故郷のお爺さんやお婆さんがいなければ、日本の今日の発展がなかったかもよ。そんなに、ママの国をいじめないでよ。山も海もきれいなところなんだから…あなたたちだって海水浴にいって、大喜びで、いくらむかえにいっても晩まで帰ってこなかったじゃない。すてきな村だいってたくせに…」

これも、眼線の低い一庶民の言葉である。

なるほど、父のいいたかったのはそういうことだったのかと肯かされる。

チェルノブイリ事故にさかのぼること七年前、一九七九（昭和五十四）年三月には、米国ペンシルベニア州スリーマイル島の原子力発電所で、チェルノブイリほどではないにしても、やはりレベル5級の炉心溶融事故がおきていた。若狭にとっても（日本国全体にとっても）、それはもはや対岸の火事と見過されるべき事故ではなかった。「原発銀座」とよばれるように、ゴルフボールのような原発の丸屋根が、海べりにいくつも櫛比する故郷若狭に、わざわざ老いた母親を帰すわけにはゆかない。しかし、そこは母親にとって、これまで遠い大都会に電気を送りつづけてきた、いわば戦後日本の繁栄をささえつづけてきた、かよわくも懐かしい瞼のふるさとでもあるのだ。

どうしたら、よいのか。

ただ、それとこれとは別といわれそうだけれど、わたしがみるかぎりでは、父はそんなに「一滴の水」を大事にしていなかったし、故郷から送られてくる「電気」を節電しているけはいはなかった。どちらかといえば、細かいことにはアバウトなほうで、「水」や「電気」を浪費していたほうじゃないかな、とさえ思う。

何しろ、軽井沢の山荘には十数畳敷きの贅沢な床暖房がしつらえられていて、客のいないときも床には電気が通ってホカホカだった。広間の真ん中には大きな囲炉裏がきられ、いつもそこでは天井から吊った鉄瓶がシュンシュン湯気を出していて、部屋全体にも電灯が多かった気がする。人のいない部屋にも電気が点いていたし、父が台所のテーブルで食事をしているときも、渡り廊下や書斎の電灯は点けっ放しだった。また、歯みがきするときもヒゲを剃るときも、父は蛇口からジャアジャアと勢いよく水を流した。人からきいたところによると、風呂もあふれんばかりに湯を張るのが好きだったそうだ。「のこりの水を草木の根もとへ」と大喝した儀山和尚の教えなど、とんと守っているけはいはなかったのである。

加えて、父の住居は京都にも若狭にも、もちろん家族の住む成城にもあったわけだから、生活にかかる水道光熱費はバカにはならなかったろう。

わたしが知るかぎりでも、父は全国あちこちに生活拠点をもちながら、「竹人形一座」の工房兼事務所と称して、東京世田谷松原のアパート（これはわたしの経営していたスナックの空き店を提供したのだが）、同じ町内の甲州街道ぞいのマンション、渋谷区松濤のマンション、目黒区天現寺のマンションなどを転々とし、それぞれにはちゃんと、いつでも原稿が書ける机や書棚、FAX、作画用の絵具や絵皿、その他家財道具の一式がととのえられ、父はしばらくそこに寝泊まりしたかと思うと、とつぜん大きな鞄に資料や筆記用具をつめこんで、べつの住居に移ってゆくのである。

しかも、日々締切りや講演に追われて、身辺雑務は若い人にまかせる忙しい毎日だったわけだから、儀山善来和尚の「一滴の水」思想を実生活で実践してゆくなんて、とてもムリだったのではなかろうか。

女優泥棒

「私、お父さまと寝ちゃった」

ふいに、助手席にすわった女優のMがつぶやく。

「え？」

わたしが声をのむと、

「このあいだね、近くにお仕事があったんで、若狭の一滴文庫に行ってきたの。いいところねぇ、あんなところであんな仕事ができたら、男として最高だと思うわ」

Mはいった。

「寝ちゃった……って」

「そうよ、先生が疲れているなら泊まってゆきなさい、っていってね。同じオフトンで寝ちゃったの。誠一郎さんにはちょっと悪いな、って思ったんだけど」

わたしは、フロントガラスのむこうの景色が急に遠のくのをかんじた。

まぁ、さしづめ三流情痴小説の一場面だったら、こんなふうに書かれるところなのだろうが、これはわたしにとっては実際にあった話である。

わたしは父水上勉に、たった一どだけ（一どだけでたくさんだが）、自分の女友達を「寝取られた」経験があるので、恥をしのんでそのことを書いておく。

くわしくのべると、だれでも知っている女優さんだろうから、注意ぶかく紹介せねばならないのだが、女優のMはわたしより三歳下で、多くの外国スターとも共演したいわゆる国際派女優の一人である。わたしとは、あるテレビの美術番組で顔を合わせたのが縁になって、軽井沢に小さな別荘をもつ彼女が、時折「信濃デッサン館」にきてくれて、近くの温泉にドライヴに行ったり、彼女の東京の住まいのある高輪のレストランで食事をしたりする仲になったのだが、今から考えてみれば、そんな有名女優さんがわたしのような男に関心をしめすわけはなく、どうも最初から彼女のお目当ては父の水上勉だったらしいのである。

さすがに、それをきくとわたしは平常心ではいられなくなり、

「かれは、ぼくらのこと知ってたの？」

声を荒げた。

すると、

「ええ、知ってたわ。誠一郎から以前、私と付き合っていることをきいたって、いってたから」

「それを知りながら……キミと」

「しょうがないじゃない。男と女なんて、そんなもんよ。べつに私、これ以上若狭に行こう

とは思っていないんだから」

わたしはMの言葉に黙りこんだ。

Mだって夫や子のいる人妻だったし、わたしだって妻帯者である。何もかも承知した上でのMとの交際だったのだが、そこに「父」が登場するなんて予想もしてなかった。外国生活も長く経験していて、そっちの方面ではかなり奔放なところのあるMだったから、たとえ行きづりであっても相手と意気投合すれば、そんなふうになるのは当然だったのかもしれない。彼女のいう「男と女ってそんなもんよ」という言葉が、ふしぎな説得力をもつ。

しかし、何とも気分がおさまらない。父にもMにも、自分がバカにされたような気がして腹が立つ。

「別れよう、もう二どとキミとは会いたくない」

わたしはいった。

するとMは、

「わかったわ。私がお父さまのことをいったら、かならず誠一郎さん、そういうと思ったわ。サヨナラね」

助手席からスラリとした脚を外に出し、やがてドアがバタンと閉じられた。

……わたしたちの「三流小説」はこんなふうに終ったのである。

思い出すと、それまでにも何回か、わたしたちは「女」をめぐって微妙な火花を散らしたことがあった。

これは父と再会してまもない頃だったと思うのだが、わたしが自分の画廊で（まだその頃は「信濃デッサン館」を開館していなかった）、詩人の自筆原稿と画家の絵をならべる展覧会をひらいたことがあり、そこに女流詩人のSさんが出品してくれたことがあった。今では日本の詩壇の大重鎮となっているSさんだが、当時はわたしとさほどちがわない三十代の若い元気のいい抒情派の詩人で、フランスから帰ったばかりの画家のKさんと組んで、なかなかいい「詩画」を出品してくれたのだが、そのパーティの夜、明け方近くまでKさんをまじえてワインを飲んだことがあった。

軽井沢に行ったとき、わたしが何気なく父にその話をすると、

「誠ちゃん、そのSと何かあったんやないやろな」

父が急に真顔になった。

「いいえ、Sさんは画家のKさんと親しかったんじゃないかな。明け方、二人で仲良く帰ってゆきましたよ」

わたしがいうと、

「そうか、そうならいいんやけどな、ヒヤヒヤするなァ」

父は心から安堵した表情をみせた。

わたしはそのとき、父のいっていることがよくわからなかったのだが、あとになって、ははん、父はわたしとSさんの間を疑っていたのかと思った。つまり、父はちょっと下品な表現を

するなら、Sさんに対してわたしたちが、いわゆる「親子どんぶり」の関係になるのではないか、ということを怖れていたらしいのである。

Sさんは当時、詩人業のかたわら新宿で「T」という有名な文壇バーをひらいていて、そこには川端康成や三島由紀夫や小林秀雄といった錚々たる文士が顔をみせていたというから、父とはその頃何かがあったのかもしれない。

それにしても、クワバラクワバラ、これからよほど心して女性とは付き合わなければならない、とわたしは思ったものだ。油断していると、父は「女」とみれば、子どもの妻だって奪いかねない情熱家である。というより、「女」のほうから父に近寄ってゆくのだから始末がわるい。

あるとき、日頃から何でも話せる仲の良い編集者氏にそのことをいったら、

「ハハハ……そりゃ、いくらクボシマさんでも、ベン先生には太刀打ちできないでしょうねぇ」

編集者氏はいい、

「それも、まぁ、クボシマさんの宿命ですよ、宿命」

わかったようなわからないような答えをかえした。

前にもいったように、わたしは父と再会したおかげで、これまで付き合ったことがないような有名女優や女性文化人と親しくなれたのだが、反面、いつもこんなふうに身辺の女性を父にもってゆかれはしないかと、オチオチ枕を高くして眠れない毎日を強いられるようにもなった

のである。

そういえば、これは父に女優さんをもってゆかれたという話ではないのだが、こんなことがあったのも思い出した。

父と再会して二、三ヶ月した頃、その当時フジテレビでお茶の間の人気番組だった「三時の×××」という番組から、わたしに出演依頼があった。

週刊誌や新聞からの取材はだいぶ下火になっていたものの、まだわたしたち父子の「奇跡の再会」の話題が巷から消えていなかった頃である。

番組のディレクターさんが、

「ぜひ、クボシマさんにご出演いただいて、最近のお父上との交流などをおきかせいただきたいと思いまして……」

といってきた。

わたしはちょうど、その翌年に上田に念願の「信濃デッサン館」を開館する計画だったので、番組のなかでその宣伝をしてもよいか、と問うと、

「もちろん、けっこうです。このさい、クボシマさんの美術館の構想もぜひおきかせください」

とのこと。

わたしは「三時の×××」に出演することを快諾した。

ところが、その番組の本番の前日に、ホテルにカンヅメ中だった父に会ってそのことをいうと
「何？　三時の×××……そりゃ、女優のMちゃん（この人もイニシアルがMだが、さっきの国際派女優さんとはちがう）が司会しているヤツじゃないか？」

父の顔色がサッと変わった。

「ダメだよ、誠ちゃん。その番組だけは降りてくれ、頼む。断ってくれ」

「え？　どうしてですか？」

わたしは、ぼくの信州の美術館の宣伝もしてくれそうなんです、といった。

しかし、父は、

「ダメだ、絶対にダメだ。ぼくがフジに話をつけてもいい。とにかく、その番組にだけは出ないでくれ」

いつも冷静な物言いの父が、人が変わったように声をうわずらせるのだ。

わたしは、父のあまりの剣幕に気押され、その場からフジテレビに電話をかけ、ちょうど打ち合せ中だった担当のディレクターを呼び出して、明日の出演を急遽取りやめたい旨をつげた。

「ヒェーッ。そ、そんな……クボシマさん、番組は明日のナマなんですよ。そ、そんな、今更……ヒドイッ」

わたしはあのときの、若いディレクターさんの泣きわめくような絶叫を一生忘れないだろう。

本当に、本当に今でも申し訳なかったと思っている。

わたしは知らなかったのだが、どうやら父が「三時の×××」の司会をしていた女優のMさんと、一時熱烈な恋愛関係にあったことは、文壇でも芸能界でも有名な話だったらしいのである。それが何年かして破局をむかえ、二人のあいだが冷えこんだ時期に、よりによって戦時中に別れた子どものわたしが出現、「三時の×××」ではそのわたしをゲスト出演させることを決定したのだ。父にすれば、Mさんの前に自分の「落し子」がすわる場面を想像しただけでも、身のちぢむ気持ちだったにちがいない。

くだんの編集者氏は解説する。

「ま、ベン先生にしてみたら、クボシマさんが自分の身代わりに、衆人環視のテレビのお白州《しらす》にひっぱり出されるようなもんだろうからねぇ。Mさんから根ほり葉ほり、生みのお母さんのことや、自分の若い頃のことを聞き出されるのが、逃げ出したいくらいイヤだったんじゃないかな」

なるほど、そうかもしれないな、とも思う。

「だから、クボシマさんが今回、テレビ出演を辞退したのは正解だったと思うな。何たって、男の子だしね、これ以上ベン先生をツラクさせないという点では、クボシマさんはりっぱに長男の役割を果したと思うよ。ベン先生の子として名のり出て、初めての親孝行になったかもしれない」

だが、何となく今となっては（自分が現在の年齢になってみるとだが）、あのときテレビ出演をひきうけていたら、案外おもしろかったかもしれない、などとも思うのだ。べつに父にイジワルするわけでも、困らせたいわけでもないのだが、今では日本を代表する大女優となった（つい最近故人となられたが）、若き日のMさんの本モノにも会っておきたかったし、Mさんはどんな質問をしたのだろうか、自分はそれにどう答えただろうか、などということにも興味がつのるのである。

　しかし、それにしても、あのときの父の困惑ぶり、うろたえぶりったらなかったな。

　これもまた余談だが、こういうのを運命のいたずらというのだろうか、父が「文化功労者」に推挙されたのは、一九九八（平成十）年十一月三日「文化の日」のことだったが、同じ年に同じ賞を受賞したのがMさんである。当日の新聞紙上には、黒い礼服を着た受賞者たちの集合記念写真がのっていたが、「事情」を知るわたしには父のふくざつな胸中が察せられた。

　晴れがましい授賞式典での記念写真だというのに、堂々悠然とすわるMさんにくらべて、すぐよこにすわる父の顔は、心なしか不機嫌で憮然としてみえた。

竹紙と骨壺

おもしろいのは、「若州一滴文庫」を訪れた人の十人中九人が、父の「竹紙《ちくし》」にハマって帰ってくることだった。

画家の司修さん、水村喜一郎さん、水野朝さん、それに作家の瀬戸内寂聴さんなんかもすっかり「竹紙」ファンになり、司さんにいたっては二日も三日も若狭に滞在して、父の指導で紙漉きに挑戦、自製の竹紙にいくつもの傑作をえがいて「文庫」に寄贈されていったときく。

この「竹紙」の誕生にとりわけ力を貸されたのは、若狭の佐分利川で、郵便配達夫をしながら絵を描いている渡辺淳さんで、渡辺さんは「竹紙」の原料となる間伐竹を大量に調達、父の住む軽井沢に段ボールにつめこんで送り、かたわら「竹人形一座」の宣伝のチラシやポスターのデザイン、舞台装置まで手伝われた。わたしも何回か渡辺さんにはお会いしたが、どこか牧歌的な香りがする絵のふんいきにふさわしい（竹紙に描かせたらやはり渡辺さんがいちばんだろう）、心から父を信奉し、敬愛し、父の仕事の裏方をつとめることに無上の喜びをかんじられている野武士のような風貌の絵描きさんだった。

もともと父の「竹紙」は、「竹人形芝居」の人形づくりの過程で生まれたもので、「竹紙」ができてから「人形芝居」ができたわけではない。竹人形に使う面や胴串の製作にあたって、あれこれ工夫をかさねるうちに、ほとんど必然的に竹を材料にした「紙粘土」が必要となり、やがてその延長上に「竹紙」が誕生したのである。

父はこの「竹紙」の（父独特の）製造方法についても、たくさんのエッセイに綴っているのだが、ここでは父が病にふしたあとに刊行された、『竹紙を漉く』（文春新書）のなかの文章を参考にする。

　若狭に一滴文庫をつくる際、軽井沢の大工さんにたのんで水車を一台あつらえた。これを廻して竹の皮やら茎を搗《つ》くつもりだった。石臼も信州の農家から工面してはこんだ。若狭では、ドライブインでそばでも打つのか、と水車を見た人はいったそうだ。なるほど水車でそば粉をひく店は水車を看板にしていた。私はほくそ笑んで竹紙を漉くためのものだ、といったが、理解してくれる人はほとんどなかった。

　水車小屋も組み立て式ではこび、そのわきに作業場をかねた物置きを弟に建ててもらった。弟は大工ははじめての仕事なので人に自慢していたそうだ。

　私は小舎が建ち上ると、水車をとりつけた。水は水道の水をコンクリート製のマンホールを地中に埋め、電機水揚器を買ってきて、石臼をふたつならべた。

　はじめは竹の皮をつかって紙を漉いていた。湯河原の加満田旅館をはじめ、京都、横浜の有志の方が、竹の皮を送って下さったので、段ボールに入れて送られてくるこれらの皮を洗って水に漬けて煮ればよかった。水車に搗かせると、ふぜいも出てきた。私はこれを一滴文庫の図書館と併設して竹紙製造所と名づけて成功することをたくらんだのだった。

つづいて、立風書房刊の『年々の竹』に出てくる「竹紙づくり」から。

竹紙は、竹の皮を煮て石臼でつくのである。若狭へきてからは、どこにも薮があって、皮が捨ててある。それを拾って、よく洗ってドラム缶に入れ、三日ほど煮つづける。灰を入れるとやわらかみが増す。石臼を地面に埋めて、杵つきばったん二個と水車一台の力で杵を上下させているが、天然の水力なので、軽井沢でやっていたように、腰が痛くなる手動から解放されている。

考えてみると、杵つきばったんも、水車の音もなかなかゆったりしていて、夜どおし廻っていても気にならない。コットン、ザザ、コットン、ザザという、適度に間をおいてきこえる走り水と杵が石臼にあたる。音楽のようだ。寝ていてもうるさいというほどのものではなくて、あるリズムをつたえ、明日はひとつ、もっとコシに力のある紙を漉いてみようかというような考えも生じ、あれこれと、漉き枠のふるい方、モチの混ぜかげんなど、眼をつぶって考えているうちに眠りに入るのである。

私たちは、竹人形の面をつくるための竹モチから、紙づくりにいま手をのばしたのである。

だから、用途は、面の材料が中心だが、紙があまりうつくしい肌なので絵を描いて楽しむのである。それゆえあまり多量に漉けても困るのである。だいいち五月に入ってからは、竹モチも溜めておくとくさってくる。くさっては紙にならない。ほどほどの分量を、ほどほどに漉きあげて、自分も楽しみ、人にも楽しんでもらえればそれでいいのだ。

この頃、すでに巷ではケータイ電話、インターネットが席巻、世の中の何もかもが利便性や効率性へとかたむいていった時代であったことは周知の通りだが、ここには時計の針がとまったような「父の時間」、「若狭の時間」がある。

もちろん画家や作家にとって、「竹紙」じたいのもつ何ともいえぬ柔らかな肌膚や、微妙なコシのある手触りが、絵や書を表現するのにきわめて蠱惑的な素材であったことはたしかなのだろうが、それいじょうに父が「竹紙づくり」に費やしている悠長な時間というか、ほとんど原始的ともいえる手作業にこめたある種の文明批判、自然崇拝の姿勢に、訪れた人たちはふかく心を動かされたのではないかと思う。コットン、ザザ、コットン、ザザ……父がしつらえた竹紙を搗く水車の音は、とりわけ都会からやってきた文化人たちには、心地よい「子守唄」のようにきこえたのかもしれない。

もう一つ、「竹紙」とならんで父が編みだしたオリジナル商品（?）に、「骨壺」がある。「竹紙」のファンも多いが、「骨壺」のファンも多い。この本を読んでいる人のなかにも、あら、骨壺ならわたしも一つ持っているわ、なんて人もいるかもしれない。

父が本格的に地元若狭の土を焼いて「骨壺」をつくりはじめたのが、正確にいつ頃だったのかはわからないのだが、若狭に「若州一滴文庫」を開設してしばらくした頃には、もう「骨壺」づくりの魅力にとりつかれていたようである。

エッセイ集『骨壺の話』を読むと、きっかけは、つぎのようだったらしい。


若狭の谷をゴム長はいて歩いていたら、靴底にねっとりついてくる赤つちが気になった。粘土質の田圃《たんぼ》は汁田《しるた》とよばれ、水はけのわるいことで有名で、母がむかし、私たちが子供の頃、腰まで泥につけてずいぶん辛い目を見ていた田植えや、舟にのって採る秋の収穫時の労働を思いだしたが、田圃が煉土のひろい箱だったのならその赤つちで骨壺がつくれないか、と思ったのである。たわいない動機ついでにいえば、その頃、私はリューマチに悩まされていて、左手の指三本が、まがったままもどらなくて、硬直してしまうほどの血管閉塞に泣いていた。医師に診てもらうと、リューマチだから生涯直らないだろう、という。治療には、日ごろピアノをたたくか、陶芸でもやって、手ひねりで茶碗をつくってあそびなさい、リューマチには効果はありますよ、と教えられた。のち、心筋梗塞《こうそく》になり、カテーテル風船治療で、梗塞部の心房内血栓《けっせん》をはじいてもらった時、三分の二の心筋が壊死《えし》してしまって、三分の一の心臓しか残らなかった。足かけ五年前のことだ。ところが、カテーテル治療のおかげで、リューマチで硬直していた左手の指が三本とも直った。三分の二の心臓の壊死のかわりに、使いもしない左手の三本指が蘇生したのであった。人体の不可思議というしかないが、そのような心臓の残り少ない心筋を丈夫にするためにも、日頃の精進が必要で、壺ぐらいはつくってあそぶのも、治療効果をあげるだろう、という医師もいたのである。つまり、私の骨壺つくりは、まったく私個人の病歴とかさなっていた。

つまり、父の「骨壺」づくりは、前にもいったかもしれぬが、その頃なやまされていたリウマチの症状を緩和させるべく、動かなくなった指のリハビリのためにはじめたのがきっかけだったようである。父がたおれたのは一九八九年六月（天安門の騒ぎがあった年だから忘れない）だったから、それから五年後というと、若狭の「文庫」ができてからそろそろ十年が経とうとする頃だった。わたしも父とあるいていて気付いたのだが、「文庫」の建っている岡田小近谷ふきんの土は、どこかネバネバした粘土質の赤っちで、それが「骨壺」を焼くのに非常に適していたというのも出会いだった。

私の骨壺つくりは決して陰気なものではないのである。むろん、私自身の壺からはじめたのだが、この世に自から死にたいと思う人は先ず少ないのも事実だから、早や早やと骨壺などつくる気持など嘘にきまっている。私の場合も、砂糖入れか、梅干入れを真剣につくっているのである。砂糖でも、梅干でもいい。傘立てでもいいのである。どうせ死んでしまえばわからないのだから、そこいらにある故人が愛用していた壺で間にあわせてもらって（という意味は私の死を悲しむであろう家族の者の処置であるが）、ありあわせの壺へ骨と灰を入れてもらって土にもどるまで、仏壇の隅に置いてもらうか、寺にあずかってもらうかするのであろうが、三年目がきて、私の場合、家族が洗ってくれるようなことは先ずはあるまいけれど、いずれにしても、その間にあわせの代物をつくっておこうという魂胆なのである。

それゆえ、土を練るときから楽しみである。私は真空土煉機を使っているのだが、それまでに、なるべく犬の小便をしていない所を選《よ》ってきて山の土をとってきて、これを篩（ふる）い網でこして、水につけ、うわずみをさらにバケツに入れ、沈殿させたものを干して、土煉機にかけているのである。こういうことを楽しむのも、私のいま仮住まいする山に赤松が多く、根もとの土は、松籟《しょうらい》とともに落ちてきた松葉の堆積が、長年月の間に、赤粘土に変化したものので、つまり、原料が身近にあるからである。この土は、朱、青、黄、白の層があり、まるで山っちのパレットをみるようだ（事実、乳鉢で擂って絵具にしてみたことがある）。このような土の、なるべく、粘質のこいところをえらんで、土煉機にかけるのである。ために、たびたび、土煉機が粘りがつよくて故障するほどである。これを、私は少しずつ、ビニールの袋に入れて貯え、工房にはこび、蹴轆轤《けりろくろ》の上で、手ひねりの紐を何本かつくって、これをかさねて、休み休みつくってゆくのである。休み休みつくるのは、四段ほどかさねると、たれてくるせいである。少し乾かないと、つぎを積みかさねることができない。そのため、電機轆轤とちがって量産は出来ない。手ひねりのいいところでもあるし、亡びつつある所以《ゆえん》でもある。

近ごろ、量産に適しないものはほとんど亡びてゆくようである。葬祭屋さんの壺がどこやら既製品じみており、流行するのも量産可能のせいだろう。まかりまちがえば、べつの人が入ってもよかった壺へ、私たちは入ることになる。量産のかなしみである。

私の壺は、したがって、何日もかけて一個が完了する。といっても、素焼き、本焼きを入れて、急いでざっと十日はかかる。一個だけを大名焼きするわけにゆかぬから、何個かたまってから窯《かまい》入れする。一ヶ月は優にかかる。しかもである。私のつくり方は、道にかなっていないので、三分の一は割れる。実《み》が割れたり、フタが割れたりしている。窯に入れない先に割れるのがある。もっとも、この割れも風格の一つである。仮住まいの庵の床板が一枚ぬけたのに似ている。床下から風が入るあんばいである。そのため、風流となるのである。割れておれば「成仏」、つまり仏と成るのも早いだろう。土にもどるのであるから。

長い講釈となったが、最後のほうの「割れも風格の一つである」「割れておれば『成仏』、つまり仏と成るのも早いだろう」という父一流の理クツがおもしろい。また、「私のつくり方は、道にかなっていないので、三分の一は割れる」などとイバっているところもゆかいだ。作者がこういっているのだから、デパートなどで父の骨壺を買って、二、三日でヒビが入ったり割れちゃったりしても、文句はいえないわけである。

それにしても、と思う。

「竹紙」にしても「骨壺」にしても、父の眼のつけどころには感心してしまう。

「水上文学」の源流とでもいうべき「竹の精霊」のやどる竹紙の生産や、幼少期の仏門経験がふかくかかわっている「骨壺」の製作を、ひとくちに「眼のつけどころ」なんていってしまうとファンから叱られそうなのだが、父のつくる「竹紙」や「骨壺」には、どこか人の心を惹きつける「負の魅力」のようなものがある。「負の魅力」というのも変だが、父がいくつもの文章に書いているように、大量消費社会の只中にあって、わざわざ水車でコットン、コットン搗いてつくった竹紙や、何日もかけてようやく焼きあげたシロウト骨壺には、今の時代に忘られつつある「モノづくり」の本流のごときものがあるような気がする。父は竹紙や骨壺をつくるにあたって、たとえ数は少なくても、世の中にはそういう「非量産」の本モノをもとめる一群の人びとがちゃんと存在することを、どこかでソロバン勘定に入れていたのではないかと思うのだ。

ありていにいうなら、晩年の父の経済をささえていたのは、この「竹紙」に描いた絵（小学館の月刊誌「サライ」に毎号連載された絵入りエッセイは大好評だった）や、たまにデパートや知り合いのギャラリーで催される「水上勉・骨壺即売展」から得る収入であった。最初の心筋梗塞にたおれたときは、奇跡的に回復し、その後もいくつかの小説やエッセイを発表し、文芸誌の対談なんかでも健在をアピールしていたのだが、八十二歳のときにふたたび心臓発作におそわれたあとは、もうほとんど長い文章が書けなくなっていた。

いきおい新刊本は出なくなったし、それでなくとも出版不況がさけばれ、書店で本が売れなくなった時代である。父ほどの名があっても、既刊本で増刷される割合はめっきり少なくなり、作品が映画化や舞台化されるときに支払われる原作料も、そんなにアテにできなくなっていた。『飢餓海峡』や『越前竹人形』や『五番町夕霧楼』といった名作が増刷されたときの印税は、はなれて暮す叡子夫人たちの口座にふりこまれることになっていたので、「文庫」の運営のほかに、京都のマンションや軽井沢（のちに東御市北御牧に転じたが）の仕事場を維持してゆくのは、並大抵でなかったと思われる。

そんなときに、救世主となったのが「竹紙」の絵と「骨壺」の収入である。父のファンにしてみたら、父が漉いた竹紙に父が絵筆をふるうのだから、こたえられないコレクションとなったのだろう。巧みな筆さばきで描いた達磨の絵、ナスビや大根の絵は、値段が手ごろなこともあっておおいに売れた。「骨壺」のほうも大人気で、あちこちの即売展に間に合わすために、ときにはお弟子さんの角りわ子さんの助けもあおがなければならぬほどだったという。

わたしはそこに、水上勉というひとにてんからそなわっていた一種の「処世力」、独特の「錬金術」とでもいうべき才能を発見しないわけにはゆかない。

あれはいつだったろう、まだ二どめの心臓発作がきていない頃で、軽井沢からわたしの美術館に近い東御市北御牧村に新しい工房を建てた頃だったと思う。

何個かできあがった「骨壺」（大きいのもあれば小さいのもあった）の木箱に、ひとつひとつ筆

文字で「水上勉」の署名を入れ、そのよこに四角い朱色の印を捺しながら、

「誠ちゃん、こりゃ、お札を刷っとるようなもんやで。極楽の骨壺や」

かたわらにいるわたしにむかって、ちょっと片眼をつぶってみせた、イタズラッ子のような父の横顔が忘れられない。

ふたたび、血とは何か

ふたたび、血とは何かと考える。

父とわたしのあいだをながれている血、もしくは、父がわたしを支配している血とは何かと考えるのである。

たとえば、わたしはしきりと父の「放浪癖」、「普請癖」をあげつらっているが、そうした宿痾ともいうべき性分はわたしにもある。父ほどではないけれど、わたしもしょっちゅう美術館を普請したり増築したりしているし、「信濃デッサン館」が開館十八年をむかえた一九九七（平成九）年五月には、隣接地に戦没画学生の遺作をあつめた「無言館」をつくった。妻子を東京に置去りにして、一年の大半は美術館のある上田で一人暮し、絵の収集だの取材だのといっては、原稿用紙をかかえてホテルを転々としている姿は、生前の父とそっくりだ。

宿痾はそれだけではない。

父に負けないくらい、私も女好きのほうである。

父はいくども自分の本のなかで、「通りがかりの女にでも眼にとめてもらいたい、なろうことなら印象をふかめておきたい、といった気がむらむらと起きる」（『わが六道の闇夜』）といった自らの性向を告白しているけれども、じつは同じような病はわたしにもある。父がわたしの母をモノにしたときの、「T女の足音にだけは、ぴくっと眼を光らす獰猛《どうもう》な一匹のけものであった」だとか、「なるべく、安上がりに近づこうとねらった」(同)だとかいった文章をよむと、何やら身につまされる。わたし自身が母をねらって夜這いでもしているみたいな、一種倒錯した感覚におそわれるのである。これもまた、普通人はもちあわせていない、わたしたち父子だけが共有する性魔の仕ワザといえるかもしれない。

ただし、これまで何回もいってきたように、わたしは父ほどイケメンでもないし、女性にモテて困ったという男ではない。

それに、自慢ではないが結婚は一どきりで、現在も同じ妻である。父のようにとっかえひっかえ女性ができ、同棲し、離婚をしたというわけではないし、浮気経験もそんなに多くはない。同じ「女好き」でも、はなはだ度胸のない、思っていることの半分も実現できないで生きてきた男である。そういう意味では、同じ好色の血がながれていても、色の道の才能だけは父の足もとにもおよばないということなのだろう。

あれはまだ、父が六十代後半頃のことだったと思うが、何かの用で夜おそく京都のマンションに電話をしたら、

「ミズカミどす」

ツヤっぽい京都弁の女性が出たのでびっくりした。

わたしが名のると、

「センセ、息子さんからお電話どすぇ」

女性がかたわらの父に声をかける。

だが、なぜか、なかなか父が出てこない。

「センセ、センセ……」

そのうちに、電話がプツンと切れてしまった。電話口のむこうの、お取り込み中の光景が眼にうかぶようだった。

後日出会ったときに、父はさすがに照れくさそうに、

「京都のマンションだけは、女人《おなご》ご法度の勉強部屋にしようと思っとったんだがな、一ど食らえつかれたら離してくれんでな。もうそろそろ、あそこの部屋も引き払わなきゃならんかもしれん」

そんなことをいっていた。

わたしには、そんな幸せな経験はないのである。


いや、わたしがここでいいたいのは、そういう血のことではない。

「虚言癖」、「放浪癖」、「普請癖」、「女好き」、「血縁ギライ」、わたしが父からゆずられた血は色々あるが、けっきょくのところ、それらはすべて、わたしたち父子がもつのっぴきならない「孤独感」、「独《ひと》りぽっち感」からきているように思われる。

「孤独」とか「独りぽっち」とかいうと、何だか俳優の高倉健さんが演じる映画の主人公な

どを思い出す人も多かろうが、わたしたちの場合はそんなカッコイイものではない。要するに、自分以外の人間を信じることができず、つねに人の心をうたがい、人からあたえられる愛情を秤《はかり》にかけ、その結果、にっちもさっちもゆかない孤独の底に置かれてしまうという自業自得の症状だ。しかも、当人にとってその「孤独感」は、けっして居心地のわるいものではなく、自分ひとりでいるときがいちばん落ち着く、というのだからやっかいなのだ。

わたしもどうやら、父からそんな筋金入りの「孤独癖」の血をもらった子のようなのである。そうした「血」がどこからきたのか、わたしにはわからない。

「血縁ギライ」の章でもふれているが、大工だった父の父親水上覚治は、外仕事だといっては何日間もぷいと家をあけ、施主の家は普請しても、母や子のねむる家は板戸一枚打ちつけただけのアバラ小舎のままにしておく人だったという。金もめったに家に入れず、母のかんが部落の小作田の守りをして子を扶養しなければならなかった。父の「孤独癖」はそっちからきたのかもしれない。唯我独尊といえばきこえはいいけれど、早いはなし、自分勝手な父親に育てられたのである。自分さえよければ、家族のことなどどうでもよいという父親に育てられたのである。

今一ど、「親子の絆についての断想」から、父が覚治について語っている部分をさがしてみる。

当時の家は父が家長であった。金をもち帰らぬふしだら男でも、威張っていたのだ。私の父はとりわけ頑固者で理屈いいで、字も書け、弁舌もうまかった。母は反対に字も下手だったし、物言いもまあまあの無口者で、ひたすら働く性格だった。そのため事ごとに衝突したのだ。喧嘩はいつも陰湿だった。時には父が母を撲りつけるのを見たが、ねっちりと母をやりこめることがあった。母は泣いていた。しくしく泣くのである。眼をはらして、子供にかくれてしくしく泣く母を、私は三つごろから何ど見たことか。

なぜ、自分はこんな家の、こんな親にうまれたのだろう、という思いがやどったのは、たぶんこうした日だった。こういう家といったが、小舎のような家は、土間と板の間があるきり、寒々としたもので、座敷六畳はあっても畳はあげられ（盆・正月だけ敷かれた）、子供らの寝る所は変型四畳の板の間とゴザを敷いた土間と板ざかいになったあげ間だった。壁には穴があき、朝早くから、無数の光りの矢が、雨のように顔の上へふりそそいだ。なぜ、父は大工のくせに、破れ家のまま放ったらかしているのか、そういう家に私らを住まわせて、威張っているのも不思議だった。

『わが六道の闇夜』でも

「お父つぁんのような阿呆《あほ》な人間になるな。大きくなったら、一生懸命働いて、おっ母んに銭をくれよ」

父がもう少し働き者で、家のことを省みてくれれば……という情けなさが、私たち子供への愚痴となり、成人してからの教訓にしたのだ。立身出世せよとはいわなかったが、金を儲ける人になれ、といったのである。だから、兄も私も、祖母と母からそういわれれば、歯をくいしばってうなずいたものだ。大きくなったら金儲けしなければならないと。

この教育がしぜんと無力な父への不信とも、畏怖ともいえる気持ちを育て、かすかな憎しみの根さえやどした。父の顔をみることがこわく、たまに父が家にいると、外へ出て夜にならぬと帰らない習慣がついた。

これでは、子どもがまっすぐに育つわけはない。

血をわけた父親でさえ、信じるに足る人間ではないのだ。では、ほかにこの世のだれを信じよう。

自分は自分で生きてゆくしかない。母がいうように、ただひたすら金を稼ぎ暮しを向上させ、自分は一人でこの人生を生きぬいてゆくしか仕様がない。

父水上勉の「孤独癖」の誕生であり、子のわたしの「孤独癖」の誕生である。

しかし、いっぽうでは、父はそんな父親覚治への懐旧をかくさない。

前にも紹介しているが、あらためてもう一ど、父がエッセイに書いた一言をふりかえってみる。

いま、この父のことをじっくり考えると、父と離れて暮らしていたにかかわらず、ずいぶん、影響をうけている自分がわかる。血だといってしまえばすむはなしだが、五十をすぎて、父に似てきたところが、いま、はっきりわかる。

そう、あれほど忌み嫌っていた貧しい家や、妻子を放棄し家をあけてばかりいた父親の存在が、今の自分をつくっていると正直にのべているのである。

これは、いかに父が後年になって、覚治のもっていた親としての薄情さ、身勝手さに「共感」をおぼえはじめたかという証左だろう。いや、「共感」というよりも「親しみ」に近い感情だったのかもしれない。父は（当時）五十歳という年齢をすぎて、ようやくそのことに気付いたといっているのである。

ということは、わたしが父からもらった血は、祖父である水上覚治からうけついだ血なのだろうか。

そこのところが、今もってわたしにはわからない。

ただもう一つ、わたしがここでいいたいのは、そうした父の「孤独癖」を助長させたのは、やはり「文学」だったのではないかということだ。

もし父に「文学」がなかったら、物を書くという仕事がなかったら、父は「ウソ」もつかなかったろうし、「放浪」も「普請」もしなかったろうし、（ことによると）「女遊び」にだってあれほど熱心だったかどうかうたがわしい。それらがぜんぶ、「文学」のためにあったとはいいきれないまでも、「文学」ぬきに、父のあの「独りぼっち」生活はありえなかったのではないか、と考えるのである。

あれは、どこかへ木村光一さん演出の父の芝居を観に行ったときだと思うのだが、父が隣にすわるわたしにぽつんと、

「自分の書いた芝居に、こんだけの人が泣いとると思うとなァ……たまらなく、その晩は一人になりたいんや。何だか、とんでもない罪でもおかした気分でなァ、一刻も早く、ホテルの部屋にもどって、一人でフトンをかぶりとうなる」

といったことがあった。

「一人でフトンをかぶるんですか?」

「そうや、また一つウソついて、人を泣かせた自分が許せんでなァ。朝まで泣いとるときがある」

芝居の幕間《まくあい》のほんの短い時間だったから、父の横顔ははっきりとみえなかったが、わたしはそのとき、ほんとうにこのひとは、今すぐにでもホテルに帰って泣きたいのだろうと思った。じっさいには、芝居が終るとかならず主催者側の求めに応じて、客席から舞台にあがってあいさつし、主演の女優さんから花束をうけとって、カメラのフラッシュをあびる父がそういったのだ。

それに似たような「症状」は、わたしにもある。

父の「文学」と較《くら》ぶるべくもないけれど、わたしも上田に美術館を建設したときはそうだった。「信濃デッサン館」をつくったときも「無言館」をつくったときも、父と同じ消え入りたいような自己嫌悪におちいった。恥ずかしくて恥ずかしくて、身の置きどころがなかった。たどたどしいあいさつに寄せられる拍手の音に耳をふさぎ、たまらなく一人になりたくて、市内に借りたアパートに走り帰ったものだった。

あの、一仕事終えたという達成感ともちょっとちがう、ヤミのなかでとつぜん何ものかに羽交いじめされたような「独りぽっち」の感覚は、いったい何だったのだろう。

「そうねぇ、それが水上家の代々の血筋かもねぇ。好きでそうなるんじゃなくて、自然にそうなっちゃうのよね。だいたい独りにならなくちゃ、お父さんだって、あんなにたくさんの小説やお芝居を書けなかったろうしね。誠一郎さんだって、一家団欒や家庭サービスに明け暮れている人だったら、人里はなれた上田までやってきて、美術館なんかつくろうだなんて発想をもたなかったと思うわ。けっきょく、みんなそれぞれ、独りぽっちだからこそ出来た仕事なのよ」

水上蕗子はそんなふうにわたしたち父子の「血」を解説してみせるのだが、そういう蕗ちゃんだって、結婚後わずか五年で不慮の火災事故によって夫をうしない、いらい独り身で暮している「独りぽっち」の先輩である。というより、洋服の行商時代から、直木賞作家にのぼりつめるまでの父にずっと寄り添い、その「独りぽっち」ぶりをかい、ぶりつきからみてきた、「水上文学」の生き証人のような人である。

「お父さんはね、小説さえ順調に書けていれば、それでよかった人なのよ。そのかぎりにおいては、妻も子も、一族郎党すべて不要な人だった。だから一時の気紛れでお父さんに気に入られても、つぎの瞬間あっというまにお払い箱になった人たちが、死屍累々、みんな独りぽっちになってゆくのよ。叡子さんだって、蓉子さんだって、直子だって、私だって、みんな独りぽっち。お父さんの仕事の犠牲になった人は、数えたらキリがないくらいよ」

誠一郎さんも、その死屍累々のうちの一人、といわれている気がしてわたしは黙った。以前からわたしを、水上勉のタイ焼だといっている妻も、蕗ちゃんの解説にはなっとく顔で

「その通りね。だれもかれもが水上センセイの毒気にあてられて、小型版のタイ焼になっちゃう。あんただって、独りぽっちとか孤独だとか気取ってても、要するにセンセイのタイ焼なのよ。見ていておもしろいわ」

まがりなりにも三十何年も自分の道をあるいてきたわたしが、とつぜん三十五年ぶりに出会った父親のタイ焼になってゆくさまが、妻には半分憐れで半分おもしろくもあるらしいのである。

北御牧ぐらし

父が軽井沢南ヶ丘の山荘を売却して、同じ長野県内である北佐久郡北御牧村（現在の東御市北御牧）大字下八重原字勘六山に仕事場をうつしたのは、一九九一（平成三）年暮れのことである。

仕事場といっても、敷地は約一千坪近くもあって、ここでも父は持ちまえの「普請癖」を発揮、翌年春には「竹紙」の紙漉き小屋、「骨壺」をつくる陶芸小屋を敷地内に増設し、やがて「竹人形芝居」用の稽古場まで建ててしまったのだから、さながら「若州一滴文庫」信州支部といった趣だった。

三年前の心筋梗塞いらい、父の健康状態はけっして上々というわけではなかったのだが、軽井沢よりは朝夕の冷えがきびしくなく、多少温暖な北御牧の気候は、日々の「晴耕雨読」にはぴったりだったようだ。夜ふかしの父は、早々とベッドにもぐった日でも、明け方近くまでNHKの「ラジオ深夜便」を聴いて寝つくのがつねで、昼近くになってようやく起き出す。その頃は「サライ」に描く絵とエッセイ以外、それほど連載に追われてはいなかったので、机にむかうのは朝昼兼用の食事を終えたあとのほんの一、二時間くらいで、その他は裏の小さな畑で土をいじったり、紙漉きや骨壺づくりをたのしんだりする毎日だった。

しかし、平成四年八月には松本清張氏が亡くなり、十月には中上健次氏、翌々年九月には吉行淳之介氏が他界した。父は請われるままに、そうした人々への追悼文を雑誌や新聞に書いた。清張氏は父が「霧と影」を書くにあたって大きな影響をうけた先輩作家であり、中上氏は父のずっと後輩にあたったが、文学的な立場では肝胆相照らす仲だった。それと、吉行氏とは長く文壇バーのママのあいだで張り合った仲で、何ども対談したり講演旅行したりした良きライバルでもあった。病後の身体でもあったから、父はさぞさみしかっただろう。

そんなさみしさをうちはらうように（あるいはそれに逆らうように）、父は七十五歳になった一九九四（平成六）年の一月から、長編小説「虚竹の笛」を月刊誌「プレジデント」に連載しはじめる。

古代中国から朝鮮半島をわたって日本に伝来した尺八。その尺八の音に魅せられ、運命を共にし、ときに仏法の本源にまで迫り、時空をこえて交錯する清代の詩人蘇曼殊、虚竹禅師、一休禅師……といっても、わたしなどの頭では、なかなか小説の尻っぽさえつかめない、数奇にして茫漠たる歴史スペクタル物語なのだが、とにかくそうした大著に、晩年の父が立ちむかったということだけで、わたしは心うたれる思いだった。病身の父のどこから、こんなエネルギーがわいてくるのだろうと思った。

「虚竹の笛」には、個人的な思い出が一つある。

この小説の挿し絵を最初に担当されたのは、わたしの高校時代の恩師である画家の利根山光人さんであった。利根山さんは早稲田大学卒業後、早くからメキシコにわたって勉強された方で、シケイロスやオロスコといった壁画作家たちの影響をうけて帰国、日本ではめづらしいくらいスケールの大きな装飾壁画に取り組んでいた画家だった。

「プレジデント」誌の編集部から、挿し絵の依頼をうけたという日、利根山さんは昂奮した声でわたしに連絡してきて、

「いやァ、クボちゃん（わたしのこと）の父上との初仕事だからねぇ、光栄だし、緊張するよ」

と上機嫌だった。

じっさい、利根山さんはその仕事のために、急遽中国にとび、小説の舞台となる杭州、西湖周辺の古寺を訪ね、スケッチをたくさん描いてきたというから、その入れこみようは相当なものだったのだろう。

わたしが父に、利根山さんが自分の高校時代の美術部の顧問の先生だということをつげると、

「ほう、あのトネヤマさんがか……そりゃ奇縁だな。いい相棒とめぐりあった」

父も大そう喜んでいた。

ところが、この利根山光人さんが、「虚竹の笛」が五回めを終えたばかりの平成六年四月に、持病の心臓病を悪化させてあっけなく急逝してしまうのである。

父の落胆もはげしかったが、わたしもがっかりした。

心のどこかで、父の「虚竹の笛」と、利根山さんのシケイロス仕込みのダイナミックな挿し絵のコンビネーションをたのしみにしていたからである。

「プレジデント」の『虚竹の笛』は、平成六年の五月号でいったん中断され、三年後の一九九七（平成九）年一月から、ふたたび「すばる」に掲載誌をかえて書きつづけられることになる。こんどの挿し絵担当は、同じ北御牧村に住んでいて、わたしとも父の山荘でよく顔を合せる木彫家であり、画家の船山滋生さんだった。

そして、そんな父がとつぜん眼底出血と網膜剝離に見舞われたのは、正確にいうと、一九九八（平成十）年三月六日、あと二日で七十九歳になる日のことだ。

翌年暮れに出版されたエッセイ集『泥の花』には、こう記述されている。

去年（一九九八年）の三月六日、京都にいた私は、なにげなく絵を描こうとして紙を取り出した瞬間に、バサッと幕が落ちるように目の前が見えなくなった。左眼の激しい眼底出血が起こったのである。

実は三日後の三月九日に新橋の金田中《かねたなか》で吉川英治文学賞の審査会があり、それに列席しなければならなかった。そのために講談社に山の上（ホテル）をとってもらってあり、その前の晩の日曜日は私の誕生日（三月八日）なので、友人と「一杯飲もう」と約束していた。

それで六日に眼が見えなくなったから、七日の土曜日は這うようにして京都駅まで出て、自分で切符を買って東京へ帰った。そして、迎えに来た家の者と相談したのだけれど、「脳溢血の弟さんたちと同じような、脳からくる出血ということもあるので、K大病院に当直の若い医者が待っていますから、一応K大病院へ行って下さい」というので、東京駅から信濃町へ回った。

土曜日と日曜日は病院は休みなので、金曜日の夜に病気をしたらもうお終《しま》いである。救急で運び込まれれば話は別だが、外来に行けば、せいぜいがアルバイトの若い医者に診てもらうしかない。

私の場合は、その病院にちょうど佐倉のT医大のTさんという腕のいい眼科医がたまたまいて、手を休めて診てくれるということがあったが、それは黄金の時間にめぐりあったような僥倖《ぎょうこう》で、普通はそううまくはいかない。だから人の身体や器官を病院という組織が預かるみたいなことになってゆくのかもしれない。

脳溢血の弟さんというのは、やはり十年ほど前にとつぜんたおれた、若狭に住む末弟の祐《たすく》さんのこと。

同じ『泥の花』からだが、こちらのほうがもうちょっと父の「病状」がわかりやすいかもしれない。

三月六日に眼底出血と網膜剝離となり（左眼のみ）、二度手術したが、出血場所が眼球の中央部で、眼球の結像部に近くて、手術するには危険な場所なので、二度目にそれがわかると、すべて手術はそこを迂回せねばならず、右眼の白内障手術もあって、三月から八月末までベッドにくくられた（とくに網膜剥離はうつ伏せ三日を強制された）。そんな生活を余儀なくされたので、眼の手術も主治医に困難に近い作業をやってもらったのだが。九月にようよう退院できて、七十九歳の三月まではひとりで歩けもしたし、京都などもかんたんに往還していたのが、介添役がいないと歩けなくなった。左眼がほとんど失明に近く、右眼だけで歩くからバランスがとれない。

膝から下が、暗い床下のように感じられてならぬのである。駅の階段など、昇降はひとりでできない。いつも、介添えの人と手すりの世話になって歩いている。

それにしても、だいたいこの日、なぜ父は京都にいたかだが、じつはこの頃、父はよく信州勘六山をぬけだして京都のマンションにきていた。眼を患う前は、ゆっくりではあったが一人で歩けたし、文中にある通り、文学賞の審査や友人との酒席にも出てゆけるぐらい元気だったので、この眼底出血の日も京都に一人でいたのである。

『植木鉢の土』という本にこんなことを書いている。

どおせ五年しか生きられないんだから、好きなようにさせてくれと女房に頼んだ。もともと好きなことをしてきたわたしだが、このとき女房も五年という期限を疑わなかったのか、黙ってわたしの好きなようにさせてくれた。

そこで、わたしは京都に行ってマンションを買った。女房から好きなことをしていいと許可を得たのだから、堂々と京都へ向かった。女性と暮らそうと、悪心を抱いて、京都へ向かったのである。

このマンションを買ったことは、まず最初の心臓マッサージともいうべきものだった。人が倒れて救急車に乗せられると、病状によって、救急の心臓マッサージをされる。それによって一命をとりとめて、生き返ることがある。京都にマンションを買うことは、わたしにとって同じ意味を持っていた。

なじんだ京都の街の空気を吸い、そこで仕事をしたり、人と会ったりしていると、生きる意欲も創作の意欲も湧《わ》いてくるからである。


その次のマッサージが、京都で人と会う、とくに女性たちと会うことだった。

心臓のマッサージをして、元気になると、女性が恋しくなる。そして、女性に会うこともまた、私にはマッサージというべきものであって、それで活力が湧いてきた。マッサージには、そういう力があるのだ。わたしのマンションには、仕事の関係者だけではなく、多くの女性たちも出入りするようになった。

そういう女の存在が私を救ったのだと、わたしは思っている。

そういうよからぬことをして、元気をとりもどしていった。

ぬけぬけと、よくこんなことが書ける、というかんじだ。

「余命五年」とは、一九八九（平成元）年六月に最初の心筋梗塞でたおれたときに、父自身が医者からきいた言葉なのだそうだが、それは父が勝手にいっていることであって確証はない。ただ、それを奥さんの叡子さんが信じて、夫の京都ゆきを許可したというのは真実らしい。で、父は大手をふって京都にゆき、以前から一室を借りていた百万遍のマンションの他の一部屋を購入したのである。ともかく、その経済力にはたまげる。どこから、そんなカネがでてくるのか。時期的にいうと、父が軽井沢の山荘を売る前の話だから、尚更そう思う。

「女性と暮らそうと、悪心を抱いて、京都へ向かった」というくだりにも恐れ入ってしまう。それにつづく「元気になると、女性が恋しくなる」、「そういうよからぬことをして、元気をとりもどしていった」にいたっては、あいた口がふさがらない。本当に叡子夫人はそんな自由を父にあたえたのだろうか。「京都の女性」とは、あの夜電話に出た「センセ、センセ」のひとだろうか。

早いはなし、そんなふうに京都に出かけて勝手気ままなことをやっているうちに、父は失明の危機におそわれたのである。

バチが当ったというしかない。

だが、父の「モテ方」はハンパじゃないのである。

父が京都から北御牧の勘六山に帰ると、あちこちから女性が寄ってきた。男性の編集者や新人の物書きもいたが、圧倒的に女性のほうが多かった。父はその頃から、室内でもときどき車椅子ですごすことがあったようだが、遠方から女性が訪ねてくると、機嫌のいい笑顔で彼女たちをむかえた。なかには一泊も二泊もして、父の手ほどきで紙漉きや陶芸に興じてゆく女性もいた。

父の魅力プラス、勘六山の澄んだ空気、緑風さわやかな自然も格別だった。都会の喧騒にまみれて忙しくしている人たちにとって、生命《いのち》洗われる場所とはこういうところだったろう。

いつも大晦日の紅白歌合戦に出ている大御所演歌歌手のIさんも、そのうちの一人だった。わたしはお会いしたことがなかったが、よく車椅子の父と連れだって近所を散歩していたという。きいたところでは、父と上田の釜めし屋さんに出かけて、時ならぬ有名人の来店に、店じゅうが大さわぎになったこともあるそうだ。

よせばいいのに、わたしが東京に行ったときに、植田いつ子さんにそのことを報告すると、

「Iさん？　どなた？　そのひと」

知ってるくせして（あるいは植田さんはあまりテレビをごらんにならないので本当にご存知なかったのかもしれぬが）、答えはそっけなかった。

女同士の火花が、バチバチと散っていた。

さりとて、そんな蜜のような月日が長くつづくわけはない。

一難去ってまた一難、父が二どめの発作（脳梗塞）をおこすのは、二〇〇〇（平成十二）年一月から二月末にかけて、付き添いのR子さんといっしょに米国のハワイに滞在していたときである。

ハワイゆきは父からいい出したことだそうだ。父は何年か前、ファンの世話で一冬《ひとふゆ》沖縄ですごしたことがあり、南国の気候下でみるみる体調が回復した経験があったので、ハワイならもっと健康体になれるのではないかと考えたようだ。しかし、宿泊先のワイキキ近くのニューオータニの一室で、とつぜん脳梗塞をおこす。

脳梗塞じたいは比較的「軽度」だったが、父は身体的いじょうにかなりの精神的ショックをうける。

以下は、エッセイ集『仰臥《ぎょうが》と青空』から。


この年の正月、私はハワイで暮らした。某社の校正ゲラと別の出版社の対談の原稿を持っていって、三分の一になった心臓の負担を避け、ハワイでのんびり避寒をしてくるという気持ちであった。

ハワイに行くのはもちろん生まれて初めてのことである。逗留したホテルはダイヤモンドヘッドの近くにあって、ワイキキの景観を見渡せる一番の場所であった。ホテルの支配人が非常によくしてくれて、初めのひと月は快適な毎日であった。だが、ふた月目から食事の苦労が始まり、その食事の苦労から散歩も行きかねるくらいに衰弱した。

さらに、食事だけではなくて、脳梗塞の徴候といっていいと思うのだが、なにか隙間があると、倒れたい気持ちになり、そこへ吸い込まれるような感じになる。たとえばベッドと壁との隙間がある。気がつくとそこへ落ち込んでいる、という非常に危険な状態になった。

知り合いの某氏がちょうど迎えに来てくれて、JALの切符があるという。そこで、日程を繰り上げ、それに乗り込み帰国した。今思うと、すれすれの線までいたような感じがする。帰国したのは二月の末であった。


私には今年七十六歳になる弟がいて、その弟が数年前に一過性の脳梗塞になり、クモ膜下出血を併発し、言葉を失っている。さらには私自身、十年前の心筋梗塞で心臓の三分の二が壊死していて、血栓が生ずる危険性は高い。そのことがあるものだから、自分にも脳梗塞が襲ってくる可能性がある。その心配が心を占めるようになった。

ギリギリまでハワイにいて、二月の末にJALに乗ったときには半身麻痺の状態で、右半身は動くけれど左半身が不自由になっていた。私は利き腕が右だから、右腕が左をカバーして、健常と誤解されるほど立ち居振る舞いだけはてきぱきとやっているのだけれど、真実は、左は手も足もかなり不自由で鈍麻《どんま》になり、痺れるのであった。

他人から見ればそれは然るべき理由があってのことなのだろうけれど、弟のそうした病状がずっと頭にあるものだから、自分も左半身からずうっと病んでいって、次第に全身不随になっていく状態が予感されたのである。

何よりも言葉を失うということがいちばん恐ろしかった。その恐怖感があり、実際に自分の使っている言語の立ち後れ、緩慢になっていくさまが自覚されていることもあって、帰国してから主治医にみてもらった。

主治医は私の病状を診て、即座に、「通いでケアポート付きの温泉プールに行く方法もあるが、それでは駄目だから、鹿教湯《かけゆ》へ行きなさい。そこで三ヶ月、辛いだろうけれど辛抱して下さい。そこでまず、脳梗塞の進行状態についてA、B、C、Dの判定をしてもらい、それに合ったリハビリをしましょう」といってくれたのである。

ハワイに持っていった校正ゲラというのは、対談のほうはわからないけれど、一つはその頃すでに刊行準備に入っていた『虚竹の笛』だったと思われる。

いずれにせよ、父は脳梗塞発作によって、原稿どころではなくなり、あわててハワイから帰ってきたわけだが、同様の病でたおれた弟の拓さんの病状を知っていたので、「いづれ自分もそうなるのでは」という恐怖心は一入《ひとしお》だったと思う。加えていえば、長兄の守さんも何年か前に同じ病で八十歳で亡くなり、拓さんが治療していた高浜の病院には、やはり脳を患った次兄の亨さんが入院中という状態だったから、いってみれば、水上一家は脳疾患家族だったといってもよいのだった。

父はハワイから帰国後、主治医のすすめにしたがって、北御牧から三十分ほど行ったところにある湯治場、鹿教湯温泉の、脳梗塞専門のリハビリ病院に、約三ヶ月間にわたって入院することになる。

ここでのリハビリ生活は、父にとってはかなり苛酷なものだったようで、「仰臥と青空」には、世話になった病院への悪くちというわけではないけれども、いわゆる「現代老人介護医療」の現場とでもいうべき状況が、微に入り細に入り語られている。

鹿教湯温泉病院というのは、若狭の弟も知っているぐらい名の通ったリハビリ病院で、常時二百人が入院の空きを待っているほどだという。鹿教湯そのものは古くからの山峡の静かな温泉地であるので、土地の旅館に泊まって、空きを狙うなどというケースもあるらしい。ホテルのほうでもそういう人に対して便宜をはかって、長期間、患者やその肉親を泊めて病院へ通わせる、というようなことまでやっているということを聞いた。

私はその温泉の町へ行って入院して、重度半分、五〇パーセントは車椅子使用の半身麻痺と判定され、周囲のもっと病状の重い人々の日常を見ながら入院生活を送ってきたのである。

たとえば、二十四歳ぐらいの、看護学校を出て一年目だという看護婦がいた。学校を出たてで白いナイチンゲール服を着せられ、それで帽子に一線入ると、一人前の看護婦として扱われ、その瞬間から彼らの取得した免許が社会的に活きているわけである。

四月十三日に入院して、三日後の十六日に私は転倒した。そのため、左手の小指を骨折して添え木が要る状態になった。小指と薬指のぐるりに湿布を貼ってもらうと、二本の指の指股を切らなければならない。そうしてから添え木と包帯を新たに巻くのだが、その指股を切る若い看護婦は、鋏を深く入れすぎて、私の指股に傷をつけるということがあった。それほど彼らは未経験なのだ。

それを看護治療士という資格を持っているある男が見ていて、「あんたはどこで勉強してきたの。これでは看護と言えない。僕がもう一度看護をしないといけないじゃないの。こんな切りかたをしたら、血が出るということがわからない？」と看護婦を諫めていた。その若い男の看護治療士は夜中に謝りに来て、「こういう人を雇っている病院も病院ですね」というのだけれども、私を含めて患者たちは、そういうことにいちいち目くじらを立てていたら切りがないので、堪えているよりしょうがないのである。

病院の中にはＯＴとかＭＴと呼ばれる訓練センターがある。ＯＴは生活作業センターで、立ち居振る舞いを教えている。ＭＴはＯＴより大きな施設で、歩行とか散歩とか、基礎訓練をやっている。そのＭＴには、二十四、五歳の女性の治療士がいる。

車椅子で来ている身体の硬直《こうちょく》した、全身麻痺の老人を、その女性治療士が抱きかかえて起こす。女を抱けば温いものが伝わるはずだ。明らかに老人は、そのとき匂いめくものを、若い女の肉体の温かみを感じて、精気というか元気を盗んでいる。二十四、五歳の女性を抱けるということは老人にとっては至福の時間であって、彼はなかなか手を離さない。それを私が見てしまう。

私がいたのは幸い個室であったけれども、個室でないところは四つのベッドが並んだ四人部屋である。洗面所とかいくつかの施設は個人で使えるようにしてあるが、トイレは離れたところにある、というような相部屋の不自由な構造で、そこに八十一歳の全身麻痺の人も、半身麻痺の人も雑居の状態でいるわけである。

もっとも、個室でも四人部屋でも、看護婦さんの都合に合わせてか、幅九十センチのベッドに窮屈がらずに寝ることを余儀なくされる。正岡子規の「病牀六尺《びょうしょうろくしゃく》」のほうがはるかに広いし、敷居がないから周囲の畳も使えて、硯で墨も摺れたであろうけれども、幅九十センチでは三尺に満たないのである。

その狭いスペースに携帯電話がのっかっていて、枕があって、文庫本が六、七冊並んでいて、それにティッシュペーパーを並べたら、もういっぱいである。そんなところに仰臥していなければならない身になったら、これはもう何もできないことと同様である。

父の病院批判はえんえんつづく。
患者が十人いれば、そこに十通りのリハビリ風景が展開されるのである。

父の病室は個室だったし、ちょくちょく編集者や知人も訪れていたろうから、入院患者の大半は、父よりもっと悪条件下で病苦とたたかっていたといえるのだが、とにかく父の「作家の眼」は、院内で展開される「病院」と「人間」との不毛の関係をきわめて冷厳に、つき放してみているのである。

しかしながら、父は七月になってからようやくそこから解放され（というか強行退院して）、ふたたび、勘六山で待ちうける女人のむれのなかに帰ってくる。

完全回復ではないものの、入院したときよりずいぶん顔の色ツヤがよくなって帰ってきた車椅子の父を、勘六山の美女たちは大喜びでむかえた。

わたしも退院後の父を見舞うために、時間があると山へ行ったが、そこには蕗ちゃんや角りわ子さん、「竹人形」の面をつくっている高橋弘子さんや、父に紙漉きを習っている近所の小山久美子さんのほかに、東京からきた女性編集者や、どこかの劇団の女優のタマゴだという若い女性もまじって、夕食時はにぎやかだった。父は不自由な身体ながら、テーブルのいつもの席にどっかりすわり、どんな献立てのときでも、小さなグラスにビールを半分くらい注《つ》いでもらっていた。もうその頃は、言語障害がはっきりと出ていて、なにをしゃべっているのかほとんどききとれなかったが、父が何か言いたげに口をひらくと、一座はしんと静まりかえって耳をすませた。さすがに、いつもそばにいる蕗ちゃんや角りわ子さん、小山久美子さん、お手伝いのR子さんは父の言葉がだいたい理解できて、通訳がうまかった。

しかし、一どだけ、父が食事中にとつぜん機嫌を悪くして、食卓の上の小皿を、自由の効く右の手ではげしく払いのけたことがあった。

小皿は他の食器とぶつかって、ガチャン、と大きな音をたてて割れ、ぶつかった皿もろとも床に落下した。

わたしたちが何か、勝手に他の話題で盛り上っていたのが癇にさわったのか、そこに自分が仲間入りできないことが機嫌をそこなったのか、それともまったく別のことが原因したのかわからないのだが、とにかくそのときの父の表情は、食卓をかこむだれもがちぢみあがるくらい怖い顔だった。父はR子さんに目くばせし、R子さんに車椅子を押させ、むっつりした顔のまま自室に引きあげていった。

お盆休みの頃だったので、植田いつ子さんもいたと思う。

いつ子さんは、悲しそうに眼をふせられていた。

当人はそういう状態だったが、その年（平成十二）年から、最晩年ともいえる翌々年にかけて、父の新刊書は続々と書店に登場していた。

引用させてもらった『泥の花』は平成十一年の十一月、『仰臥と青空』は翌年十二月の発行だったが、父が北御牧で療養しているあいだに、『竹紙を漉く』『電脳暮し』『辞世の辞』『たそ彼れの妖怪たち』『植木鉢の土』などが次々と刊行され、河出書房新社から『水上勉自選仏教文学全集』の刊行が開始されたのも、父が辛うじて小康状態を保っていた二〇〇二（平成十四）年の五月だった。

その頃、父にはもうペンをもつ力はなく、二〇〇三（平成十五）年十月十六日号まで三百回もつづいた「サライ」の人気連載「折々の散歩道」も、後半の十何回分かは蕗ちゃんやりわ子さんが手助けしないと、数行の文章も完成できない状況だった。したがって、この時期に刊行された父の本は、そのほとんどが旧稿を掘り出したものだったり、以前にだれかと対談したものだったり、語り下ろしだったりしたものだが、ある意味では、存命するかぎり人気作家の骨のズイまで「活字化」しようとする、編集者さんたちの根性の見せどころといった側面もあったように思う。

当の父はベッドに寝たきりでも、作家水上勉は書店の平積みで「現役活躍中」だったのである。

まだ少し元気があった頃、新聞広告をみながらわたしが、

「試験管ベビーみたいな本だね」

タメぐちをたたくと、父もニヤニヤしていた。

言語障害になってからも、父とわたしとはユーモアが通じた。

病床十尺

二〇〇一（平成十三）年十月に集英社から出た『虚竹の笛』は、翌年十二月に第二回親鸞賞を受賞した。

この本は「試験管ベビー」なんぞでなく、父が眼底出血に見舞われる前年（平成九年）の一月から、「すばる」に二年間にわたって連載していた長編小説で、途中半年ほど休載したものの、再起した父が病床で懸命に書き継ぎ、ついに脱稿にこぎつけた作品だった。この本の追いこみ期に、何ども何ども北御牧に足を運ばれていた女性編集者のMさんを、わたしも遠くから存じあげていたが、半分は父の執念、半分はMさんの編集者ダマシイが実った親鸞賞受賞だったろう。

今もおぼえているが、京都で授賞式がひらかれる何日か前、わたしが出張していた大阪のホテルに、

「セイイチロウ君、ですか」

たどたどしい言葉で、父が電話をかけてきたのでびっくりした。

美術館の話だと、前日父から電話があって、至急セイイチロウ君に連絡したいことがあるの

で、滞在先を教えてくれといったそうだ。

最初、父を知らない受付女性が、

「どなたさまですか」

と問うと、

「小・説・家・のミズカミ・ツトムです」

とこたえたという。

大阪への電話は、わたしに「ぜひ京都ホテルでの親鸞賞の授賞式に出てほしい」という用件だった。

「もちろん、喜んで、出させてもらいます」

わたしはこたえたが、父が電話口でしきりと、

「このたび、私は親鸞さんから賞をいただきました」

そうくりかえすので、わらってしまった。

水上勉といえば、直木賞だけでなく、川端康成賞、泉鏡花賞、これまでに文学賞という文学賞を総ナメにしてきたような作家だから、父がわざわざ、今回にかぎってわたしに授賞式への出席を要請してきたことも、そうやって何ども何ども念をおすように親鸞賞の受賞を自慢(?)することも、何となくヘンな気がしたのである。

しかし、数日経って京都ホテルで行なわれた「親鸞賞授賞式典」には、出席してよかったと思っている。

会場には蕗ちゃんもきていたし、叡子さんもきていた。顔を知っている編集者も何人かいた。叡子さんと会うのは、久しぶりだった。考えてみたら、叡子さんは大分県の親鸞系のお寺の娘さんだったことを思い出した。

父のすわる円型テーブルには、大きな胡蝶ランの花籠がおかれ、瀬戸内寂聴さんや山折哲雄さん、加賀乙彦さん、紫の袈裟をつけた東本願寺の法主さんの姿もみえた。

印象にのこったのは、式の最後にマイクをもった父が、車椅子にすわったまま、こうあいさつしたことだ。

「私、ミズカミは、これまで人から借りた言葉を一ども使って参りませんでした。自分の言葉で、小説を書いて参りました。そのことだけは、はっきりいえます」

せわしく息切れする父のあいさつは、ところどころききとれないところがあったけれども、ほとんど絶叫しているようにもきこえた。

式後、そばにいた出版社の人に、わたしは父とならんで記念写真を撮ってもらった。

今思えば、それがわたしたちの最後の「ツーショット」となった。

北御牧での暮しは、表むき、相変らず、のようだった。

昼すぎに起床し、裏の畑でとれた野菜中心の食事を摂ったあと、車椅子で山荘のぐるりを散歩し、りわ子さんの陶芸小屋をのぞいたり、小山さんがやっている竹紙づくりにちょっぴりちょっかいを出したりしていた。以前からいじっていたパソコンで、鹿教湯で知り合った八十一歳のお婆ちゃんと「メル友」になり、そのお婆ちゃんがすっかり若返って退院していったなんて話もあった。勘六山の木戸に「電脳学校」という自筆の表札を下げ、近所のパソコン学習を希望する老若男女をあつめるなど、八十三歳になっても、父の好奇心は衰えなかった。「サライ」の連載が終ってからも、ときどき、庭からひろってきた栗やホウズキを題材に、小山さんの漉いた竹紙に絵を描いたりしていた。

だが、もはや、拡大鏡を使わないと絵も描けなくなっていたし、読書はもちろん、パソコンの字も読めないほど視力は低下していた。いや、それいじょうに、思うようにロレツが回らなくなり、「言語」を奪われたのがツラそうだった。「言語」喪失の失意が、日々父の身体を弱らせてゆくのがわかった。「言語」そのものが肉体だった父なのだから、その心中は察するに余りあった。

わたしが食事に行っても、あまり笑顔をみせなくなったし、いつも口をへの字にまげ、話にあいづちをうつことも少なくなった。父が一種のうつ状態にあることがそばにいてもわかった。女性たちにかこまれてテレビをみていても、どこか気力がなくボンヤリとした眼をしていて、自室のベッドに引きあげてゆく時間もずいぶん早くなっているようだった。

そんな生活のなかで、よほど体調がよい日だったと思うのだが、一どわたしの不在中に、上田の美術館を訪ねてきてくれたことがあった。

父は通いのお手伝いさんに車椅子を押させ、地元のタクシー社からワゴン車をよんで、最初は戦没画学生の遺作のならぶ「無言館」へゆき、そのあと、隣接地にある「信濃デッサン館」

にも立ち寄って、お茶をのんでいったという。

後日、美術館の喫茶室に勤務する女性から

「お帰りになるとき、先生はお手伝いさんに、『セイイチロウが良い仕事をしてくれていてうれしい』とおっしゃっていたそうですよ」

ときいて、グッときた。

父は帰りに、K社から出ているわたしの本（「無言館」の画集のようなもの）を一冊買っていってくれたそうである。

父がわたしの本を買ってくれたのは、それが初めてだった。

父はかなり身体が衰弱しはじめてからも、好きな京都には出かけさせてくれ、と周囲にせがんでいたようだ。京都に二、三日行ってくると、父親がみちがえるように元気になった、と蕗ちゃんはいっていた。

まさか、その頃にも「京都の女性」と会っていたとは思えないのだが（いやそれはわからないが）、よほど父にとって、京都の気候と風土は身体の栄養になったのだろう。

水上蕗子は、父の没後四、五年して文藝春秋から出た「見事な死」という文庫本のなかで、父の北御牧での晩年を、このようにふりかえっている。

父の晩年は、終の棲家となった長野県北御牧村の勘六山の家で、好きだった竹林に囲まれ、地元の方々との温かい交流に守られながら、冬なぎのように穏やかな日々でした。一九八九年に心筋梗塞で倒れてから二、三年入退院を繰り返していたのですが、それが落ち着いたころ、熱心に勧められて北御牧の土地を見に行ったんです。そこがすごく気に入って、すぐに小さな家を建てて、晴耕雨読のような生活に入りました。

家の隣には竹紙漉きや陶芸のための工房も作りました。血縁の垣根を越えて心かよう仲間たちと共に、日常茶飯に工夫を加えながら暮らすのが、いつ、どこに暮らそうと水上流の変わらぬスタイルでした。そうした仲間のサポートと信頼のおける主治医の温かい看護のもと、この上なく恵まれた環境で在宅介護の暮らしをおくることができました。

父は自分で限界をつくらない人でした。雑誌「サライ」に『折々の散歩道』という画文連載を持っていたのですが、途中片目を失明したこともあって画を描くのが辛くなり、編集長も同情してくださって、「辛かったらお休みしてもいいですよ」と言ってくださいましたが、「いえ三百回までやります」と自分で宣言しました。その連載をちょうど三百回で終え、その翌年息を引き取りました。車椅子に乗るようになってからも、大好きな京都へはよく行きたがって、介護の人をお願いして出かけました。東京駅には地下にレンガ造りの通路があって、新幹線ホームまで行けるようになっていました。事前に連絡をしておくと駅員さんが付き添ってそこを通してくれる、そうやって何度も京都へ行きました。

父は生命力の強い人でした。心筋梗塞のほかにも、ガン性ポリープの出血で救急入院、眼底出血、網膜剝離と、いくつもの大病に罹りましたが、その都度のり越え、前にも増して生気が漲るようなところがありました。そして楽しそうに竹紙画を描き、骨つぼをつくり、徹夜仕事もよくこなしていました。好きなことを一所懸命やる、これが父独得の養生、精進になっていたのでしょう。「これ、健康にいいよ」と勧めても、「いいかもしれないけど嫌いだ」とはっきり言う人でした。おそらく生命力の強さが天与のものとしてあって、波瀾万丈の人生のなかで生きる秘訣を得た人のように見えました。

何十坪、何棟もあった父の山荘は、けっして「小さな家」ではなかったろうと思うのだが、それ以外はわたしも蕗ちゃんと同感である。父が「波瀾万丈の人生のなかで生きる秘訣を得た人」だったというのにも、同感する。ともすれば、個人の生の尊厳をふみにじりがちな現代の「末期医療」のなかにあって、本当に心許せる仲間や愛する人びとにかこまれた、父のような晩年の送り方は理想に近いものといえただろう。

それと、あらためて思うのは、いくら周辺の人から止められても（止める人はいなかったが）、好きな「京都」にゆくのが父の最大の健康法だったことだ。

この文章で思い出したのだが、父は軽い脳梗塞をおこしたあと、胃のよこに小さなポリープが発見されて、京都の病院で切除手術をうけている。幸いこれも、ガンにはならないうちに処理できたのだが、八十四歳の老軀には相当な負担になったことだけはたしかだろう。だが、これまでの国立第二病院、関東逓信病院などでの手術や治療にくらべて、父は京都でのポリープ切除の話は、あまりエッセイには登場させていない。「京都」は、いい思い出だけにしておきたかったのかもしれない。

二〇〇四（平成十六）年に入って、いよいよ父の病状は芳しくなくなった。

主治医は、上田市内で開業しているIクリニックのI医師で、誠実ななかにいかにも朴訥な人間味をただよわせた若いお医者さんだった。父はたいていのことは、このI医師の指導にしたがった。身体が動いていた頃は、週に二ど、お手伝いさんに付き添われて、I医院に検診にゆくのを欠かさなかったし、処方してもらった何種類もの薬をきちんとのんでいた。春から夏にかけてしばらくは、地域医療では定評のある隣村の佐久総合病院に入院していたが、その後の治療方針は水上蕗子がきめた。

ある日、わたしが佐久病院に見舞いにゆくと、蕗ちゃんと角りわ子さんが待っていて、病院の待ち合い室で「緊急会議」がひらかれた。このぶんでは父はそう永《なが》くない。もったにしても、二、三ヶ月が精いっぱいだろう。ついては、わたしたち三人の力で何とか、父が生前から希《のぞ》んでいる、父にふさわしい「最期」をむかえさせてあげようではないか。それが会議のテーマだった。

その日、わたしたちがきめたのは

一、葬儀はわたしたちをふくむ最小限の者の立ち合いによる「密葬」とする。

一、マスコミには最低一週間ほど父の死をふせておき、然《しか》るべき時期をもって主要新聞社、出版社、お世話になった方々に一斉に通知する。

一、今後の治療方針一切については、蕗ちゃんにまかせる。

その三つだった。

そして、やがて「その日」がやってくる。

「見事な死」のなかで、水上蕗子は父の「臨終」をこう語る。

　死の四日前、感染症にかかって発熱したときも、主治医の先生が「今、家でできることと病院でできることは一緒です。私たちは最善をつくして看取ります」と言ってくださったので、「もう父は十分生きましたから延命治療はいりません。最後まで家で看病します」という決断を私がしました。それからは仲間たちが枕辺に集まって、生前の通夜のように父に話しかけました。もう父は話すことのかなわない状態でしたが、感染症による苦しげな息づかいは始めの二十四時間くらいで、あとはとてもやすらかな様子で艶々と血色のよい顔を百面相よろしく変化させて語りかけに応じていました。昏睡状態に近いと言われてからも、しっかりと握った手で、モールス信号のように強弱を変え、相槌を打つかのようでした。

「モールス信号のよう」という表現は、ぴったりだと思う。

亡くなる前の日の夜、わたしが枕辺にゆくと、父は父のほうから手をのばしてきた（気がした)。わたしが指をからめてにぎると、父もギュッと指の腹に力をこめた。父の手をそんなふうににぎるのは初めてだった。わたしは腕相撲をするように、片ヒジをベッドのわきにのせ、父の手をにぎりつづけた。父は鼻梁の高い顔を上にむけ、眼をとじ、口をほんの少しあけて軽い寝息をたてていた。苦しそうではなく、何か夢でもみてるようなおだやかな顔だった。

わたしは眠っている父に、

「今日は、ね。美術館が団体客でいそがしくてね、とうとう昼メシを食いそこねた」

などと話しかけた。

「昨日も太平洋戦争で戦死した学生さんの弟さんから電話があってね、出征する前に描いた油絵が二つあるのでウチにひきとってほしいんだって。終戦まぎわ、ちょうどぼくたちが別れた頃かな、フィリピンで戦死した学生さんの絵なんだ。最近はね、『無言館』が有名になったんで、そうやってむこうから情報をもってきてくれる遺族がふえてきた」

父は寝息をたてながら、わたしの話をきいていた。

そして、そのうち父の寝息は、軽いイビキに変わった。

いつのまにか、わたしたちのあいだでは順番というか、父とのお話しタイムのルールがきまっていて、わたしがしゃべり終ると、次に高橋弘子さん、次に角りわ子さん、次に小山久美子さん……かわりばんこに父の枕辺にすわって話しこんだ。

あれは、りわ子さんの番のときだったろうか、父の床ズレがひどくなったというので、何人かが総がかりで父の身体を持ち上げ、寝ている向きを替えることになった。ヨイショッと、だれかが掛け声をあげて、みんなで父の身体をよこにした。と、そのとき、父がニッコリと、うれしそうな表情をしてこちらをみたのだ。そのときわたしは、ベットのよこの壁に背をもたれさせ、ぼんやりと女性たちの作業をみていたのだが、たしかにわたしのほうにむかって、父が幸せそうな微笑顔をみせたのがわかった。

あ、「死」を前にして、父がわらっている、とわたしは思った。

そりゃ、父は幸せだったろう。

父の寝ているベッドには、入れかわり立ちかわり、いろんな女性たちがやってきて、父の足をさすったり、額の汗をぬぐったり、下《しも》のようすをみたり、フトンの具合を直したりしている。

わたしは「勘六山」女性チームの、ここ数日（いや数ヶ月か）の、献身的に父を介護する姿をみていて、感動しきりだった。それは掛け値なしの、彼女たちの父に対する純愛のように思えた。心から敬愛する父に対して、彼女たちはただただ純粋に尽くしているのだった。だれもが一生懸命、一心不乱に介護に没頭しているのだった。

オシメ係のりわ子さんは、

「私、何ども先生のウンチ、ひっかけられちゃった」

と、くったくなくわらった。

料理番の弘子さんは、ほとんど食べられなくなった父のために、何日も前から、何冊もの病人食本と首っぴきだった。

「先生は、どんなに食欲が落ちても、グルメなひとだから」

弘子さんは、もう何日も山に泊りがけだった。

わたしはそうした女性たちの姿をみていて、それほどまでに彼女たちの信望を得ている父の人格に、驚愕するしかなかった。蕗ちゃんはわが子だからわかるけれども、他のひとはぜんぶ他人なのだ。その他人が、こんなにも心を一つにして父の介護に全力をそそいでいる。そこには現前と、蕗ちゃんのいう「血縁を越えて心をかよわせた」人びとの、熱烈な父への信頼と愛情があるのだった。わたしはそこに、まるで父自身が演出し創出した、新しい人間（女性）関係があるような気がしてならなかった。

ただ、一つ気になったのは、そこに蕗ちゃん（と父の末妹の志津子さん）以外、だれひとり家族の存在がない、ということだった。その頃になって気がついたのだが、叡子さんや直子さんや蓉子さんの姿を、一どとして勘六山でみたことはなかった。いくらふだん別居してるからといって、いくら当人が「血縁ギライ」だからといって、父が明日をもしれぬ重篤な病床にある今、家族の人たちはどこにどうしているのだろう。だいたい、現在の父の病状をどこまで知っているのか。そういえば、「親鸞賞」の授賞式のときも、叡子さんはほとんどわたしとは口をきかず、眼を合わせることもなかったな、と思った。

そのことを蕗ちゃんにきくと、

「ああ、二ヶ月ぐらい前だったかしら、叡子さんと直子、ちょっと顔を出したわよ。すぐに帰ったけど」

蕗ちゃんの答えは、いつもの百倍くらいクールである。

わたしは何か、たずねてはいけないことをたずねた気がして黙った。

「あのひとたち、ヒドイ人よ。銀行の書類にハン捺《お》してくれだとか何とか、そんな話ばっかり。お父さん、それどころじゃないのにね」

徐々に父に「死」が近づいていた。

晩年の著『植木鉢の土』に、「自分は死なない。不死身である、と信じたい。自分にだけは死も遅れてやってくると思いたい」と命乞いし、『泥の花』に、「棺桶のような寝台で、毎晩さよならとつぶやいて眠る」と明かし、『仰臥と青空』に、「隣りの芝生（死の場所）へはいつでも行ける」と書いた父、枕頭に正岡子規の『病牀六尺』を置き、とりわけ子規の、「糸瓜咲て痰のつまりし仏かな」「痰一斗糸瓜の水も間にあはず」「をとゝひのへちまの水も取らざりき」という辞世三句を愛誦し、親しんでいた父に、だれも避けることのできない「死」が着々と近づいていた。

危篤になったのは、九月七日の夜だった。

「お父さん、今、お花畑をあるきはじめたみたい」

という蕗ちゃんの電話で、わたしは勘六山にかけつけた。

その夜は、蕗ちゃんと交代で枕元にすわった。

だが、当時わたしは長野県の人事委員をひきうけていて、翌八日の午前中には県庁で定例の委員会がひらかれる予定になっていた。で、わたしはⅠ先生の「まず今晩はだいじょうぶでしょう」という言葉にホッとして、いったん仮眠をとるため、その日の夜更けに美術館に引きあげた。父が息をひきとったのは、翌日の明け方の、そのほんの一瞬のスキをついたような時間だった。

車をとばしてかけつけ、寝室にとびこむと、父の身体はまだじゅうぶんにあたたかく、端整な相貌《かお》を天井にまっすぐむけて眼をとじていた。障子窓から差しこむ朝の薄日に、父の横顔は白い彫刻のようにうかんでみえた。わたしは枕辺にしゃがんで父の手をにぎった。八十五年六ヶ月の生涯で、ざっと数万枚の原稿紙をうずめたというペン胼胝《だこ》のある指に、わたしは自分の指をからめて力をこめた。しかし、もう「モールス信号」はかえってこなかった。

「病牀六尺」、いや「十尺」はあるかと思える広いベッドのまわりには、父をかこんでたくさんの女たちがすわり、みな小さな声で泣いていた。

二〇〇四（平成十六）年九月八日、午前七時十六分に父は死んだ。

父の死亡後、ただちに蕗ちゃんが地元市役所に死亡届を出しにゆき、その晩、勘六山の山荘でごく内輪の人びとによる通夜がとり行なわれた。翌日の葬儀には、近くの曹洞宗のお寺のお坊さんがきて経をあげ、遺体は上田市の町外れにある火葬場で荼毘にふされた。どこにでもある、ごくありふれた一地方の一私人の葬儀だった。

と、そこまでは蕗ちゃん、りわ子さん、わたしが計画した「密葬」の筋書き通りだったのだが、「一週間は世間にふせておく」という方針は、ものの見事にハズレた。どこからどう洩れたのか（たぶん第一報を入れた若狭の親戚あたりからだろうと思うのだが）、とにかく父を看取ってから一時間もたたぬうちに、テレビやラジオで「水上勉氏死去」のニュースがながれはじめた。

その日の昼すぎ、長野県庁での人事委員会から帰ってくる途中、車のラジオをつけると、瀬戸内寂聴さんが「在りし日の水上さん」を語っていた。

父死スの報は、父が好きだったインターネットを通じて、あっというまに全国に広まったのだ。

母の自死

水上勉とのあいだにわたしをもうけた生母の加瀬益子が、東京田無の自宅で首を吊って自殺したのは、一九九九（平成十一）年六月十一日のことである。益子は父より二歳上で、一九一七（大正六）年六月二十九日の生まれの人だったから、あと半月ほどで八十二歳になるところだった。

前のほうでも少しのべているけれども、母は父と知り合った頃、お茶の水にあった「東亜研究所」という民間の調査会社につとめていて、たまたま住んでいた東中野（柏木五丁目）のアパート「寿ハウス」に父が越してきた縁で、父とむすばれわたしを産んだ。「東亜研究所」とは、戦時中国家総動員体制のための計画を立案していた企画院（昭和十八年に軍需省に再編された）という組織が統括していた外郭団体の一つで、当時母はそこで、オルグの演説草稿の下書きを手伝ったり、組合の集まりの段取りを手配したりするなど、なかなかコワモテの仕事をしていたそうだ。

その母が、八十一歳で首吊り自殺した。

母は、父との約二年間の同棲生活を解消したあと再婚していて、営団地下鉄のエンジニアである夫と息子一人娘一人の、平凡ではあるが幸せな家庭生活をおくっていたのだが、そこにとつぜん、わたしという三十余年前に窪島家に手放した子どもが登場して、事態がややこしくなった。

母は、わたしと父とが再会した新聞記事を読んで仰天、その頃わたしが常勤していた世田谷明大前の貸ホールに名乗りでてくるのだが、わたしは再会した益子に対して、あまりやさしく接することができなかった。一目会うなり、「ごめんなさい、ごめんなさい、お母さんが悪かったのよ」と泣きじゃくる母親をどう扱ってよいかわからなかったし、くりかえしくりかえし「ごめんなさい」といいながら、その言葉のどこかに、「私だけが悪いんじゃないのよ。あの人がもう少ししっかりしていてくれれば、リョウちゃん（別れたときのわたしの名だ）を手放さなくてもよかったのよ」とでもいいたげな、暗に父親を非難する言い訳がふくまれていることにも、何となく好感がもてなかった。

わたしは、その後一どだけ、益子と都心のホテルで食事をする機会をもったが（そのとき美術館開館へのお祝い金と、思い出の三枚の写真を手渡された）、それきり自分から母に連絡をとることはなかった。母は二どほどわたしの美術館にもきてくれたのだが、わたしは他に面会者があったのを理由に、ほんの立ち話程度にしか話をしていない。それにくらべて、仕事場が同じ信州であったこともあって、有名作家である父とは、時々酒をのんだり対談をしたり、頻繁に行き来する付き合いをしていたわけだから、母からみればわたしはあきらかに、「母派」ではなく「父派」の子どもであったといえるだろう。

しかし、益子はわたしの妻とは仲が良かったようで、何どか外で食事をすることがあったようだ。

妻は、

「いいひとよ。あのひともミズカミさんに翻弄された一人だもんね。いつも会うと、未だにリョウちゃん、リョウちゃんって、言ってるわ」

報告しなくてもいいことを信州に電話してきて、

「ことによると、あなたを本当に愛しているのは益子さんのほうかもしれない」

そんなことをいった。

だが、わたしは母と出会ってすぐ、美術館にあいさつにきた益子の長女で、わたしとは父親ちがいの妹にあたる映子とは時々会っていた。映子は結婚して神奈川県の逗子に住んでいて、毎年横浜の老舗ホテルで催される、わたしの講演と高名なヴァイオリニストの演奏のある昼食会には、かならず足を運んでくれていた。

だから、「お母さんが亡くなったの」という知らせは、最初は映子からきいたのである。

わたしは、とつぜんの益子の死にびっくりした。

なぜなら、そのほんの何日か前に、妻から、

「お母さんから電話があったわ。こんどはミツルとケンジもいっしょに、中華をご馳走したいからって、誘ってくれたの」

という電話があったからである。

映子の話によると、母には前々から持病の心臓疾患があって、その日も日中は趣味の詩吟の稽古にでていたのだが、帰ってきて台所で夕飯の準備しているときにとつぜんたおれ、救急車で田無の市立病院に運ばれたが、その夜のうちに息をひきとった、ということだった。

つまり、妹の映子はわたしに、母の死が「自殺」であったことを、教えてくれなかったのである。

わたしが「本当のこと」を知ったのは、益子が死んで五年後の、平成十六年の五月上旬のことである。

横浜で映子と食事をしていたとき、ふいに、

「お兄さんには、かくしていたんだけど」

ときかされたのが、「母の自死」だった。

平成十一年六月十一日の夜、長男の房夫が勤めから帰ると、いつも居間にすわっているはずの益子の姿がなく、ふだんあまり使っていない奥の六畳間をのぞくと、長押《なげし》に着物の下紐をくくりつけて縊死している益子をみつけた。その日、上石神井の詩吟教室の発表会があった益子は、いつも着てゆく白絣に紺の柄をあしらったお気に入りの着物を着て、真っさらな白足袋も履いたままだった。わたしは知らなかったが、益子は十何年も前から岳心流の詩吟を習っていて、発表会では「絵記」という吟名を名乗るベテラン詠者の一人だったという。

うすい紅をひいた顔は、とても死んでいる人にはみえないようにキレイだった、と映子はい

い、

「遺書は、なかったわ」

わたしが問う前に、ポツリといった。

わたしが気がかりだったのは、益子の自殺の原因がわたしにあったのではないか、ということだった。

わたしは、毎年秋になるとかならず益子が送ってきた千葉県産の落花生を思い出した。父の作品にもでてくるように、母の郷里は九十九里浜に近い「千葉県横芝」だった。益子の家ではとれなかったが、周りには落花生の生産農家が多かった。落花生の収穫期になると、母は大袋いっぱいにそれをつめこんで信州に送ってよこした。落花生好きなわたしは、袋の中身だけはペロリとたいらげたが、とうとう母には手紙一本出さなかったな、と思った。

そういえば、一ど、ホテルオークラでカンヅメになっている父の部屋にもっていって（益子から送ってきたとはいわなかったが）、ふたりで食べたことも思い出した。ふたりともヒョウタン形の落花生の殻をじょうずに割ることができず、原稿机にむかいながら、片手でバリバリむいた豆を、ぽんぽんと口に放りこむ父の部屋着には、無数の殻の破片がちらばり、わたしのセーターにも落花生の皮がカミソリの刃のようにつきささった。

益子の自死は、そんなわたしたち父子のことと関わりはなかったのか。

わたしの心中を察したのか、映子は、

「もう八十を越えたお婆ちゃんだし、ね。ふだんから少しウツのところもあったし、衝動的なことだったと思うの。お兄さんのことは、母の口から一どもきいたことなかったから、安心して」

そういう。

それなら、なぜ自分にだけは母が自殺したことを知らせなかったのか、と問いたくなったが、わたしは言葉をのんだ。


病床の父には、けっきょく母が自殺したことは知らせなかった。だいたい、平成十一年の六月に益子が死んだことをつげたときにも、父は、

「ふうん」

と短く肯《うなず》いただけで、あまり興味なさそうだった。

何しろ、もう六十年いじょうも前の戦争中のことだ。

『冬の光景』や『冬日の道』や『わが六道の闇夜』や、『私の履歴書』や『文壇放浪』や、自作にそのことを書くときだけは頭によみがえらせたろうが、それ以外は益子《えき》の「え」も思い出すことはなかったろう。まして、その死が「病死」であろうと「自死」であろうと、父の心が動かされることはなかったと思う。

「あのう……落花生を送ってきたひとなんだけどねぇ……」

臨終の夜、いくらわたしがよびかけても、高イビキの父は何もこたえなかった。

著者略歴
一九四一年東京生まれ。

印刷工、酒場経営などを経て一九六四年、小劇場の草分け「キッド・アイラック・アート・ホール」を設立。

一九七九年、長野県上田市に夭折画家の素描を展示する「信濃デッサン館」を創設。

一九九七年、隣接地に戦没画学生慰霊美術館「無言館」を開設。

二〇〇五年、「無言館」の活動により第53回菊池寛賞受賞。

おもな著書に『「無言館」ものがたり』（第46回産経児童出版文化賞）、『鼎と槐多』（第14回地方出版文化功労賞）、『「無言館」への旅』、『粗餐礼讃　私の「戦後」食卓日記』など。

父　水上勉［新装版］

二〇二二年三月一〇日　印刷
二〇二二年四月五日　発行

著者 © 窪島誠一郎
発行者 及川直志
印刷所 株式会社理想社
発行所 株式会社白水社

東京都千代田区神田小川町三の二四
電話 営業部〇三（三二九一）七八一一
編集部〇三（三二九一）七八二一
振替 〇〇一九〇-五-三三二二八
郵便番号 一〇一-〇〇五二
www.hakusuisha.co.jp
乱丁・落丁本は、送料小社負担にてお取り替えいたします。

株式会社松岳社

ISBN978-4-560-09900-1
Printed in Japan

窪島誠一郎 著

母ふたり

ある日始まった実の父母を捜す執念の旅。自分を捨てた父・水上勉と奇妙なバランスで成立した親子関係の一方、決して許すことを選ばなかった二人の母の生涯を辿る、壮絶な家族物語。

「自傳」をあるく

大岡昇平、室生犀星、相馬黒光、山口瞳の四人の自伝を読み込み、自らの「性」と「生」とを対比させながら伝記文学の魅力を鋭く描く。

無言館の坂を下って
信濃デッサン館再開日記

連日多くの入場者でにぎわう「無言館」と、閉館の危機に陥った「信濃デッサン館」。二つのユニークな美術館を運営する著者が、喜びの再開にこぎつけるまでの揺れる思いをつづる。

流木記
ある美術館主の80年

戦没画学生の作品展示で知られる「無言館」開館二十五年。満身創痍で傘寿を迎えた館主が振り返る、波乱に満ち溢れた自分探しの半世記。